蝴蝶公墓

蔡骏 著

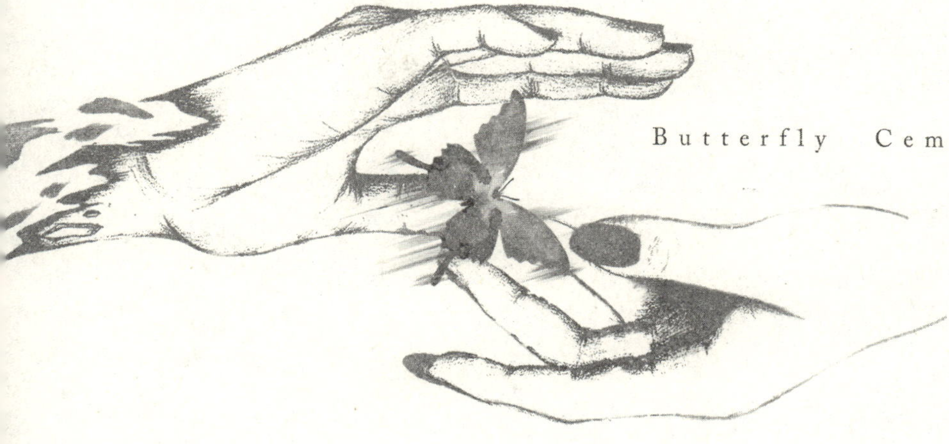

Butterfly Cemetery

北京联合出版公司
Beijing United Publishing Co.,Ltd.

蝴蝶公墓

词：蔡骏

白：三千年前，你一睡不醒

你在地底潜伏
我在人间等候
你吐丝作茧自缚
我望眼欲穿孤独
任沧海换了桑田
石烂海枯
一场梦做了三千年
唯有誓言永远不变
相约在蝴蝶公墓

白：在这个冷酷的夜

我走进荒凉废墟
看见墓碑上
刻着一对美丽蝴蝶
刹那间月光掉下眼泪

打开传说中蝴蝶公墓
今夜灯火无比灿烂
你身着七彩蝶衣
走遍茫茫尘世翩翩飞舞
打开传说中蝴蝶公墓
但愿时间就此凝固
你我用翅膀祝福
走遍前生今世梦魂几度

白：三千年后，你从梦中复活

特别声明 本故事纯属虚构，不可能有雷同，

抄袭盗版者将受到“蝴蝶公墓”的诅咒！

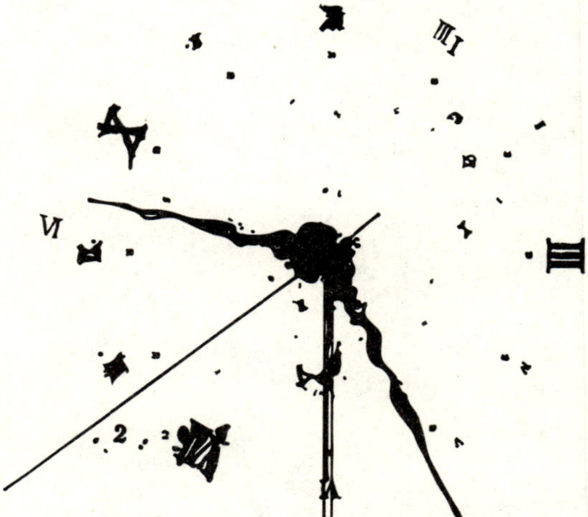

contents

目录

引子

“今夜，他将复活。”

“你说谁？”

“嘘——”牙齿间发出哆嗦的碰撞声，在漆黑的病房里清晰可辨，一个幽幽的年轻女声吟道，“他来了……”

房间里立刻鸦雀无声，几个人全都缩进被窝里。

1秒钟，10秒钟，60秒钟，那个声音渐渐从走廊里传来——“笃、笃、笃”，准确地飘进柳笆的耳朵里，她将脸深埋在自己的枕头里，生怕会有一只手掀开她的被子。

“咿呀——”

门轴转动的声音响起，那个脚步声进入了病房，隐隐有道光隔着被窝亮起，但谁都不敢睁开眼睛把头探出被子。

少女柳笆几乎要把嘴唇咬破了，她感到那个影子就站在自己的床头。影子凑向她的枕边，伸手抚摩着她的身体，虽然隔着一层薄薄的被子，却能感到那双冰凉的手掌。

半个身体都要被冻僵了，她终于忍不住睁开眼睛，将头伸出自己的被窝。

刹那，时间凝固。

幽暗的光芒猛刺入瞳孔，如猫眼般疾速扩大，将那影子完全摄入脑中……

10秒钟后，病房里恢复了一片漆黑。只是房门还敞开着，诡异的夜风呼啸而入。

有人从被窝里探出头来问道：“柳笆，你看到吸血鬼了吗？”

“我看到了。”

“上帝啊！”另一个人也颤抖着睁开眼睛，“吸血鬼长什么样？”

柳笆依然睁大着眼睛，灰色的眸子里荡漾着波光，嘴角微微翘起——

“非常迷人！”

“愿主宽恕你！”一个满头白发的病友在胸前画着十字，嘴里念念有词，“让吸血鬼下地狱去吧。”

18岁的柳笆穿着睡衣下床，来到子夜的窗户前，在病友们怨恨的目光中，她打开了紧闭的玻璃窗。

窗外是一片墓地。

她看到了数百个十字架，密密麻麻地竖立在空地上。有的泥土早已被雨水冲走，露出地下浅埋的棺木。一片奇异的白雾笼罩着墓地，几块高大的墓碑宛如站立的死人。她的心里重重一沉，这也是病房的窗户永远紧闭的原因。

远处的一棵老槐树上，猫头鹰发出可怕的叫声，扑向墓地里肆虐的老鼠。

柳笆抬起头，一轮月光异常明亮，轻轻洒在她苍白的脸上，也照亮了这片荒凉的墓地。

月光照亮的她的嘴角处，隐隐有一道红色的血迹。

两年前，16岁的柳笆搬进了这间病房。卡申夫院长说她得了肺痨病，必须要在医院长期休养，否则很难活过20岁。面色苍白的她经常咳血，她常常站在镜子前顾影自怜，院长女儿伊莲娜是她唯一的朋友。有时她半夜偷偷打开窗户，看着外面荒凉的墓地，感到有个黑影从地下爬出来，伸出一只雪白修长的手……

他是吸血鬼。

白昼在坟墓中睡眠，夜晚爬到人间作恶，骗取少女们的爱情，吸取少年们的精血——他就在我们中间。

是的，柳笆看见他了。

看见他黑色的头发和眼睛，同样苍白的脸上，有一对鲜红诱人的嘴唇。

她还要再见到他，投入他的怀抱，轻吻他的红唇。

柳笆光着脚丫走出病房，穿过那道悬空的“天桥”，月光从玻璃顶棚落下，将她冷冷地沐浴了一遍。

正当她等待他的出现时，忽然听到走廊里传来几声惨叫。

凄惨的尖叫响彻夜空，如锋利的手术刀划破胸腔取出心脏时的啸叫！惨叫声还在继续，死亡的空气从病房里迸裂而出，飞溅到医院的每一个角落。

她的心似乎也被挖了出来，扑通扑通在破裂的胸腔外战栗。

1分钟，2分钟，5分钟。

战栗在继续，惨叫在继续，吸血鬼在继续。

终于，柳笆挪动步子回到走廊，循着最后那声尖叫的方向，来到有大壁炉的房间里。

壁炉里燃烧着绿色的炭火，照亮了她的眼睛，也照亮了那个“人”。

“晚上好，柳笆！”

一张微笑着的嘴唇，一抹淡淡的血迹，一双幽深的目光。

四分之一秒，在柳笆恐惧的尖叫声中，锐利的金属刺破了她的心脏。

生命的第一层

卵

命运，犹如眼前没有尽头的路。

子夜0点整。

车窗外是茫茫黑夜，只有零散星光点缀。对面偶尔开来一辆卡车，灯光晃过，令人目眩。这辆3.0的越野车一路颠簸，后排的数码摄像机也晃得厉害。

副驾驶座上的女孩回过头来，脸庞居然是暗绿色的——原来夜视灯正对着她，女孩长得还不错，长发围着20岁的脸颊。

雨点砸在挡风玻璃上，大光灯照着双向四车道的路，两边是郊区的绿化带。十字路口既没有红绿灯，也没有路牌。开车的小伙子放慢车速，犹豫间做出了选择。

“确定左转吗？”

越野车里有两女一男，坐在后排的女孩端着DV，用夜视模式摄下这一切。

突然，前排的女孩回头喊道：“冰雨，你快看！我们晚上9点钟就经过这里了，现在还在这鬼地方转圈——开进黑煞阵了吧？”

男人终于暴怒了：“你再敢说一句，我就对你不客气！”

这气势终于让她安静下来，没有人再说话。越野车在午夜的路上开着，DV画面也稳定了许多，只有发动机在轰鸣。挡风玻璃上的雨点越来越密，雨刷像扇子一样刮来刮去。这样的野外，很容易让人联想到古老的奇怪传说。

前方，灯光渐渐亮起，路边出现了一些厂房，还有些高楼隐藏在夜色中。

“快到家了吧？”前排女孩忍不住问。

突然，车前灯扫过一个路牌。

后排的女孩叫冰雨，她立即喊道：“等一等，看看路牌！”

男人本来已经开过去了，也马上刹住车，把车倒回去几米。

终于，车窗边出现了那个路牌——

黄泉九路

孤独的路灯光线下，这四个字隐隐发出血红的反光，如墓碑铭文般醒目。荒郊午夜，雨点如飞虫般闪过，似乎穿入了冰雨心里。端着镜头的手微微一颤，能听到牙齿间的战栗。

越野车里的三个人几乎异口同声：“黄泉九路？”

小伙子对长发女孩愤愤地说：“快到家了？这就是你的家吗？”

女孩知道自己说错了话，吓得快要哭出来了。

“《地狱的第19层》里写到过这个路名！”冰雨说话了，她把镜头对准路牌上的字，“没想到真有这条‘黄泉九路’，我们来到小说里写到过的地方了！”

“不会搞错吧？怎么开到这鬼地方了。”

“别害怕，之所以我们会恐惧，只是因为‘黄泉’‘九泉’之类的词罢了。其实有黄泉九路，就一定有八路、七路，笔直开过去就会找到出路的。”

“不管是哪一路，总之都是‘黄泉路’！”

男人也不管说话是否忌讳了，他转动方向盘向前开去。镜头迅速远离路牌，“黄泉九路”消失在夜色中。

不知又开过多少路口。两边大多是厂房，或者建筑工地，要么干脆就看不清，基本没见过人影。

“等一等！”

端着DV的冰雨叫起来，她调整一下镜头焦距，对准车子右前方。

果然，路边依稀有一个白影浮现，在黑夜笼罩下简直像UFO。

前排的女孩也注意到了：“那是……什么……东西……”

男人将车速放缓，车前灯打足了照向前方。

居然……居然是一个白衣女子！

女子没有撑伞，就这么站在雨幕里，一身白色衣裙，像是终南山古墓派的传人。长长的黑发遮住了她的脸，看不清长什么样子。

随着汽车逐渐靠近，那女子抬起一只手，轻轻挥舞了两下，做出拦车的手势。

“这半夜黑灯瞎火的，她怎么会孤身一人在路边拦车呢？”前排的女孩很是害怕，“我看她有些邪门，不会是强盗的诱饵吧？”

男人踩下了刹车："肯定是遇到了什么意外，或者——碰上坏蛋了？"

越野车停在白衣女子身旁。冰雨打开右后车门，同时，一阵奇怪的风吹进车厢，将前排女孩的长发吹乱了，车外雨点也随风打在镜头上。将镜头对准车外，只见午夜幽暗的路灯下一袭白衣。

神秘的女子依旧垂着长发，弯腰屈身跨进了车门。

夜视镜头里，白衣女子的脸同样发绿，但要比其他人更浅些。这张脸很漂亮，一双大眼睛引人注目，眉毛和鼻子也很标致。再加上一张年轻的瓜子脸、垂下的乌黑长发、一身如雪的白衣，真似蒲松龄老先生笔下的人物。

她的头发和衣服都淋湿了，脸上有一些深棕色的血斑，嘴角似乎也有这样的血迹，双唇显出另一种可怕的颜色。

长发女孩战战兢兢地回头问道："出了什么事？怎么会半夜站在路边？"

白衣女子茫然地摇了摇头，眼神中隐藏的幽怨，透过镜头传递到冰雨心底。

"有人欺负你了吗？你脸上的血是怎么回事？"

神秘女子抬起左手，摸了摸自己的脸，嘴唇微微有些颤抖，就是说不出话来。

"看样子她真受到了惊吓，先送她去医院吧。"

开车的男子说："我连这是哪条路都不知道，怎么找得到医院啊？！"

冰雨在镜头后问："对了，你知道这是什么路吗？"

终于，神秘的白衣女子说出了三个字——

"黄泉路。"

冰雨的DV又是一颤，白衣女子的嘴角上扬，目光直视着镜头。

同时车子晃了一下，开车的男子显然也被吓到了。镜头好不容易重新摆稳，车子也继续向前开去。窗外仍然是茫茫无边的雨夜，一些零星的灯光忽而闪过。

前排的女孩小心翼翼地问道："你叫什么名字啊？"

白衣女子依然只说三个字——

"鬼美人。"

这三个字说得异常清晰，车子又猛晃了一下，差点撞到了旁边的行道树。

冰雨原本冷静的声音也战栗了："你说什么？鬼——美——人？"

白衣的不速之客微微颔首。

"你从哪儿来？"

神秘女子的眼神有些异样，忽然把头靠近了冰雨，眼睛几乎已贴着镜头了。

一个幽幽的女声——

“蝴蝶公墓。”

时间突然凝固。

几秒钟后响起了一阵啸叫，镜头上出现一个黑色的东西，像毛毛虫一样蠕动着爬过。

前排的女孩尖叫起来，冰雨的镜头也天旋地转——在黑色与绿色不断交替的光影中，男人与女人齐声惨叫，仿佛有人用刀子割他们的肉。

突然，挡风玻璃上出现许多深色污点。镜头前有什么飞来飞去？不计其数的小黑点，像夏夜里扑火的飞蛾，密密麻麻飞向驾驶座。

这时对面闪过一道强光，伴着男女凄惨的尖叫声，隐隐看到一辆大卡车，正穿破雨幕向他们冲来。

瞬间，眼前又一阵剧烈摇晃，同时响起巨大轰鸣。整个世界乱成了一团，鲜血般的液体喷射上镜头。

回到阿鼻地狱——

就在尚小蝶忍不住要喊“救命”时，液晶屏突然变作一团漆黑，耳机里也没有了任何声音，世界末日？

蜷缩在黑暗寂静的女生寝室里，宛如从噩梦中醒来。她摸了摸自己的胳膊，刚才觉得手臂如刀割般疼痛。原来流下来的并不是血，而是一大把冷汗。

还在不停地喘气，窗外吹进来的风更凉了——仿佛车门就开在她身边，视频里神秘的白衣女子，伴着夜风坐到寝室上铺，玉手搭着小蝶的肩膀，献上冰凉如铁的红唇。

小蝶索性披上一条毛毯，再壮起胆子看看电脑。这段视频已全部播放完毕了，总长度23分13秒——故事在地狱中结束。

22点半，宋优还在寝室里上网，曼丽好像已经睡熟了，田巧儿和白露依然不见踪影。没人感到上铺的异样，也没人察觉尚小蝶的恐惧。好像她在另一个世界，笔记本里播放的那段视频，发生在另一个星球。

视频藏在一张光盘里，她把光盘从笔记本里退了出来。

光盘正面就像古代的铜镜，映着她模糊的眼睛和嘴唇……

6月6日上午5点55分

一望无际。

眼前是混沌的宇宙，在天际线的穹顶弯曲处，包裹着白色半透明的次级卵膜；她蜷缩在卵体中央，冰凉的手脚几乎抓在一起，变作沉睡的卵细胞核；周身都是凝胶状的细胞质，充满着微丝和环层板，内质是富有营养的枣卵黄。

这是她的宇宙，时间与空间的“奇点”，等待大爆炸那一刻到来……

2006年6月6日，星期二，凌晨5点55分55秒。

小宇宙引爆。

在0.01秒的世界无限膨胀后，她缓缓睁开了眼睛。

卵生在女生寝室的右上铺。

晨曦透过花布窗帘乍泻，瞳孔失去了眼皮保护，微光如毒箭刺入，视网膜轻轻呻吟。

天花板是虚无的昏暗，五人女生寝室的轮廓已渐清晰——对面上铺隐隐传来田巧儿的欧洲香水气味，自己下铺宋优吃剩的隔夜蛋糕味，曼丽那精致的小零食的诱惑，还有白露那一沓旧书的油墨味。

最奇怪的气味却在自己脸上，浓郁的芳香充塞鼻息，如古寺神龛前缭绕的香烟，又似清明坟头烧剩的冥钞气味。

伸手摸了一下，手指上多了张美丽的脸。

这张脸仅有邮票大小，在红色的背景衬托下，有粉色的脸颊、蓝色的眼睛、棕色的眉毛、卷曲的绿色长发、鲜艳如血的双唇，这是如雕塑般的绝色美女，化上了最浓烈的彩妆，在古希腊戏剧里方可得见。

仅保持了不到5秒钟，这张脸就变成一个骷髅，漆黑的背景上一堆白骨，深深的眼窝燃烧着鬼火。

心头狂跳起来，手指也僵在半空。任由美女与骷髅的脸庞，不停来回交替。

寝室里又亮了些，迷糊的双眼睁得更大，才发现美女与骷髅两边都存在，只是不断扑扇着翅膀。

一只蝴蝶。

停在她左手指尖上的，是一只蝴蝶。

美女与骷髅——蝴蝶两片翅膀上的图案。

这只蝴蝶身长相当于两张大头贴，双翅展开还要大。头部是白色的，前端长长的触须火红，整个躯干和脚纯黑，细看还有许多绒毛，一对大大的复眼，正如人一般凝视着她的双眼。

最奇特的是它翅膀上的图案——

左边翅膀上是一张美女的脸庞，竟和化着彩色浓妆的人类美女一模一样。

右边翅膀上却是一个人类的骷髅头，黑底白骨似乎刚从坟墓里挖出来一样。

一边是鲜艳的生命，一边是恐怖的死亡。

人类生命的两极，同时呈现在这只蝴蝶的一双翅膀上。

缓缓摇了一下手指，这不速之客竟丝毫不怕，翅膀上闪闪的彩色鳞片，发出幽魅的香气。

于是她用力挥舞左手，蝴蝶从指缝间轻巧地逃走了，停在寝室写字台上。美女与骷髅交替变幻，仿佛发出某种挑衅。

她戴上眼镜，披上外衣，光着脚丫爬下上铺，幸好没吵醒室友。她轻轻扑向写字台，几乎抓住蝴蝶的一刹那，它又一次逃之夭夭，飞上了门把手。

穿上凉鞋抓过去，蝴蝶灵活地飞开；在抓住门把手的同时，门开了一条小缝，它如薄纸片般飞了出去。

女孩追出门去，清晨6点阴冷的女生楼，青灰色的走廊不见一个人影，只有那鲜艳的蝴蝶，忽上忽下地飞舞。

当她追到楼梯口时，蝴蝶摇摇摆摆飞下了楼梯。她紧紧跟着蝴蝶，一口气冲出了女生宿舍楼。

当所有人都在梦里时，她却在清晨的露水中，追逐一只奇异的蝴蝶。它在眼前翩翩飞舞，几度伸手要抓到，却差之毫厘功亏一篑。

蝴蝶调皮地扇动翅膀，一路留下暗香，飞出了S大宿舍区，但它既不飞高也不飞远，一直保持在她视线之内，真是个狡猾的家伙。

踏过潮湿的小径，她跟着蝴蝶来到学校花圃——“蝶恋花”，这里就是它的老巢了？

没想到蝴蝶又飞出花圃，她捂着衣领满腹狐疑地跟下去。小道越来越荒凉，周围的建筑也越来越陌生，这是清晨偏僻的校园一角。尽管考进S大已快一年，但还从没来过这里。

鲜艳的蝴蝶，在这单调的清晨异常醒目，尤其是翅膀上的美女与骷髅——绝大多数生物体都是左右对称的，以往见过的蝴蝶或飞蛾，两边翅膀也都是一样的。她从没见过左右两边不一样的动物，这完全违背了大自然规律，好像偏要和达尔文较劲。

而美女与骷髅的两片翅膀尤为可怕，分别代表了美好与死亡，不知它要飞到哪一边去？

蝴蝶飞进了一片夹竹桃林。

那是片盛开着的夹竹桃，红色与白色的花朵交替闪烁，还有凋零的花瓣在泥土下慢慢腐烂。她也曾喜欢过这种花，尽管爸爸告诫过她许多遍：夹竹桃有毒。

蝴蝶在有毒的鲜花里穿行，穿过那些深绿色的树叶，飞向花丛间的小河。

这条河孤独地流淌在校园最荒凉的角落，不到10米宽的两岸，开遍了夹竹桃花。

那只蝴蝶飞出树丛，来到河岸边一块空地，这里没有夹竹桃，只有一大片荒草。

第一次来到这条小河边。

河水绿得让人心里发瘆，那不是天然碧水的那种绿，而是充满着水生植物的混浊绿色，看不清河里有什么东西，就像铺满了深绿色颜料。多年的陈腐气味弥漫在河面，就像小时候闻到的苏州河。

陈腐气味连同清晨的薄雾笼罩着女孩，镜片上有些模糊，她感到一阵恶心。穿着凉拖鞋的双脚，被野草磨得又痒又疼。就在她受不了要离开时，神秘的蝴蝶又出现了。

美女与骷髅的翅膀，在绿色的野草中飞舞着，落在一个暗红色的物体上。

草丛里好像是个书包，蝴蝶停在书包上不动了。

她在野草中蹲下来，仔细看那个书包——红色的女式书包，在高中和大学的小女生里曾一度流行过，她的很多同学都有这种包，可以双肩背着，但女生通常习惯单肩背或拎在手里。

在这清晨荒凉的小河边，怎么会有这么一个书包呢？

暗红色的书包鼓鼓囊囊，不知里面装了什么。沾了厚厚的尘土，可能已在野草中躺了几个月？或者好几年？

带着美女与骷髅的蝴蝶，它为何飞大老远，最终停在这个东西上？

忽然，视线里又掠过一点红色，她继续向河岸边看去——在几乎靠着水岸的地方，躺着一只红色的鞋子。

女鞋。红色。中跟。

穿在年轻女子脚上应该很漂亮。但很少有大学女生会穿这样的鞋子。

红色的女鞋，带着一些灰色污渍，在绿色的河岸边分外显眼，没被涨潮的河水冲进水里，算是它的运气了。

深绿色混浊的河面上。

继续飘来迷离的雾气。

孤独的书包在草丛里。

停着一只神秘的蝴蝶。

还有，血红色的女鞋，它曾穿在哪一只纤纤玉足上？

简直要变成一首恐怖印象派诗了！她的睫毛连同牙齿都在发抖——

蝴蝶突然飞了起来。

她几乎摔倒在地，赶忙站起来回头就跑，两只拖鞋“吧嗒吧嗒”踩在草地上，就像后面有人跟随她的脚步。

在清晨的薄雾中撒腿狂奔，听着自己恐惧的心跳声，要远离那神秘的书包、暗绿色的小河、鲜艳有毒的夹竹桃……

她的名字叫尚小蝶。

6月6日17点30分

S大校园由清晨化为白昼，太阳在正午悬挂了片刻，下午又被吞没进了乌云。

尚小蝶低着头冲进食堂。清晨奇异的经历，让她整天食欲不振。有认识的同学走过，却对她视而不见，好在她早已习惯了被忽视和遗忘。

但清晨那只蝴蝶，是永远都无法遗忘的。

还有，躺在小河边的红色书包。

一整天心神不宁，好像自己掉进了那书包里。那只蝴蝶，左边翅膀是美女的脸，右边却是个骷髅头？停在红色的女式书包上——很想知道那书包里有什么，可那东西看起来太脏了，实在不敢用手去碰。

忽然胃里一阵翻腾，差点把刚吃下去的全吐出来了。因为她又想起了那条小河——虽然是第一次见到，但在S大却颇为有名，在中文系诗社的笔下，这条暗绿色的小河被封为“幽灵小溪”。

抗战时日军杀了许多学生地下党员，把尸体扔进小河里。从此，这条河变成混浊的深绿色，每年夏天都会发出令人恶心的气味。20世纪50年代，果然从河底发现了几十具尸骨。“文革”十年，常有性格孤傲的老教授，受到侮辱后便一气之下沉了河……

突然，手机短信声响了起来，是同学陆双双发来的短信：

今天是2006年6月6日，百年一遇的六六大顺的日子，祝福你万事称心如意^_^

尚小蝶苦笑了一下，这“百年一遇的六六大顺的日子”，她却在“幽灵小溪”边看见了可怕的蝴蝶和书包。但这条短信（可怜她今天只收到了这么一条）确实安慰了小蝶，心头微微一暖，拨通了这个最熟悉的号码——

迎接她的是*Super Star*的彩铃声，几秒钟后响起陆双双的声音：“喂，小蝶，看到我的短信了吧。”

“双双，你现在能来食堂一趟吗？”

“现在？不行啊。”陆双双用压低了的气声说，“我现在和秋水一起吃饭呢。”

秋水是谁？是双双新交的男朋友？但小蝶还是执拗地说：“有特别重要的事情，我发现了……发现了……”

“什么？”

“哎呀！”小蝶急得都要哭出来了，“你别问了，电话里说不清楚，你吃好饭就过来吧！”

“好吧好吧，别着急，我很快过去哦。”

小蝶放下手机，心底感到一丝歉疚。陆双双是她在S大唯一的朋友，最近双双好不容易交了个男友，却在紧要关头打断了他们。可除了她之外，偌大的S大校园里，小蝶确实找不到第二个说真心话的人了。

又在食堂坐了半个钟头，当她低头发呆时，有人拍了拍她的背。尚小蝶吓得跳了起来，看到那张熟悉的脸庞——陆双双。

“吓死我了！你怎么这么快就过来了？”

双双看起来很开朗活泼，穿着牛仔裤，长发飘飘。虽然谈不上美女，但从背后看还颇能赢得回头率，她擦了擦额头的汗说：“我和秋水就在校门外面吃馄饨。”

“对不起，打扰你们了。”

“算啦，我可不是重色轻友的人。什么事情神秘兮兮的，我可是一路小跑过来的，你刚才电话里说捡到了什么？是不是钱包？”双双开始幻想眼前整整一麻袋的人民币。

“汗，不是钱包，而是——”尚小蝶实在无法形容，“哎，跟我过去就知道了。”

她领着陆双双跑出食堂，沿着清晨追逐蝴蝶的路线，一直来到学校花圃。

黄昏时分，校园这一角寂静无人，双双疑惑地问：“你这是要去哪儿啊？”

尚小蝶并不回答，拉着她跑到夹竹桃林。当双双看到混浊的绿色河水时，不禁骇然道：“幽灵小溪！”

鲜花背后是暗绿色的小河，令人生畏的水面上，一只鲜艳的蝴蝶正翩翩飞舞。

就算烧成了灰，小蝶也认得它——美女与骷髅的翅膀。

它从“幽灵小溪”上掠过，翅膀激起涟漪，竟似蜻蜓点水般。

蝴蝶又飞到了荒草地里，尚小蝶不由自主地走了进去。天色渐暗，刚走几步就被什么绊了一下，幸好是泥土和草丛，就像摔在橡胶垫上，双双急忙把她拉了起来。

“书包！”

双双叫了起来——那个暗红色的女式书包，再次跃入视野。

还是清晨的神秘书包，静静躺在河边野草丛中。刚才就绊倒在它上面了，好像它偏要和尚小蝶作对。

蝴蝶又飞了回来，停在脏兮兮的书包背带上。

向几米外的河岸看去，那只漂亮的红色女鞋，依然孤独地沉睡着，似乎在等待另一只红鞋归来。

这只红色女鞋、绊倒她的书包，还有奇异的蝴蝶——早上的情景又克隆了一遍，只是晨曦换作了暮色。

蝴蝶两次带她到同一个地方，不可能有这么巧的事，或许这神秘书包还另有隐情？

这一回好奇心终于战胜了恐惧，尚小蝶的手缓缓伸向地上的书包。

但在摸到书包的一刹那，手指又如触电般弹了回来。

反复犹豫间，黑夜即将降临，河流渐渐模糊，就连鲜艳的夹竹桃花都黯然失色。

双双急了："晚上绝对不能待在幽灵小溪，学姐们说夜里所有的淹死鬼，都会悄悄爬上岸来唱歌，方圆数百米内，半夜都会隐隐听到可怕的歌声。"

水面上仿佛伸出一只漆黑的手。

她们吓得转身就要逃走。但小蝶在挪动脚步之前，伸手抓起了书包背带——这是她活到20岁做的最大胆的事。

美女与骷髅的蝴蝶飞走了，暮色中再也看不清它鲜艳的翅膀。

手里拎着神秘的书包，感觉沉甸甸的，鬼知道里面装了什么，冰凉的触觉让她浑身起鸡皮疙瘩。

"你疯啦？"双双瞪大了眼睛，"这么脏的东西都要啊？"

尚小蝶拎着神秘书包，飞也似的离开河岸。双双当然不敢留下，也跟在她身后狂跑。趁着天黑前最后的光线，她们气喘吁吁地回到了寝室楼下。

"等一等。"陆双双在后面弯着腰喊着，"喂，你能带这个书包回寝室吗？"

是啊，被室友看到拎着个来路不明的东西，脏得像从垃圾桶里翻出来的，该如何解释呢？闹鬼的小河边捡到的书包，准备交还学校失物招领？还是蝴蝶送给她的神秘礼物？抑或自己从淘宝网上买来的新书包？

就算浑身是嘴都说不清！

难不成再把书包扔回"幽灵小溪"？就算免费进场，小蝶也不想听淹死鬼们的演唱会！

终于，她们想到了一个地方。

小蝶和双双走进女生寝室楼，悄悄转过底楼走廊，来到半地下室的仓库门口。黑暗中推开仓库门，小仓库只有20平方米，里面全是些打扫房间的工具，平时也从不锁门。

尚小蝶打开电灯，把红色书包扔到一张破桌子上。既然不能把它带回寝室，只能暂时放到这里了。

“哎哟！脏兮兮的！小蝶你不会发烧了吧？”

“那你说怎么办？现在都已经在这儿了，要不要打开它呢？”

双双托着腮帮想了想，突然拎起书包，立刻又放了下来：“啊，这个书包分量不轻啊，鼓鼓囊囊的，里面装了什么？”

“所以需要你和我一起打开啊。”

“会不会是个女学生的人头呢？”

人头？

似乎书包随时都会打开，跳出一个血肉模糊的人头，在仓库地板上滚来滚去……

“变态杀手将受害者肢解分尸，再将尸体各部分装进书包扔到城市多个角落。这样就算找到部分尸块，也难以辨别死者是谁，就更别提找到凶手了，还有啊——”

“别说了。”小蝶打断陆双双滔滔不绝的“推理”，她认输了，“我们把它扔回去吧。”

“扔回哪儿？幽灵小溪？拜托，晚上没人敢去那鬼地方。我可不想被淹死鬼拖下水去！”

尚小蝶简直要被这书包搞得崩溃了：“那你说怎么办？”

“打开它！”

忽然，陆双双眼中闪出亮光，就像冒险家找到了开启藏宝洞的钥匙。小蝶还来不及阻拦，双双已拉开了书包拉链。

刹那间，一股异样的气味从包里喷薄而出。小蝶联想到了奥斯威辛的毒气，双双却想到了安娜苏的香水。

是湿漉漉长发的头颅？还是一双被斩断的手脚？抑或几十沓人民币？美元？欧元？金条？钻戒？当然后面几项纯属双双的意淫。

幸好，书包（魔盒）里没有人头。

双双颤抖着把手伸进书包，摸出一本厚厚的书——是幽灵经文还是贝多芬的密码？

定睛一看却大失所望，原来是大学英语四级考试的教材！

她把教材放到桌上，继续在书包里摸索，掏出一本更厚的书，还是英语四级教材（下册）！

怪不得分量那么重，这两本英语教材就快10斤了吧。

书包里还有一本书，居然是悬疑小说《荒村公寓》。去年尚小蝶读过这本书，这本书至今仍在学生中很流行，书里的内容凑巧也与S大有关。

接着又翻出一本课堂笔记簿，又厚又重的那种，粉色封面说明主人是女生。小蝶接过这本笔记，随手翻了翻，里面密密麻麻写了很多字，虽然潦草但很隽秀。

小蝶把手伸进书包摸了摸，又摸出一包餐巾纸、两支圆珠笔、几枚硬币，还有一小包口香糖，却没有皮夹子或任何身份证件，手指触到一个光滑的薄片，掏出一看是张光盘，装在常见的塑料盒里。

最后仔细摸了一遍，书包里还有个小夹层，一般这种包里都会有的。

夹层里似乎有什么东西在动？她轻轻拉开了夹层拉链。

手指瞬间麻了一下，一团黑乎乎的东西，苍蝇般从书包里飞了出来。

其实就是一群苍蝇。

不，是一堆苍蝇！从书包夹层飞出来，密密麻麻地扑向两个女生。小蝶和双双吓得尖叫起来，在半地下的小仓库里乱窜，而那一大堆苍蝇，也跟在后面不亦乐乎。

双双第一个冲出去，小蝶紧跟在后面，两人根本不敢回头，生怕苍蝇飞到眼睛里。迅速跑出寝室楼，一直冲到几百米外。在明亮的路灯照耀下，她们总算停了下来，幸好周围还有过路的学生，后面已没有苍蝇踪迹了。

双双拉着小蝶的手惊魂未定："我差点给你吓死了啊，你给我看的重要东西，就是一书包的苍蝇？"

"对不起。"

"算了，早点回寝室吧。"双双理了理跑乱了的长发，"别疑神疑鬼的了。"

她们手拉着手向女生宿舍走去，但因为住在不同的寝室楼，就在岔路口道别了。

小蝶一个人站在夜色里，越发感到不安。神秘的书包，依然躺在底楼仓库，还有那些可怕的苍蝇，又飞到哪儿去了呢？

尚小蝶回到寝室楼，在底楼徘徊了片刻，终于又来到小仓库门口。小心翼翼把头探进去，红色书包还躺在桌子上，至于那一大堆苍蝇，早就不知去向了。

走进仓库仔细查看一遍，确信刚才没其他人进来。桌上摊着书包里摸出来的东西——英语四级教材、《荒村公寓》、课堂笔记簿、餐巾纸……

还有一张光盘。

手指轻触外壳表面，心里隐隐有种冲动。她打开盒子，取出一张标准大小的光盘——背面没有文字，只是一片白板；正面则是金色的反光，照出了小蝶的脸。

这面“镜子”里藏着什么？是一个软件？还是几百张照片？或是一部美国恐怖片？

刹那间她已做出了决定。

6月6日20点05分

怀揣着神秘光盘，尚小蝶回到了女生寝室。

窗户半开着，宋优趴在电脑前上网，曼丽在角落里跟谁通着电话，这时候白露大概还在图书馆里，田巧儿自然又被追她的男生请出去玩了。

宋优懒洋洋地抬起头：“你到哪儿去了？”

“啊，没什么……”她实在不敢把书包的事说出来，“晚上出去散了散步。”

曼丽没感觉有人进来，好像小蝶变成了一个隐形人——有时她还期望自己真能隐形。

尚小蝶出去洗漱收拾了一下，便早早爬到了上铺。她打开笔记本电脑，把那张神秘光盘送入了驱动器。

下铺的宋优把灯关了，她习惯在黑暗里上网，曼丽也没了声音。寝室恢复了寂静，只有笔记本电脑的屏幕，发出幽幽的荧光，照亮了尚小蝶苍白的脸。盘腿坐在高高的上铺，就像高大神龛上的塑像，双膝间是笔记本液晶屏。

她先用杀毒软件扫描了光盘，再进入DVD驱动盘，光盘里仅有一个文件，是AVI格式的视频文件，容量80MB——不太可能是一部完整的电影。

手指停在鼠标上有些犹豫，但还是颤抖着点击了播放。

视频播放器打开，设置为全屏模式，液晶屏立时变成了一团混沌。

同时电脑里放出了奇怪的声音，她赶紧戴上耳机接线。声音变得清晰多了，好像是几个人在说话，还有某种机器运行的沉闷声……

经过惊心动魄的23分13秒，终于看完了本书开头的这段视频。

手里这张神秘光盘，如镜子照射着她的脸——光盘来自一个暗红色的女式书包，而那书包又来自“幽灵小溪”边的荒草地。清晨那只“美女与骷髅”的蝴蝶指引她找到书包，并将她拖进了一个更大的旋涡。

小蝶将光盘藏进枕边的抽屉，关掉笔记本电脑，今夜不想再被恐惧绑架。

摘下眼镜在铺上躺平，呼吸渐渐平稳下来，但愿明早醒来把一切都遗忘。

今天，只是《蝴蝶公墓》故事的开始。

明日悬疑将继续……

生命的第二层

虫

6月7日上午7点30分

铃声响了。

像针一点点扎在心头，尚小蝶睁开眼睛。还是女生寝室的天花板，明亮的晨光直射入瞳孔，她开始寻找那对翅膀——美女与骷髅。

窗户开了一整夜，奇异的蝴蝶却没有再次造访，耳边只响着熟悉的金铃子声。

打开枕边的小抽屉，除了神秘光盘外，还有一只养在塑料盒里的小虫子——体形要比蟋蟀小一号，身体黄色微带肉红，头上有对黄绿色复眼，振动翅膀发出金铃般的声响。

这就是金铃子，很多人小时候养过的虫子，天冷时就会带在身上。小蝶保持着童年的习惯，定期给金铃子喂些米饭和水果，饲养得当还可以越冬。

下铺的宋优被金铃子吵醒了，当她要爬起来发作时，小蝶已揣着金铃子跑出了寝室。

一口气冲到洗漱间，尚小蝶看着镜子里的脸——已经20岁的人了，居然还理着个傻瓜头，是整栋楼里的“稀有动物”。额上的青春痘发得更大、更红了，眼圈还略有些浮肿。尚小蝶想低下头大哭一场，却怎么也掉不下眼泪。

昨晚出了很多汗，为了那张该死的神秘光盘，小蝶还没来得及洗澡。她拿了些换洗衣服，跑进女生寝室底楼的浴室。

莲蓬头喷出温热的水流，舒服地冲在皮肤上，蒸气缭绕间看着自己的身体，模糊朦胧些反而更好——她从来就不喜欢自己的身体。

因为个头比较小，从读小学起她就坐在前几排，那时的雀斑至今还未褪尽，得了个绰号“小麻雀”。最奇怪的是她长到15岁还没发育，坐在一群桃花绽放的青春少女中，宛如一根见不到阳光的小树枝。15岁生日那天，终于“千呼万唤始出来”地进入了青春期，但这迟到的发育，对她来说却是场灾难——脸上发出了很多痘痘，经常两腮红红的一片，鼻子有时也会像草莓一样。身材没有其他少女健美，感觉腰上的肉也随着发育而壮大，每次称体重都不敢往下看。脸庞也变得圆乎乎了，加上“波澜壮阔”的雀斑和粉刺，常自嘲“经历了多次毁容”。

尚小蝶自己“唯二”喜欢的，只有那双水汪汪的杏仁眼。照镜子常只对准眼睛，若仅看这黑白分明的双眸，还真有点美人坯子的潜质，隐隐荡漾着诱人的秋波。但最倒霉的是，初三那年没日没夜地复习功课，视力降低了不少，被迫在中考前戴上了眼镜。于是乎，脸上“唯二”值得自豪的“部件”，也被隐藏在日渐加厚的镜片后，养在深闺无人来赏了。

不想再回忆下去，闭上眼睛享受热水，把身上的一切都洗刷掉吧。忽然，身边有什么动静，好像又开了一个莲蓬头。小蝶透过水汽看过去，见到一张熟悉的面孔——原来是她的室友田巧儿，大概昨夜疯得太晚，早上过来冲澡了。

田巧儿身高1米66，体重却只有91斤，身上各部分都发育得很完美。她在淋浴间里展示着诱人的躯体，水柱打在细腻白嫩的身上，又如弹珠般弹起，果然是20岁美女的肌肤。她还有一张可以去参加选美比赛的脸，常在校园里引来众多帅哥陪同，几乎每天都会收到情书和鲜花。

同样是大学一年级的女生，旁边的尚小蝶自惭形秽。她觉得自己还没有发育完全，看上去要比同龄人小几岁，还像高一的女生。无论是自己的身体还是容貌，与美丽动人的田巧儿相比，简直可以用不堪入目来形容。

她再也不敢看田巧儿了，只是傻傻地躲到角落里。她生怕自己站在靓女旁边，会破坏了这美丽的风景。

“WOW！”

田巧儿叫了小蝶的英文名字。当然，这个英文名确实比较怪，很多人第一次听说时，都搔搔头说：“WOW——好像是信用卡的名字，搞什么啊？”

其实，尚小蝶本来没有英文名，这个WOW是老爸为她起的。老爸在银行工作，主要搞WOW信用卡的推广，就连女儿的英文名都没放过，给她打上了信用卡的烙印。

美女擦了擦脸上的水，瞪大了眼睛看着尚小蝶的胸口，小蝶害羞地抱住了自己的上半身。

“天哪，这是什么啊？”

原来田巧儿看到小蝶的胸口，靠近右侧肩膀的位置，有一块手掌大小的棕色印记。这是个非常奇怪的形状，说不清楚像什么东西，黑乎乎的一大块，像是被开水烫过的疤痕，又像是被撕掉过一层皮。

尚小蝶已经无地自容了，她后悔不该让田巧儿看到这个——从小就一直保护着胸前的秘密，就算在学校公共浴室洗澡，也总是背对旁人，绝不让任何人发现。

“这是伤疤吗？”

巧儿伸手要去摸，却被尚小蝶躲过了，她吞吞吐吐说出了实情：“这是胎记，从我出生就有了。”

“这胎记就像个怪物，”田巧儿后退了几步，露出厌恶的神情，“和你的人一样难看！”

这回小蝶真的受不了了，浴室内的蒸气模糊了双眼，淋浴器喷出的水珠打在脸上，就像针刺般疼痛。有什么液体从眼里流了出来，鼻子也被什么堵住了，在这热气缭绕的浴室里，就连呼吸都感觉困难。

忽然，脑中闪过那个红色的书包。

6月7日中午12点05分

中午，尚小蝶回到了寝室。

室友果然全出去吃午饭了，只有小蝶独自在食堂吃了碗面条。上午听了两节无聊的课，脑中却在想着昨晚的视频。越野车里的镜头总在眼前晃动，代替了黑板前的老师，坐在她前面的男生和女生，仿佛变成汽车前排的两个人，只是身边少了一个“鬼美人”。

关好寝室门，打开笔记本电脑，将那张神秘光盘放进去，昨晚的视频又重现在液晶屏上——

雨夜里飞驰过郊外的汽车，车里坐着年轻的一男二女。镜头前出现了“黄泉九路”，然后载上一个白衣长发的女子——

突然，身后的寝室门被推开了，一道阴冷的风吹到小蝶后脑，难道是视频里的“鬼美人”前来造访？

她浑身战栗地回过头来，一个白色衣裙的女孩正站在眼前，那双乌黑幽深的双眼，直勾勾地看着小蝶的笔记本屏幕。

而电脑视频里的白衣女子，正面对镜头说出三个字：“**鬼美人**。”

寝室里的白衣女生，已扑到了液晶屏跟前，似乎要冲入视频的黑夜里。

“白露！”

小蝶轻轻叫出了室友的名字，这是《诗经》里才有的名字——“白露为霜”，或许正因为这个缘故，她才整天穿着一身白衣吧。

寝室里除了田巧儿，就属白露最好看了，那副白衣黑发的样子，既像日本恐怖片的女主角，又像古书中画的幽异女子。白露也是唯一来自外地的室友，单独睡在靠近门口的下铺，她的上铺就成了大家堆放杂物的所在。

白露根本没有理会小蝶，依旧痴痴地看着视频的画面，尤其是那神秘的“鬼美人”的脸。直到白衣女子说她来自“蝴蝶公墓”，随即液晶屏上一团混乱，对面大卡车刺眼的光芒射来……

笔记本黑屏之后，白露缓缓转过头来，原本白净的脸庞更加没有了血色，两只眼睛无限惊恐地大睁着，嘴唇都被自己咬破了，几滴血丝从红唇上溢出。

“你怎么了？”

尚小蝶刚想要把笔记本合上，白露却抓住她的手不让动，颤抖着说：“等一等！”

接着她又重新播放了视频，低头仔细看着屏幕的画面，深夜荒路上的越野车，绿色的夜视镜头里，来自神秘光盘的恐惧旅程又开始了。

23分13秒后，笔记本的喇叭放出最后骇人的尖叫，传遍寝室里的每一寸角落。

“这是从哪里来的？”

视频终止，白露慢慢仰起头问小蝶。她几乎已半坐在地板上了，两眼放出异样的神采。

“幽灵小溪。”

她本来不想告诉别人的，但此刻面对着白露的眼睛，好像控制不住自己的嘴巴，将那秘密的所在说了出来。

“到底怎么回事？全部告诉我！”白露的口气就像审讯犯人。

尚小蝶胸口起伏了几下，她根本无力抗拒白露的眼神，只能乖乖地将昨天清晨遇到“美女与骷髅”的蝴蝶，被指引到“幽灵小溪”边发现了红色书包，又从包里得到了这张神秘光盘的由来，原原本本地告诉了白露。

听完全部的叙述之后，白露若有所思地呆了十几秒，然后淡淡地说：“谢谢你，小蝶。”

随即白露快步冲出了寝室，只留下尚小蝶一个人坐在笔记本前。

小蝶仍然呆呆地看着屏幕，回想白露刚才那反常的表现。白露是个脾气温和内敛的人，从没像刚刚那样让人望而生畏，尤其是她看到“鬼美人”时的反应，简直与平时判若两人，她的眼神也令人心生恐惧。

实在想不明白，她又看了看视频播放器。刚才这段二十多分钟的画面，从头到尾没有任何剪切，长镜头一气到底，未经后期处理，是原始的DV素材，不像年轻人中流行的自拍DV故事片，应该是真实事件的记录。还有镜头里的表情和语气，特别是恐惧的眼神，绝不像是表演。

如果是真实的话，很有可能与那辆大卡车相撞了，因此DV拍摄才突然中断。

重大车祸通常都可以从新闻里查到的——尚小蝶随即连线上网，搜索最近一年里本市的车祸报道。

我们国家一年要发生上万起交通事故，自然跳出了不计其数的网页。她又加上了几个限定词，比如“凌晨”“越野车”“下雨”等。

果然，这样一条标题抓住了她的眼球——

“经纬三路重大车祸，越野车内两死两伤！”

虽然也是越野车，怎么却是“经纬三路”？视频里不是“黄泉路”吗？

小蝶还是点开了这个网页，报道时间是2005年5月22日，正文如下——

本报讯　5月22日凌晨1时30分，本市经纬三路发生一起重大交通事故，一辆越野车与一辆集装箱卡车迎面相撞。越野车上有三女一男，一名女性乘客当场死亡，另一名女性乘客送到医院抢救无效死亡。越野车驾驶员头部重伤，现正在抢救中。

警方介绍，事发当时正在下雨，路灯昏暗，越野车突然失控，呈“之”字形

快速行驶，进入反向车道，撞上了集装箱卡车。警方疑为越野车司机酒后驾车，或严重疲劳导致睡眠，具体原因仍在调查中。

没错！就是这个——只是“黄泉路”变成了“经纬三路”，但越野车上确实是三女一男，事发当时还下着雨。

越野车正面撞上集装箱卡车，车里两死一重伤也够惨烈的。开车的男人重伤（算他命大），两个女的死了，其中一个估计是前排的长发女孩——副驾驶的位子可是最危险的，好像视频里她也没系安全带。至于另一个牺牲品，肯定是坐在后排的两者其一，是拿着DV的拍摄者冰雨还是那神秘的半路拦车女子？

忽然，尚小蝶想起最近在网上流传很广的另一段视频——**“葡萄牙灵异车祸事件”**。

上个月她听了双双的介绍，自己上网看了一下，果然被吓到了。

根据文字介绍，“葡萄牙灵异车祸事件”发生在2006年4月29日，地点是葡萄牙南部Sintra市郊的高速公路，车祸中两男一女全部死亡。死者身上有部DV，保存了一段事发时的摄像——

视频开头也是黑夜的公路，DV在小汽车里拍摄，近乎绿色的夜视模式。路边出现一个年轻女子，他们让她上车坐在后排，这时画面受到了不明原因的干扰。神秘女子说她早已死去——1982年死于车祸，大家都以为她在开玩笑，但她越讲越伤心，突然变成了另一张脸——插满玻璃碴，面目狰狞如同恶鬼。随即发生车祸，视频到此为止。

事后经葡萄牙警方调查，DV里年轻女子确有其人，多年前因车祸死于这条路上。该路段曾有多起难以解释的车祸，警方无法肯定是否有灵异成分，但车内两男一女确实死了。至于视频里的“第四个人（鬼）”，则在车祸后消失得无影无踪。照理说一个女生很难在几秒钟内化装为女鬼（就算化装也不可能往自己脸上插玻璃吧），也有很多网友热烈地讨论，有人说这是真的，也有人说这是恶作剧，还有人从专业角度分析，用电脑技术完全可以造出来。

但有一点可以肯定，“葡萄牙灵异车祸事件”是今年4月才发生的。而昨晚看的这个神秘视频，是去年5月发生的车祸，比葡萄牙车祸早了近一年。所以，它绝不可能是模仿“葡萄牙灵异车祸事件”的。

午后寂静的女生寝室，尚小蝶低头沉思了许久，随后按下了视频播放键。

她又看了一遍。

画面里晃动着黑夜里的车厢，绿色的脸上闪烁着焦虑的目光……神秘白衣女子上车了，一直到最后出事的瞬间——小蝶注意了一下播放器时间，从女子上车到出事大约3分钟。

但是，最让尚小蝶恐惧的是视频里最后那句话，那白衣女子说自己来自“蝴蝶公墓”。

随即虫子般的黑点飞向镜头，车里的两个女子走入了地狱。

蝴蝶公墓？

她的恐惧因为她并非第一次听到这四个字。

嘴里喃喃重复着“蝴蝶公墓”，仿佛某句古老的咒语，令她置身于那想象中的午夜禁区。

那夜晚的记忆已沉睡多年，一夜之间被这张神秘的光盘打开了——

2002年，高一开学前夕的夏令营。

夏令营在“东方绿舟”青少年活动基地，那里有宽敞的宿舍和大片绿地。夏夜十几个学生来到草地，高一、高二各班级的都有。有盏明亮的地灯，许多萤火虫都扑向灯光。他们一边捉着虫子，一边坐在草地上看星星。那晚尚小蝶也跟在后面，因为她也非常喜欢萤火虫。宿舍里没有电视，草地上吹来阵阵夜风，大家都宁愿在星空下乘凉。

不知谁提议说鬼故事，立即得到了大家附和。第一个人说了《聊斋》故事，但都说太老土了；第二个人说了北德意志的尤拉传说；第三个说了欧洲吸血鬼传说；第四个女生很哈日地说了“老松树下的一罐牙齿”的故事。

哪个胆大的又问了一句：“还有更吓人的吗？”

突然，有个男生从后面站起来，走到地灯上说：“你们想听最吓人的吗？”

这男生很快要升高三了，是个挺拔的瘦高帅哥，他的眼神故作玄虚地扫视一圈，自然也看到了小蝶。

阴影里的尚小蝶撞到他的目光，赶快把眼皮低垂下来，真想钻个地洞藏进去。

男生眯起眼睛，用深沉的气声吐出了四个字——

“蝴蝶公墓。”

四个字宛如电波直接输入了尚小蝶的大脑皮层。大伙都已鸦雀无声，夏夜的萤火虫间，十几个少男少女静静地围坐着，每个人的表情都有些异样。

沉默持续了十几秒，地灯照亮了男生的脸，他神情诡异地扫视着大家。自下而上的白光，让这张英俊的面容，突然有些狰狞起来。

就在人人面面相觑时，有个女生举起手来，就像上课要回答老师问题似的，轻声细语地说：“我也知道蝴蝶公墓。”

这女生如蔡依林般娇小，坐在几个高大男生中间，似乎风一吹就要倒了。

连她都敢说话了，其他人胆子也大了起来，一个男生问道：“蝴蝶公墓是什么地方啊？”

“一个传说中的非常非常……”瘦高的男生突然停住了，眉头绞在一起，好像心底正激烈矛盾着，“总之是一个很特别的地方。”

“你去过那儿吗？能带我们去吗？”

他摇摇头，嘴唇微微动了一下，欲言又止的样子。

“不！”一阵尖厉的叫声，从娇小的女生嘴里冲出，在场所有人都吓了一跳。她一贯安静，很少这么情绪激动，尚小蝶也感到不可思议。站在当中的男生表情更复杂了，他呆呆地看着那女生的眼睛。

“求求你，别说了！”

她居然用乞求的语气，目光极其哀怨。男生也不知该说什么，完全被她吓住了。接着那女生竟哭了出来，眼泪滴滴答答地落下，嘤嘤的哭声烟雾般扩散，在这夏夜的草地上生根发芽。所有人都吓住了，仿佛“蝴蝶公墓”把她牢牢套了起来，就差在脖子上勒紧绳索。

虽然尚小蝶躲在大家后面，但也受到这气息感染，眼眶都有些湿润了。这是怎么回事呢？好像一辈子难过的记忆，刹那间都被这四个字勾了出来……

站在当中的男生终于说话了：“对不起，我不该说这个。”

受到惊吓的大家纷纷散去，两个女生扶着那哭泣的女孩回了宿舍，小蝶也跟着她们回去了。只有那瘦高个的男生，仍独自徘徊在地灯边。萤火虫围着他飞舞，如幽光下的死魂灵。

那年说鬼故事的夏夜，给尚小蝶留下了永难磨灭的记忆，当然还有“蝴蝶公墓”这四个字。

至于那晚哭泣的女孩，秋天开学后，就被父母送到美国去念书了。又过了半年，大家才听说那女孩竟已死了——原来她刚到美国不久，就不幸被强盗绑架，在警方解救她的过程中，绑匪狗急跳墙把她给撕票了。

经历过那个夏夜的学生，都传说她的死与“蝴蝶公墓”有关。

耳边似乎又响起那女孩的哭泣声，尚小蝶急促地呼吸起来，闭上眼睛捂住耳朵，好像又回到了夏夜的草地上。

当她重新睁开眼睛，屏幕上还定格着视频最后的画面——

蝴蝶公墓。

究竟是个什么地方？

6月7日15点10分

下午，陆双双来了。

10分钟前，当她和新男朋友在一起时，忽然接到尚小蝶的短信，让她现在赶快到小蝶寝室去。双双极不情愿地离开男友，来到这栋安静的女生寝室楼里。

推开房门只见小蝶呆坐着，双手托着腮帮看笔记本屏幕。该不会有什么新片子吧？双双走到后面定睛一看，却见到了视频里的“鬼美人”。

尚小蝶告诉双双，这是从书包里拿出来的光盘。

她又把视频放了一遍，等陆双双目瞪口呆地看完后，小蝶怔怔地说：“这是真的！”

“真的？”双双的嘴唇都发紫了，“真的有‘鬼美人’和‘蝴蝶公墓’吗？”

“走，我们去底楼的小仓库，也许在那个红色的书包里，还有被我们忽略的东西。”

两个女生冲出寝室，一起来到底楼半地下室的仓库。

小蝶推开虚掩着的仓库小门。但愿一切皆是梦，那书包从来就没有来到过这里……

书包真的不见了！这下尚小蝶也呆住了。

双双在仓库里仔细寻找着：“到底去哪儿了？”

不，肯定不是梦，那张光盘还在寝室里呢！小蝶摇摇头说：“我昨天晚上走的时候，书包明明是放在这张台子上的。”

“它自己蒸发了？”

“不——”

“对了，你有没有跟其他人说过呢？”

双双的这句话提醒了她，尚小蝶在昏暗的灯下徘徊几步，迅即冲出了仓库的小门。陆双双在后面大叫了两声，但小蝶头也不回地消失了。

她是去找白露。

是的，除了自己和陆双双之外，这件事只对白露说过，只有她知道底楼仓库里的书包。还有白露看到视频时的眼神，离开寝室时的匆忙脚步，一定是白露干的！

在校园的一条小径上，小蝶拨通了白露的手机：“你拿走了那个书包！是不是？”

电话那头沉默了几秒钟，白露嗯了一声：“我承认。”

“你在哪里？我现在就要见到你！”

“我在逸夫楼的阶梯教室。”

3分钟后，小蝶快跑着来到阶梯教室。这里经常举行讲座等活动，但此刻空空荡荡的，只有最后一排坐着个白衣女生。

“白露！”尚小蝶跑过去坐到她身边，难以自控地大声问，“你究竟想干什么？”

“对不起，是我拿走了那个红色的书包。”白露扭过头微微叹了口气，前排的小桌上吹起一小片尘埃。

“你为什么要这么做？难道这个书包是你的？”

“不。”几根发丝掠过白露的眼睛，“因为视频里的‘鬼美人’！”

“你认识她？”

白露理了理额前的头发，用忧伤的语气说：

“她是我的姐姐。”

这个答案让小蝶始料未及，但仔细想想视频里的白衣女子，倒与白露有几分神似。

“她叫白霜。”

白霜——现在才知道了“鬼美人”的名字，与“白露”一样好听而别致。怪不得白露看到视频时会如此怪异，小蝶也可以理解那种恐惧的眼神了：“对不起，我还从来不知道你有个姐姐。”

“她不是我亲生的姐姐。”白露闭上眼睛，嘴角微微抖动，“但我们比真正的姐妹还要亲。我和姐姐出生在西部的小城，从小一起长大。我们之间没有血缘关系，都不知道自己亲生父母是谁，由年迈的养父母把我们带大。姐姐比我大五岁，几年前考到S大读书。”

“你姐也是S大的？”

“是啊，这也是我高考第一志愿填S大的原因。姐姐在S大那几年，我们的养父母相继因病去世——他们都快70岁了。我们在老家借了很多钱，才供姐姐读完大学，又考上了S大中文系的研究生，到现在还欠着一大笔债。对了，这件事请一定要为我保密。”

听到这对姐妹坎坷的身世，小蝶的心肠立刻就软了：“好，我答应你。中午我上网查过了，视频里的车祸是真的，你姐去年出过车祸？”

“没错，她在车祸中——死了……”

这时白露的眼眶已经发红了，小蝶看着一阵揪心：“对不起。”

“去年5月，我们S大的学生发生过一起重大车祸。生物系的大二女生孟冰雨和何娜，坐越野车去郊区拍DV，何娜的男朋友开车。在半夜回市区的路上，载上了我的姐姐白霜。”

“奇怪，大半夜的荒郊野外，你姐怎么会在那里拦车呢？”

“这个原因我也很想知道！”白露难过地低下头，“姐姐上车后不久，越野车就撞上了一辆大卡车。坐在前排的何娜当场死亡了，我姐被送到医院后不久也死了。开车的男人头部重伤，听说到现在还没醒来。只有孟冰雨大难不死，仅受了一点皮肉伤。”

小蝶捏紧了手掌：“果然是真的！书包是你姐姐的？”

“不是，肯定不是我姐的！自从姐姐出事以后，我就发誓要找出她死因的秘密。去年我如愿考进了S大，多次秘密寻访姐姐生前认识的人，调查姐姐出事前的情况。我还想找到生物系的孟冰雨，就是车祸中唯一的幸存者，但她在车祸出院后不到一个月，就神秘地失踪了，至今也没有她的消息。”

虽然是同一个寝室的，但平时白露很少和小蝶说话，这是她们认识以来说得最多的一次。小蝶试探着问：“你查出什么结果没有？”

“蝴蝶公墓——”

又是这个奇异的字眼，子弹般射入小蝶的耳膜：“什么？蝴蝶公墓？到底是什么地方？”

“地狱的入口。”白露停顿了片刻后缓缓地说，“我姐姐很想找到‘蝴蝶公墓’！”

“不！”小蝶更害怕了，心想现在自己的样子一定很难看，“对了，你姐姐说自己是‘鬼美人’，这又是什么意思？”

“不知道，我也是从中午的视频里第一次听到这三个字，过去从没听姐姐说起过。”

“书包呢？那个红色的书包呢？你把它藏到哪里去了？”

但白露冰冷地摇了摇头：“这不是你的书包。”

“也不是你的！”

“但它一定和我姐姐的死有关系。”

这一句话让尚小蝶无话可说，低下头沉默了许久。

忽然，白露抓住她的手说：“小蝶，带我去‘幽灵小溪’好吗？我从来没有去过那里，我想看看你发现书包的地方。”

“不行，我不敢再去了。”

“没关系的，我们两个人一起去，又是大白天不会有什么事情的。”看到小蝶犹豫，白露的手抓得更紧了，“求你了，小蝶！”

尚小蝶的心终于被说软了：“好吧，我带你去。”

6月7日17点20分

穿过姹紫嫣红的花圃，尚小蝶带着白露走进学校最寂静的角落。一路小心翼翼地走来，白露仔细张望着四周，生怕漏掉任何细节。

当眼前出现鲜艳的夹竹桃花时，小蝶咬着嘴唇说：“幽灵小溪到了！”

再往前走几步，那暗绿色的河水浮现于眼前。白露怔怔地看着一泓绿水，白雾随黄昏的凉风弥漫，不禁让人毛骨悚然。小蝶也浑身起了鸡皮疙瘩，这是她在两天之内，第三次造访“幽灵小溪”。

昨天的记忆还十分清晰，她很快找到发现书包的地方——河边的一片荒草地，有一小块草丛被压平了，明显与周围的草不太一样。

白露立刻半跪在草丛中：“就是这里吗？”

“对，就在你脚下。”

她也顾不得河边的脏了，直接用手在草地上摸了摸，若有所思道：“这里的草不但被压平了，而且比周围的草要短很多。”

“这是长期被书包压迫的缘故，所以一直都长不高吧。”

“不，这底下的泥土也与周围不一样，这些草是最近一年才长的。”

小蝶也想到了什么：“你是说这泥土被人动过？”

“没错，也许这底下埋了什么东西！”

“啊——”

脑中瞬间浮起一具骷髅或白骨的形象，小蝶摇摇头后退了两步，抱着自己双肩说：“我们快点走吧，别再想这个了。”

“不行！既然来了就一定要弄明白。”

白露从草地上站起来，回头朝花圃的方向跑去。小蝶也紧紧跟在她后面，还以为她要离开这儿了，却没想到她从葡萄架下拿起一把铁铲，又迅速折返回“幽灵小溪”！

“你要干什么啊？”

“别管我！”

白露一口气冲到小河边，回到发现红色书包的草丛，将铁铲重重地送入泥土。

天哪，她真是走火入魔了吗？也许她连自己正在干什么都不知道。

天色渐渐暗淡，很快幽灵们就要从河水里爬出来了。白露用力挖着泥土，铁铲无情地剖开大地，小蝶看着感觉像自己的肚子被挖开一样。

泥土很松，刚挖掉几丛草根，底下就露出了一个什么东西。

谢天谢地不是尸体！

白露挖出了一个铅笔盒，在泥土中安静地躺着，上面还有一层铁锈。

已很少有人用这种东西了，盒子本身就是个古董吧。白露累得汗流浃背，索性坐在草地上，从泥土中捧出铅笔盒。

小蝶大胆地接过它，看上去像个金属棺材。

白露立刻起身夺走铅笔盒，仿佛那是她的命根子，然后小心翼翼地打开，绿色河水衬托着她的白色衣裙。随着一阵泥土的气味，盒里露出一张文稿纸。

黄昏的“幽灵小溪”边，她轻轻展开这张稿纸，上面写着数行潦草的诗句。

尚小蝶看不清楚诗句的内容，颜色几乎都要褪去，只能看出文稿纸的标题——

蝴蝶公墓。

这四个字像团灼热的火焰，让小蝶双眼热辣辣地发烫，连着后退几步，差点滑进河里。

白露看着稿纸微微点头，目光锐利而兴奋。她把稿纸放回铅笔盒，稍稍擦了擦表面的泥土，像宝贝似的抱在胸前，转头跑出了夹竹桃的河岸。

“别抛下我！”

尚小蝶也跟在她后面，离开夜色慢慢降临的“幽灵小溪”。但前头的白露越跑越快，黄昏下一身白衣渐渐模糊，最终消失在花圃外面。

小河边挖出来的铅笔盒，就这样与尚小蝶失之交臂，她满脸失望地摇着头，咬着嘴唇不知是福是祸。原来它就埋在书包底下，但干吗要如此煞费苦心地埋一首诗呢？

实在是想不明白，身后的“幽灵小溪”飘来一阵白雾，小蝶就像躲避瘟疫似的匆匆跑向了女生寝室楼。

6月7日20点20分

尚小蝶独自走进阴暗的楼道，底楼的小仓库门依旧敞开着，只是书包不知去向，有些后悔，昨晚该仔细看看包里的东西，特别是那本课堂笔记簿——想必此刻正被捧在白露手中吧。

本想打电话和双双一起吃晚餐，但双双说和男朋友在一起。小蝶心里有些失落，只能独自在食堂草草填饱了肚子。

回到女生寝室里，还是只有她一个人，倒是金铃子叫得正欢。小蝶关紧门窗，爬到上铺静静躺着，回想从昨天清晨到今天黄昏——她三度光临幽灵小溪，看到了一年前的死亡车祸，似乎离那神秘所在“蝴蝶公墓”更近了一步。

一切都因为那只美女与骷髅的蝴蝶。

转头看着窗户，几片梧桐叶子扑到玻璃上，宛如黑夜里飞舞的蝴蝶翅膀。

小蝶掏出手机拨了白露的号码，铃声响了半天却没人接。她又在床上躺了几十分钟，还是没有一个室友回来。虽然平时也不太和她们说话，但现在的寂静却让人发疯。

她索性打开电脑上了网，在搜索引擎里键入四个字——**蝴蝶公墓**。

瞬间跳出数十个网页，但大部分都只有“蝴蝶”和“公墓”。其中完全匹配“蝴蝶公墓”这四个字的，仅仅只有一个网页。

立即打开这个网页，竟是一张电影海报似的鲜艳图片。在黑夜寂静的女生寝室里，尚小蝶定睛看着笔记本屏幕。荧光如鬼火映在她的脸上，瞳孔里隐隐反射出一对翅膀——没错，网站首页居然是一张蝴蝶的图片，美艳绝伦的翅膀正翩然飞舞，仿佛随时都可能飞出她的电脑屏幕，如昨日清晨一般再度造访这间女生寝室。

尚小蝶又看到了美女与骷髅！

昨天见到的那只神秘蝴蝶，此刻重现于电脑的屏幕上，怎能不叫她心惊胆战？那海报般精美的首页图片上，画着一只栩栩如生的蝴蝶，翅膀左边是美女的脸，右边却是森严的骷髅头——正与她亲密接触过的那只蝴蝶一模一样！

她吓得立即合上笔记本电脑，揉揉眼睛再看看窗外。黑夜里并未出现那只蝴蝶，女生寝室中依然只有自己一人。深呼吸了几口，再次打开电脑，屏幕上又重现了网站首页。

依然是那只美女与骷髅的蝴蝶。

颤抖着点下鼠标，硕大的蝴蝶图片突然虚化掉了。网站首页也变成了一个简单的网页，背景几乎都是深色调的黑色与紫色，下面排列着一些白色的文字，看起来令眼睛极不舒服。

网页最上端打着四个楷体的红色汉字——

蝴蝶公墓。

就如血一样红的字，特别是在“蝶”字的笔画上，还画着一只蝴蝶的翅膀。

尚小蝶屏声静气地读出这四个字，心里想，这就是网站的名字了吧？

“蝴蝶公墓”网站？

目光好不容易从这四个字上挪开，移到了下面的网页文字里。一般的网站首页设计，都会在首页里面分出不同的栏目，点击栏目就可看到子目录里的网页，再往下通常就是文章或图片。这个网站却很奇怪，首页标题下面是一长串奇怪的文字——

你想找到蝴蝶公墓吗？

世界上每座城市都有一个蝴蝶公墓，隐藏在城市边缘的某个角落，顾名思义就是蝴蝶埋葬之处。

我们平时极少目睹蝴蝶之死，因为它们会在寿命将尽之时，飞入蝴蝶公墓等待死亡降临。

围绕着蝴蝶公墓，总有很多奇异传说，或恐怖或诡异，或悲壮或凄美。

蝴蝶公墓是城市的另一个中心，是幽灵们聚会的地方，是地狱与天堂的窗口。

地狱与天堂的窗口？到底真的假的？世界上真有这样的“蝴蝶公墓”吗？而且就在我们城市的边缘，也许就在自己的身边？

小蝶几乎要把自己的嘴唇咬破了，鼠标沿着这几段文字上下浮动，突然发现最后一行的**“地狱与天堂”**是可以点开的。

于是，鼠标轻轻点破了这“地狱与天堂”。

屏幕上变换成了另一个网页，看IP地址依然是在“蝴蝶公墓”网站里。这个网页同样也是深夜般的背景，一幅巨大的图片正慢慢打开——

她看到了一幅地图。

天哪，这地图竟如敦煌莫高窟的壁画般精美，在地底埋葬了三千年，覆盖上一层土黄色的历史印迹。小蝶的心跳又加快了，屏幕上的这幅彩色地图，像夹竹桃花冲击着她的眼睛，仿佛那个神秘的空间，已然微缩在自己的电脑里，只要一伸手就能走进“蝴蝶公墓”。

地图上交织着各种不同的线，还有许多奇怪的标志与符号。她看到了骷髅头、大×、星星、三角、方块、桃花、十字、圆圈……看起来像个大迷宫。实在是看不出哪个地方像是更具体的城市道路图，或者是某个考古遗址图？游乐场所的导游图？或者是战略游戏里的地图？就像男孩们喜欢的“帝国”里的那些图。

她用右键点了地图的属性，是JPG格式的图片，有200多K的容量。网页大部分都被这张地图占据了，图片上端有一行手写的字——

“蝴蝶公墓地图。”

她自言自语道：**“通过这个地图就能找到‘蝴蝶公墓’吗？”**

但尚小蝶已经完全糊涂了，她甚至看不出这张地图是在中国还是在外国，更别提是哪座城市、哪个地方了。

这时，寝室门突然被打开了，一阵凉风吹到她后背。小蝶不想再重演中午那一幕，赶紧把笔记本屏幕合了起来。

曼丽蹦蹦跳跳闯了进来，接着是特意打扮过的宋优。她们刚去参加了一个学生社团聚会，还意犹未尽地不停说着话。

尚小蝶悄然拔下网线，关了电脑放回抽屉中。曼丽和宋优仍在大声说话，小蝶坐在上铺完全插不进话，直到她们说累了才问：“你们见到过白露吗？”

宋优这才意外地回过头来，原来她根本就没注意到上铺的小蝶：“哎呀，吓死我了，还以为寝室闹鬼了呢！原来你在上铺啊，怎么一点声音都没有。”

曼丽抬头说：“你问白露吗？我们从下午起就没见过她。”

小蝶继续蜷缩在上铺，又一次拨了白露的号码，这次等待她的却是“对不起，您拨打的电话已关机”。

居然关机了！是白露在故意回避她吗？小蝶越想越不是滋味，转头缓缓闭上眼睛，进入了半梦半醒之间。

不知过了多久，又响起急促的开门声。难道是白露回来了？小蝶迷迷糊糊地睁开眼睛，却见到田巧儿一张疲惫的脸。大概又从外面约会回来了，一进门就忙着卸妆。

将近子夜0点了，白露这时会在哪儿呢？她低头看着下面，曼丽和宋优还在窃窃私语彻夜长谈。

宋优抬起头正好面对小蝶，皱起眉头问：“WOW，你好像有什么事情要说哦？”

“啊，是的，我想问你们一个问题。”

“那快点问吧，我们都要睡觉了。”

终于，尚小蝶鼓足了勇气，把酝酿了一天的话说了出来——

“你们听说过‘蝴蝶公墓’吗？”

寝室里立时死一般寂静，就像袭来一阵西伯利亚寒流，瞬间冻结了流动的河水。

田巧儿、宋优、曼丽，三个室友面面相觑。她们先彼此看看，又一齐凝视着尚小蝶。

小蝶也被这阵势吓住了，她从没见过室友们这副表情。

不，她们三个人的脸色都变了，好像听到了最恐怖的消息。这小小的女生寝室，被尚小蝶的一句话凝固了起来。无人敢回答她的问题，就像无人能从蝴蝶公墓生还。

子夜0点。

窗外不知什么树叶在晃动，黑影打在她们的脸上。

“蝴蝶公墓”？

6月8日上午9点20分

又一次从混沌中醒来。

就像一只黑色的手，伸入亘古阴暗的水底，捞起那把蛇一般的长发，也捞起了沉睡的尚小蝶。头皮撕裂般疼痛，直到整个人被铃声揪出水面，一片白光照亮了眼皮。四周无边的黑水消退，只剩下女生寝室的天花板。

室友们照例还在梦中，只有白露的床依然空着。

小蝶的脑袋像要炸开似的，脸朝墙翻了个身，看到刻在墙角的蝇头小字，只有贴近仔细看才能发现——

你知道地狱的第19层是什么吗？

第19层……

小蝶并没有害怕，默默看着这行字，如蚂蚁爬满了整堵墙。自她住进这个寝室起，就发现了这行秘密文字。刚开始时也很惊讶，似乎这墙上刻了什么诅咒，后来屋里发现了更多的“遗迹”，才明白这是寝室前任主人们留下来的。

原来，这里曾是《地狱的第19层》的发生地，据说小说里的春雨就睡在尚小蝶现在的铺位上。这样的巧合让小蝶又惊又喜，这本书伴她度过了高三的寒假。如今，她仿佛又回到了小说里，每日呼吸着主人公们呼吸过的空气，期望每个夜晚都会梦到那些学姐。

这屋子也有很多灵异传闻。比如有人听见晚上桌子突然动起来；电灯莫名其妙地忽明忽暗；子夜后听到敲门或敲窗千万不能开，那是地狱的第19层里的冤魂回来了。

墙上细小的字迹有催眠作用，小蝶迷迷糊糊地又睡了过去……

不知过了多久。

铃声，恐怖的铃声又一次响起。

小蝶被手机短信催醒，时间已快10点，寝室里的其他人都走了，只留下她孤零零一个。

她揉了揉疲倦的眼睛，这才看清短信——不，是彩信的发件人：白露。

终于有她的消息了！

小蝶再看看白露的床铺，还和昨晚一模一样，看来她整晚都没回寝室。

彩信接收好了，图片里是条不宽的马路，两边低矮的建筑物和荒草，色调阴暗而凄惨。小蝶记得白露手机的像素还可以，但这张照片却拍得很模糊，也许是天气和环境的原因。

这是什么地方呢？看了让人心里发毛，白露此刻又在哪里呢？小蝶立即拨了她的电话，对方却取消了接听。

只隔了半分钟，手机里又收到了一条彩信，发件人依然是白露。

这条彩信居然是白露的自拍照，背景还是上一张图片的地方。自拍照多多少少都有变形，彩信里的白露眼睛被放得很大，五官比例很不协调，看着让人想起传说中的妖怪。

是啊，“鬼美人”不正是她的姐姐吗？

1分钟后，小蝶收到了第3条彩信，图片里只有一个路牌，上面清晰地标着四个字：**黄泉九路**！

天哪，是视频里出现过的地方！尚小蝶目瞪口呆地对着手机屏幕，难道白露已经找到“黄泉路”了？

她又给白露打了个电话，但一打过去就被拒绝接听了，看来白露是铁了心不接她电话。小蝶立即爬下了床铺，板着一张隔夜面孔，跑到旁边的寝室里，问别人借了部手机打给白露。然而，对方依然不接电话，任凭铃声响到“暂时无法接听”为止。

该死的！白露究竟在干什么？小蝶只能又回到寝室，用自己的手机给她发了条短信——

你在哪里？告诉我！

发完短信小蝶长出一口气，呆坐几分钟后铃声终于响起，是白露回复她的短信吗？

不，仍然是一条彩信。照片里是块荒凉的野地，中间点缀着许多个突起的牌子，有的地面还有裂缝，嵌在手机屏幕上阴气森森的，看起来很像是墓地。

小蝶赶快合上手机，仿佛这些彩信随时都会成为现实，寝室眨眼就会变成“蝴蝶公墓”。

接下来足足等了10分钟，白露的第5条彩信到了——照片里好像是个老房子的门洞。幽深阴暗的门洞上方有亮光射下，照亮了一个横着的楼梯栏杆，几乎悬在门洞的半空中。有个黑色的人影从栏杆边走过。因为完全逆光的角度，这张照片拍的效果很差，根本看不清那个人的样子，上面只是黑乎乎的一团。

但这种照片却最有恐怖片的感觉，模模糊糊让人浮想联翩，也许真的有一个幽灵？小蝶心跳加快，整个人缩在铺上，好像影子会从屏幕里钻出来似的。

她赶紧又给白露打了个电话，铃声固执地响了许久，正当她想要放弃时，却突然听到了白露的声音：“喂——”

这来自不知名的地狱的女声，让尚小蝶的耳朵根都发麻了，只能壮着胆子问：“白露！你在哪里？”

电话那头沉默了片刻，响起一个更古怪沉闷的声音：

“深深的城门洞通往地狱，天堂之光抚摩额头，幽灵在悬索桥上迎接你。”

这三句话念得像咒语似的，小蝶听着整个脑门都发涨了，颤抖着问：“你到底在说什么啊？”

但白露的手机已然挂断了。尚小蝶茫然地看着屏幕，立即又拨了白露的号码，但这次对方再也不接了。

显然，白露确实在一个特别的地方。她每看到一样奇异的景物，就立即用手机摄下来，再用彩信发给尚小蝶——就像用彩信图片现场直播。

好，现在就等白露还会看到什么！

小蝶闭起眼睛又等了几分钟，果然收到了白露的第6条彩信。这张图片好像是对着地面拍的，在杂草丛生的泥地里，躺着一只生锈了的十字架，虽然表面已经锈掉了，但还可以看出精致的花纹和十字架上受难者的结构。

难道还与十字架有关？想象力在此刻充分发挥，尚小蝶越想越恐惧。

仅仅几十秒后，她又收到了白露的第7条彩信，可实在看不清拍了什么，好像是一堵单调的墙壁，早已年久失修地布满了裂缝。

她继续给白露打电话，但仍无人接听，直到收到最后一条彩信，也是拍得最清晰的一张——美女与骷髅！

就是那只神秘的蝴蝶，近距离拍下了它的翅膀，左边是美女，右边是骷髅。

她痴痴地看着手机上的照片，似乎这只蝴蝶又一次停到了她身上……

尚小蝶都要被这些彩信弄疯掉了。现在已经上午10点多钟了，她连早饭都没有吃，只喝了一大口水。

她又躺倒在铺上闭起眼睛，却怎么也睡不着，这时短信铃声又一次响了。

第9条彩信？

不，这次是白露发来的短消息。很简单，只有八个字——

我找到蝴蝶公墓了。

眼球又一阵灼痛，尚小蝶的手指不停地打战。手机屏幕上的这几个汉字，也如蝴蝶般飞舞……

6月8日14点20分

再也没有白露的消息。

整个中午都寝食难安，自从收到白露最后一条短信“**我找到蝴蝶公墓了**”，之后就再也联系不到她。小蝶给她打了无数个电话，但对方就是不接，到11点钟居然就关机了。刚才她又给白露打了一个，手机依然处于关机状态。

白露真的找到了“蝴蝶公墓”？

她不敢再看那些彩信，仿佛墓地、门洞这些东西都会变成现实。至少在第3条彩信里，“黄泉九路”的路牌是真实的吧！

就在尚小蝶心神不宁时，双双却突然闯了进来。她把小蝶拉出清冷的寝室，要带她去看学生剧团排的新戏。原来双双在这个舞台剧里演了个角色，自然特地梳妆打扮了一番。小蝶本不想去凑热闹，但实在耐不住双双的死缠烂打，只能跟着最好的朋友去了。

两个女生来到学校剧场。一个能容纳五六百人的大场子，学校很多重大活动都在这举行。剧场里已经有十几个人了，她还见到了室友田巧儿和曼丽。

尚小蝶的出现让她们很意外，曼丽冷冷地问：“你来干什么？”

“是我带她来的。”

陆双双勇敢地挡在小蝶面前，摆出一副保护者的姿态。

“蕾丝边！”曼丽哼了一声就走开了。

忽然，双双微笑着向前挥了挥手：“秋水！”

小蝶向前望去，只见一高个男生从舞台旁边走来。

乍一看还以为是“汉服”cosplay shou——他穿着电视里常见的书生装束，深衣大袖，衫袂飘飘，颇有魏晋之古风、唐宋之遗韵，在周围的现代服装中特别显眼。

玉树临风的“古代书生”走到她们跟前，露出一个尴尬的笑容。尚小蝶则紧张地后退一步，躲到了陆双双身后。

双双得意地拉着小蝶的手说：“他就是秋水，怎么样，帅吧？”

然后，她又对那男生说：“她是我最好的朋友尚小蝶。”

“你好，我叫庄秋水。”男生很得体地自我介绍，他的眉眼有几分像周杰伦，“我是大三读生物系的，现在我们在排一个舞台剧，准备半个月后在学校艺术节公演。”

小蝶还是不敢正眼看他，只是低下头轻声问：“你演的是谁？”

“梁山伯！”双双骄傲地说，搞得庄秋水也不好意思了。

“啊，你演祝英台吗？”

“嗯——”陆双双拧起了眉毛，指指远处的田巧儿说，“她演祝英台！”

尚小蝶知道自己问错了：“对不起。”

“没关系，我就是没主角的命啊，只能演个小丫头。”

“银心？”

双双意外地点点头：“你还挺熟悉梁祝故事的嘛。”

突然，他们身后响起一个沉闷的声音：“怎么还没换好衣服啊？”

说话的人是历史老师孙子楚，他正是这出舞台剧的导演。小蝶第一次见到他感觉很怪——原以为大名鼎鼎的他是一个活跃又贫嘴的家伙，但现实中却是个严厉的人。孙子楚从小蝶身边走过，连正眼都没看她一下，真把她当作隐形人了。

10分钟后，所有演员都换好衣服出来。孙子楚在舞台上和大家说戏，这出舞台剧叫《化蝶》，就是梁山伯与祝英台的故事。剧本是孙子楚自己写的，好不容易说服了学校团委，全力促成这出戏的排演。

已是第三次排练了，孙子楚把梁祝剧情做了很大修改。田巧儿穿着书生服登场，大概是祝英台女扮男装的样子，身后跟着书童装扮的陆双双，看起来滑稽可笑。庄秋水也舞着扇子上场了，后面则是书童“四九”。

几个人在舞台上各自摆出Pose。确实是田巧儿扮相最好，怪不得她刚进大学就被当作“校花”。但孙子楚对她很不满意，几次打断她的表演，说她形似而不神似，让一贯强势的巧儿很是尴尬。尚小蝶默默地坐在台下，始终不敢去看庄秋水，好像每次去看都会吸引对方目光，让她浑身不自在。

排练一直到下午4点30分，孙子楚终于结束了这混乱的演习。陆双双和庄秋水从后台换好衣服出来，双双还要拉着庄秋水出去玩，问小蝶要不要一块儿去。

尚小蝶避开庄秋水的目光：“不，你们去吧，我要早点回寝室去。”

还没等双双他们挽留，尚小蝶转身冲出了剧场，向女生寝室楼的方向跑去。

在路上又给白露打了电话，但等待她的依然是“对不起，您拨打的用户已关机”。

6月8日19点20分

夜幕降临。

尚小蝶回到了女生寝室。宋优和田巧儿都在，但彼此没说什么话，小蝶就爬上了自己的床。依然没有白露的消息，她开了窗透透气，一时间心乱如麻。好不容易壮起胆子，看了看上午收到的那些彩信，每一张图片都有股怨气，透过屏幕缓缓散发出来，弥漫在她们的寝室里……

房门突然被推开了，曼丽跌跌撞撞地走进来，疲惫不堪地倒在床铺上，正好与小蝶四目相对。她厌恶地说："别看我！"

尚小蝶羞愧地把头别向墙壁，她们干吗这么嫌她？是因为昨天半夜那个关于"蝴蝶公墓"的问题？她们大概也知道"蝴蝶公墓"的传说吧，也许很多人都听说过它，只是不敢说出来而已。

或者，她们都上过那个叫"蝴蝶公墓"的网站？

想到这儿心头又是一阵乱跳，她禁不住打开自己的笔记本电脑，插上网线登录昨天的网站——蝴蝶公墓。

第二次打开这个网站，上来又是那海报般鲜艳的蝴蝶，美女与骷髅在液晶屏上发出幽幽的光。点击翅膀进入"蝴蝶公墓"首页，上端那四个红色的汉字，如钉子般钻进她的瞳孔里。眼睛一阵奇怪的疼痛，她只能使劲揉着眼睛，像昨天那样点中下面的"地狱与天堂"。然后，进入"蝴蝶公墓地图"的网页。

硕大的地图依然让人吃惊，幸好蜷缩在上铺，室友们不知道她在看什么。一直把网页拉到最下面，在"蝴蝶公墓"的地图底下，有一个白色的十字架的标志，其实就是一长一短两根木头交叉在一起，看起来都快要腐朽掉了的样子，让人联想到古老的西方墓碑。

鼠标战栗着移到十字架上，居然一下子就点开了，"蝴蝶公墓地图"从当中分开，变成两扇神秘大门缓缓开启。

就像《一千零一夜》阿里巴巴打开宝藏的大门，需要"芝麻"开门吗？

打开屏幕上的大门之后，里面跳出来一行红色的大字——

欢迎光临蝴蝶公墓。

这些怪字竟越来越大，几乎填满了整个笔记本液晶屏。就在那些文字几乎要把屏幕挤破时，网页突然又变换了模样：一大片枯黄的野草变成了背景，当中是一块孤独的路牌，在阴郁的天空下分外清晰，撑着路牌的杆子满是铁锈，中间都几乎弯曲变形了。而牌子上也斑斑点点的，似乎许久没上过油漆了，露出四个大字"**黄泉九路**"。

又是黄泉九路！与撞车视频里的路牌相同，但新闻报道里说是"经纬三路"啊，究竟是在哪条路发生的？

在网页的最下方，却是一个烟囱的标志，还徐徐冒出黑色的烟雾，一直升到屏幕的上端。小蝶轻轻点了烟囱一下，又立刻进入了下一层网页。

突然，笔记本的喇叭响了，发出一阵奇怪的音乐旋律。下铺的宋优立刻喊了起来："喂，什么声音啊？"

小蝶立即关闭了网页，把笔记本屏幕合起来。几乎同一时刻，凉风突然吹到后背，寝室门又被人打开。

心里下意识地一惊，赶紧把电脑关机。她又将头探向门口，只见昏暗的走廊里，一身幽异的白裙正随风起舞。

白露！

整个寝室的人都回过头来，像见到鬼似的盯着门口的白露——她的裙摆上沾了许多黑色的污迹，脸色苍白如雪，几缕乱发遮在眼前，乌黑的眼睛平视前方，好像所有人都不存在。

尚小蝶差点从铺上摔下来，急忙爬下来到白露跟前。但白露一点反应都没有——没有表情就是最恐怖的表情，诡异的嘴角还有几点血迹。

又一个视频里的"鬼美人"！

白露走过宋优的身边，宋优立刻躲到了墙角里，曼丽把眼睛都遮起来了，只有田巧儿还在铺上看着她。

"你怎么了？"小蝶不依不饶地追问，"今天去哪儿了？"

终于，白露抬眼看了看她，却什么都没有表示，一言不发地坐到自己铺上。尚小蝶刚想在她身边坐下，但看到白露嘴角的血迹，便又回退了两步问："为什么不说话？"

白露依然像聋子一样没有反应，埋头收拾了一下床铺，带着毛巾出去洗漱了。

等白露走出寝室后，曼丽长嘘了一口气：“哎呀妈呀，她的样子可太吓人了！”

“是啊！”宋优已经钻到了被窝里，“今晚我又要做噩梦了。”

小蝶不依不饶地追了出去，一直追到水房看着白露洗脸刷牙。白露缓慢而仔细地擦着脸，似乎脸上蒙着一层看不见的灰尘。小蝶就呆呆地站在她身边，白露却视而不见。

白露洗漱完毕之后，忽然转头对着小蝶，面无表情地说：“今天，我见到她了。”

“谁？”

“我的姐姐。”

白霜？她的语气幽幽地透着寒气，仿佛是从地底渗透上来的，小蝶不禁后退了两步。

然后白露快步向寝室走去，只留下小蝶孤独地站在水池前。

她今天见到一年前就已死去的姐姐白霜了？

又是一个标准的“活见鬼”。

小蝶赶快跑回到寝室，只见白露已乖乖地躺到了床铺上。

她随手关掉了寝室的大灯。屋子里一片昏暗，另外三个室友都不敢吱声，纷纷安静地缩进被窝。现在才晚上10点多钟，室友们极少这么早就睡了。小蝶无奈地爬回自己铺上，但愿今夜能睡得安稳些。

然而，心里仍在想着白露的眼神，她今天究竟去了哪里？还会发生什么事情吗？

今夜无人入眠——五个女生睡在这小小的寝室里，或许每个人都在想着各自的心事，白露在想着什么？尚小蝶就这样辗转反侧，直到将近午夜子时。

6月9日凌晨2点13分

尚小蝶睁开眼睛。

仍然是黑暗的女生寝室，某种声音在耳边轻轻飘荡。她艰难地爬起身来，寻觅着声音的方向——是轻柔又遥远的旋律，带着舒缓沉闷的节奏，听不出是什么乐器演奏的。她爬下床铺，披着衣服走出寝室。走廊里夜凉如水，所有的人都已沉睡，除了这个午夜游荡的灵魂。她循着声音走出了寝室楼，夏虫还在黑夜的校园里鸣叫。

那个声音就在前方召唤着她。小蝶走入一片迷离的白雾，四周茫茫一片什么都看不清，突然出现一道圆拱形的门洞。在那黑漆漆的门洞里，闪烁着一点绿色的光，小蝶颤抖着走进洞中。她抬头见到了月光，头顶竟是玻璃天棚，半空中还有一座暗绿色的桥。

她听到了歌声，从四面八方的空气里传来，某个温柔磁性的年轻女声，来自另一个世界——

是的，她听到了。歌里的每一个字她都听到了，由一双修长的手指写出来的歌词，由一双明亮的眼睛看到的歌词，由一片敏感的皮肤嗅到的歌词。

就在尚小蝶穿出门洞的一刹那，眼前的白雾中渐渐显出一个人影。白色的衣裙几乎被白色的雾遮盖，直到对方露出黑色的长发和那双忧愁美丽的眼睛。

第一感觉是白露——不，月光下那个人越来越近，虽然眼睛、鼻子都很像她，却是另外一个女子。

已近在眼前。

小蝶终于完全看清了她的脸，念出三个字：**“鬼美人？”**

没错，这就是撞车视频里的那张脸，半夜里在路边拦车的那张脸，面对镜头说出“鬼美人”，并说自己来自“蝴蝶公墓”的那张脸。

她就在“蝴蝶公墓”里！

她叫白霜。

尚小蝶直勾勾地看着对方的眼睛，那“鬼美人”乌黑的眼球里，似乎映出一个墓碑的样子。

然后，白霜张开嘴唇，轻轻说了一句话。

只过了几秒钟，尚小蝶又一次睁开眼睛。眼前仍然是漆黑的天花板，白雾和月光却都不见了，身下也不是冰凉的泥土，而是柔软温暖的床铺。

她还躺在女生寝室里——难道刚才只是一个梦？

不！小蝶突然恐惧地发现，这并不是在自己的上铺，而是在一张陌生的下铺！

确切地说是白露睡的下铺。

而白露正睡在她的旁边。

尚小蝶缓缓回过头来，看到自己的身体竟紧贴着白露。而可怜的白露正蜷缩着身体，嘴里发出一阵痛苦的呻吟。

天哪，自己怎么会躺在这里？不是明明躺在自己的上铺的吗？难道是因为刚才做的那个梦？她又想到了梦中白霜的脸。

白露的呻吟越来越响了，小蝶忍不住叫了一声："白露，你怎么了？"

这时响起脚蹬墙壁的沉闷声，白露已疼得在床上打滚了！小蝶用力摇了摇她的肩膀，只见她额头满是豆大的冷汗，漂亮的脸蛋几乎扭曲变形了，牙齿咬破嘴唇溢出鲜血。

田巧儿也从上铺爬下来了，惊恐地看着白露说："天哪，她怎么了？还有，WOW你怎么躺在这里？"

"是不是急性阑尾炎？"对面下铺的宋优也喊了一声，"我小时候就得过，疼得差点要了命。"

"不对！她的手捂着胸口和脖子，不可能是阑尾炎！"

尚小蝶用力压着白露，好像她的胸口很疼，会不会是心脏病呢？但白露以前没有这方面的问题，平时还是很健康的，一年来从没去过医院。

"到底怎么了？告诉我？"

小蝶附到白露耳边说，而白露的嘴巴里不知说些什么，好像是某种古老的咒语。

曼丽也走到床边问："真可怕！她是不是中邪了？"

这时白露疼得更厉害了，整个身体剧烈痉挛起来，肚子就像鱼一样上下起伏，似乎随时都会自行肢解分开！

小蝶终于压不住她，被白露的手打到了地上。白露上半身探出床铺，嘴巴张开想要呕吐。

宋优恶心地扭过头去，只有小蝶从地上爬起来，用力扶着白露的身体。白露面朝着地板，咽喉处不断鼓动着，最后哇地一口吐了出来。

一条虫子！

白露的嘴巴里吐出了一条虫子！

伴着地板上一摊血泊，粗大的虫子丑陋地蠕动着，屋里随即响起了曼丽的尖叫。田巧儿也惊吓得倒在地上，宋优挡着眼睛不敢看。

谁能想到人的嘴巴里居然吐出了虫子?

虫子——小蝶眼睁睁看着这条虫子，像小蛇一样钻进地板缝隙里，只留下一摊腥臭的血。

而白露终于平静了下来，又躺倒在床铺上，只是面色还如死人般苍白。

田巧儿和曼丽都逃回了自己的床铺上，尚小蝶顾不得害怕，扑在白露身边轻声问道："你到底怎么了？要不要送你去医院？"

白露的目光黯淡下来，张开嘴巴说着什么，但声音实在是太轻了，小蝶只能把耳朵贴在她嘴边——

"书包……底楼的仓库……还给你……蝴蝶公墓……蝴蝶公墓……"

小蝶总算听清了白露的耳语，最后两个"蝴蝶公墓"让她的心降到了冰点，难道白露真的去过了?

这时白露已经闭上了眼睛，呼吸也平稳下来。小蝶用纸巾擦了擦她的嘴角，现在看起来已没事了。她在白露身边坐了十几分钟，直到白露渐渐沉入了梦乡。

然后，尚小蝶从水房拿了拖把，将地板上的污迹拖干净。

子夜0点过了。

女生寝室继续如死一般沉寂，但愿白露能睡个好觉。至于那条来自她体内的虫子，就让它在地下自生自灭去吧。

小蝶关了灯回到铺上，恐惧如潮汐般涌上她的身体。一个或许刚去过"蝴蝶公墓"的人，就躺在同一个房间里。

黑夜，缓缓将她吞噬，地板下虫子蠕动着。

6月9日上午7点40分

金铃子又叫了。

第一个被吵醒的是宋优，她跳起来推了推上铺的小蝶，板着苍白无血色的脸嚷道："吵死人了！怎么又叫了啊！你的小虫子能不能安静点？大家都被它搞得不能睡觉了！"

金铃子却越叫越起劲，小蝶急忙拿出抽屉里的小盒子，将金铃子捂在怀里说：“对不起。”

“WOW，你不要总是这样，每次都点头说对不起，但每天还是照样吵醒我们，我们的忍耐是有限度的！”

尚小蝶被她说蒙掉了，宋优又劈头盖脸地说了一长串，旁边的曼丽也爬起来，揉着眼睛说：“别吵了，别吵了，大家有话好好说。”

对面的“校花”田巧儿则继续躺在上铺，冷冷地看着寝室里乱成一团。

小蝶抱着盒子里的小虫子说：“金铃子，金铃子，姐姐请你不要叫了好不好啊？”

她又连续对怀里说了几遍，就像是哀求似的。突然，金铃子真的不叫了，安静地伏在盒子里，似乎听懂了主人的话。

宋优的嘴唇抖了几下，不再发出声音，躺下继续睡觉，女生寝室恢复了安静。

小蝶将金铃子放回抽屉里，戴上眼镜轻轻爬下床铺，却发现白露的床上空空如也。

白露已经起床了吗？尚小蝶大着胆子摸了摸她的被窝，早已经凉透了，看来她早就离开了寝室。还有白露随身背的包也不见了，到底去哪儿了？

昨晚发生的一切还记忆犹新，白露一定去了什么特别的地方，至于是不是传说中的“蝴蝶公墓”，那就只有天晓得了！

对了，她还记得在白露睡觉之前，曾经对她耳语过几句：“书包……底楼的仓库……还给你……”

这是什么意思？还给她书包？底楼仓库？难不成白露又把那红色的书包放回去了？

心里微微紧了一下，回头看看寝室里其他三个女生仍然沉浸在睡梦中。小蝶披上件外套，带着手机，轻手轻脚地走出了寝室。

悄悄来到底楼的走廊，小仓库的门还是虚掩着，她推门进去打开灯——

红色的书包立即扎进了眼球。

是的，它还躺在桌上，来自“幽灵小溪”的神秘书包。前天下午，它从这里蒸发了。

尚小蝶深呼吸了一下，打开这暗红色的书包。里面果然有被翻动过的痕迹，但似乎一样东西都没少：英语教材、课堂笔记簿、《荒村公寓》、餐巾纸……

她先打开了那本课堂笔记簿。

突然，书页里跳出什么红色的东西。在笔记本最中间的页码里，整页纸上写了四个硕大的红字——

蝴

蝶

公

墓

。

又是这四个字！

小蝶的眼睛像被刺了一下，她揉了揉，生怕是自己的幻觉。但“蝴蝶公墓”四个字仍然真实无比，几乎占满了整张纸，按照中国传统的书写方法，自上而下排列，就像墓碑上的铭文。

而且，这四个字是红色的墨水，每一道笔画都非常粗大，明显是用毛笔写上去的。

朱红色的毛笔字——就算在古代也是极少使用的，无非两种用途：一种是皇帝的御批；另一种是在处决犯人时，用红笔勾去死刑犯的姓名。

显然，这页纸上的“蝴蝶公墓”属于后者。

把这一页纸翻过来，反面还是有着红色的印记，果然验证了古人的话：“力透纸背！”

她独自看着神秘书包里的笔记本，红色的“蝴蝶公墓”四个大字，仿佛那个地方离她并不遥远……

继续往后翻了几页，才看到密密麻麻的文字，都是用蓝色的圆珠笔写的。这年头能把字写好的不多，一看就知道是女生的笔迹。

尚小蝶屏声静气地读下去——

我居然还活着。

早上在医院里醒来，我自己爬下了床。脚腕疼得厉害，只能又躺回床上。怎么到这里来的？昨晚发生了什么？脑子依然很晕，一阵阵发涨，过了好久才慢慢回忆过来：

何娜新认识的男朋友，开车带我们去郊区拍cosplay show。吃好晚饭就赶

回市区，没想到他不熟悉道路，居然开迷路了。一路上我开着DV夜视模式，拍到一个路牌叫"黄泉九路"。路边有个白衣女子拦车，我们让她上来了，她的脸在镜头里很怪异，嘴角似乎还有血。她说她叫"鬼美人"，来自一个叫"蝴蝶公墓"的地方，之后的事我记不清了，只剩下尖叫声和耀眼的光芒。

医生看到我醒了很惊讶，说我实在命大，只有手腕和脚踝扭伤，几处皮肤软组织挫伤，轻微脑震荡，休息几天就会好的。我急忙问其他人的情况，医生无奈地告诉我：副驾驶座上的何娜当场死亡，开车的男人全身多处受伤，最严重的伤在头部，不知何时才能醒来。

至于那个"鬼美人"——与我坐在后排的女生，在被送到医院的时候还活着，但也已经奄奄一息。她在抢救室用最后一口气对护士说："蝴蝶公墓……千万……千万……不要去……"

刚一说完，这神秘的"鬼美人"就断气了。

她是谁？目前还没找到她的身份证件，医生说警方正在调查其他线索。

我哭了出来，老天你为什么还让我活着？我究竟该感谢你还是痛恨你呢？我最好的朋友何娜死了，我难以想象她死的样子——大概比最恐怖的恐怖片还要吓人吧。坐在我身边的神秘女子也死了。还有何娜的男朋友，但愿他早点醒来。

只有我还好好地活着，身上这些小伤算不了什么。医生们都说我运气好极了，一定是前世做过好事，或者最近烧过平安香。但我丝毫都没感到幸运，有两个人在我身边死去，她们会在地狱里想念我吗？

出事前一天，我跟何娜在寝室里看了美国片子《死神来了》。我想我就是那个侥幸逃过劫难的人，但死神会这么轻易放过我吗？

最后的话让尚小蝶倒吸了一口寒气。仅仅半个月前，她和陆双双也一起在寝室里看了《死神来了》。

更重要的是，尚小蝶终于知道书包主人的名字了——白露说过一年前的车祸中，只有一个人几乎毫发无损，她就是生物系的大二女生孟冰雨。

没错，这个笔记簿的主人就是孟冰雨，也是这个红色书包的主人！

她立时想到了双双的男朋友，那个笑起来有些像周杰伦的庄秋水，他不是读生物系的大三吗？今年读大三，自然去年是大二，或许他还和孟冰雨是同学呢。

她颤抖着翻到下一页，没想到却是——

三叶虫（Trilobita）

节肢动物门中已灭绝的一纲。外壳纵分为一个中轴和两个侧叶，故名三叶虫。

寒武纪早期出现，至晚寒武纪发展到高峰，奥陶纪仍很繁盛，进入志留纪后开始衰退，至二叠纪末完全灭绝。

卵形或椭圆形，成虫长3～10厘米，宽1～3厘米。背壳中间称中轴，左、右两侧为肋叶。头部多被两条背沟纵分为三叶。胸部由若干胸节组成，尾部由若干体节融合而成。卵生。经脱壳生长。一般划分为三期：幼虫、中年期和成年期。

分为七目：球接子目、莱得利基虫目、耸棒头虫目、褶颊虫目、镜眼虫目、裂肋虫目及齿肋虫目。

中国三叶虫化石是早古生代重要化石之一，是划分和对比寒武纪地层的重要依据。

这段“三叶虫”让她目瞪口呆，带她回到数亿年前的远古。

对，这个书包的主人一定是读生物系的，其他系的学生不可能知道这么专业的内容。

突然，手机响了起来，是陆双双打来的电话，让她一起去食堂吃早餐。

小蝶急促地呼吸几下，把这本课堂笔记簿揣在怀中，冲出了这令人窒息的小仓库。

迅速回到寝室，三个室友都已经起床了。田巧儿脸色苍白，说刚做了个可怕的噩梦；宋优几乎整晚没睡着，肿着两个黑眼圈；曼丽指着白露空着的床铺说：“她失踪了吗？”

小蝶低着头不说话，悄悄把孟冰雨的笔记簿塞进了自己的小抽屉。

然后，她走出寝室拨了白露的电话。

铃声响了片刻，但始终没有人接。

白露在哪儿？

6月9日15点40分

金铃子总算不叫了，小蝶从抽屉里拿出这虫子，放进自己包里。今天是星期五，上完最后一堂课，就可以回家过周末了。

每次回家都要整理很多东西。除了自己的笔记本电脑，还有孟冰雨的课堂笔记簿和小金铃子，全都塞进了背包。

走到门口手机响了起来，来电显示是同班的男同学，但以前从没给小蝶打过电话，平时就连话也没说过两句。她有些犹豫地接起电话，那头有个奇怪的声音："尚小蝶，我爱你。"

她一下子呆住了，活到20岁，还从没一个男生对她说过这句话。

不，这绝不是幻觉，她确确实实听到了这句话——**我爱你**。

也绝不是打错的电话，因为对方说出了她的名字。

在几分之一秒内回想，那男生长什么样？好像是个胖乎乎的家伙，经常出现在篮球场上。小蝶连他的名字都记不起来了，而他也几乎从没正眼看过自己。

天哪，该怎么回答他呢？尚小蝶一时紧张得什么话都说不出了。电话里传来嘻嘻的笑声，接着变成一阵狂笑，让她更搞不清什么意思。

又是那个男生尴尬的声音："对不起，我们正在玩'真心话大冒险'的游戏。刚才我玩输掉了，他们强逼着我'大冒险'一下。"

说完电话里传来一大群人的笑声。

小蝶立即挂断了电话，脸色变得煞白，身体几乎倒在门上，刹那间心如刀绞！

"真心话大冒险"是年轻人流行的游戏，输者必须在"真心话"和"大冒险"中选择其一，若"真心话"便要真实回答某个问题，若"大冒险"则要完成某个特殊任务，通常都是恶作剧——对尚小蝶说"我爱你"，便成了那帮无聊男生的"大冒险"。

那些家伙却完全没想到，这是她平生第一次听到男生对她说"我爱你"，这样一种恶作剧的方式，对于任何一个女孩都是巨大的羞耻。

眼泪难以抑制地掉下来，热热地打湿了衣领。她本来就明白，自己在那些男生眼中，只是个无人问津的"小恐龙"，但也不至于用这种方式来开玩笑吧！

阴郁的乌云正缓缓压下，整个校园的空气都要窒息，她飞快地跑出女生寝室楼，好像逃离一所监狱。

下午的S大校园里，她背着重重的包，气喘吁吁地越跑越快，仿佛身后还有一群男生在狂笑。每个人都在高喊“我爱你”，又一个个笑得前仰后翻，似乎考进S大就是为了来看她的笑话……

不，小蝶一边跑一边捂住耳朵，向学校大门口冲去。眼泪止不住地流淌，完全模糊了视线——

直到她撞在一个人的身上。

那是一个高高的胸膛，像堵坚实的墙壁。随即，她感到自己的胳膊被抓住了，身体已完全动弹不得。

接着感到一阵温热的呼吸，正吹在她的头发上。而抓住她胳膊的那双手，既有力又柔和，丝毫没让她觉得疼痛。小蝶索性倚在他肩头放肆地哭泣，再也不约束自己了，任泪水打湿人家的衣衫，带走心里所有的委屈和难过。

过了十几秒钟，她缓缓抬起头来，只见一双细长有神的眼睛正怜悯地注视着她。

男生柔声问道：“小蝶，发生了什么事？”

但她仍然痴痴地看着眼前的人，紧紧咬着嘴唇不知道说什么，泪水继续从脸颊上滑落。

她认识这个男生，他的名字叫庄秋水。

这时，雨点淅淅沥沥地落了下来。

庄秋水放开小蝶，撑起一把雨伞，把两个人都罩在伞下：“你要回家是吗？我陪你出去。”

小蝶没有回答，双脚不由自主地跟着庄秋水，依偎在伞下走出S大校门。

看着他的肩头已被自己的眼泪打湿，小蝶才意识到自己的失态，擦了擦泪水说：“对不起，我撞到你了。”

“没关系。”庄秋水微笑了一下，走到学校外面的车站，指着站牌问，“你家在哪个方向？”

她报出了那班公车的路线，庄秋水点点头：“真巧啊，我也是坐这班车回家的。”

正好这路公交车开了过来，他们收起伞一起上车，找了两个并排的空位坐下。

尚小蝶坐在靠窗一侧，呆呆地低着头好一会儿，忽然轻声说："谢谢你。"

"不用谢，正好同路嘛。"

她小心地问了一句："双双怎么没和你一起走呢？"

"晚上她爸爸开车来接她，我没必要一直等到晚上啊。"

雨越下越大，雨点洒在车窗上，又如泪水般流下来。外面的街道渐渐模糊，行人和车辆都成了幻影，只有坐在她身边的男生是真实的。

小蝶回头看着他的眼睛，冰冷而又遥不可及，对所有女生都有杀伤力。怪不得双双那么喜欢他，就连"校花"田巧儿都要为他吃醋——那尚小蝶呢？她又把头转向车窗，玻璃上映出她的脸庞，她无地自容地低下了头。

"你怎么了？是谁欺负你了？"

她摇着头不回答。

公交车又开过好几站，小蝶才想起来说："下一站我就到了。"

"你家是哪个小区？"

"星月村。"

庄秋水惊讶地说："太巧了，我过去也住在星月村，28号301室。"

"嗯，我快到了。"她站起来准备要下车了。

"给我个电话号码吧。"

庄秋水的这句话，让她心跳得更厉害了。她没来得及思考，随口就把手机号说了出来，然后，她拉着扶手走向车门。

"再等一等，把我的伞拿去。"

庄秋水把伞递到了她手里，她摇摇头说："那你怎么办？"

"没关系，我家门口就是车站。但星月村还要走一段路哦，下次记得把伞还我。"

车门已经开了，小蝶只能拿着伞下车。外面的雨果然很大，没这把伞还真的不行。

她忽然想起还没说"再见"呢，回头一看公交车已开远了。孤零零地站在车站上，被大雨笼罩在庄秋水的伞下，心里一阵凉又一阵热。

刚离开车站两步，手机短信铃声就响了。她打开手机一看，是个陌生的号码——

"我是庄秋水，星月村小区里会积水，回家小心些。"

几十分钟前，这部手机带给她难以言说的痛苦，但眼前这条短信，又让她心底稍稍温暖了几分。

存下庄秋水的号码，她撑着伞走到了星月村门口。小区里果然有很多积水，这里10年前就这样，每逢大雨就会水漫金山，只能从旁边高处走过。

尚小蝶的家在六层楼房的3楼，她掏出钥匙打开了房门。

6月9日18点40分

爸爸终于回家了。

他是个高大魁梧的男人，脸色却很是疲惫憔悴，看来今天又在银行加班了。

下午，尚小蝶又给白露打过电话，但对方的电话还是关机了。

小蝶煮好了两人份的面条，爸爸一进家门就狼吞虎咽地吃了起来，等到他快要吃完的时候，小蝶碗里的面却几乎还没动过。

爸爸板起严厉的面孔："怎么不吃啊？是不是又要减肥了？"

"没有！"小蝶象征性地吃了几口。

"怎么回事？看起来闷闷不乐的，你这个小姑娘，怎么有事都不和爸爸说了？"爸爸把面条吃完了，抽起一根烟，"你大了，我管不了你了，但有一件事我要问你，你的信用卡用过了吗？"

小蝶像受训的学生一样低着头："这星期用过一次。"

爸爸就是这样的人，整天都扑在工作上面，回到家也想着信用卡，连女儿的英文名也叫WOW了。但他毕竟是个父亲，看着女儿低头吃着面条，不禁长叹一声："唉！要是你妈妈在就好了，她一定会教你烧几个好菜。"

听到"妈妈"这两个字，小蝶的眼皮跳了几下，她神经质地站起来，放下面条跑回了自己房间。

她几乎是扑到了写字台上，颤抖着拿起粉红色的相框，里面镶嵌着一张黑白照片。

照片里是个年轻女郎的头像。她有着浓密的黑发，一双明亮的杏仁眼睛，英气逼人的眉毛，挺拔的鼻梁，干净白皙的脸庞——毫无疑问是个绝代佳人，美丽得仅仅通过照片就能震慑所有人。黑白相片使她的双眼特别有神，乌黑的眸子好像随时都会说话，令天下的男子对她顶礼膜拜。

总而言之，不像是现代的女子，像来自另一个时代，3000年前某个遥远的国度，抑或银河系外的某个星球。

没错，她就是**尚小蝶的妈妈**。

尚小蝶轻抚着相框，期望这能代替妈妈的脸，但妈妈永远都不会再回来了。

其实，她也只是通过照片才认识了妈妈。

她从未真正见到过妈妈一面，她一直以为，这是她生命中最大的不幸。

强忍着没有让眼泪再次滑落，今天的泪水已经流得够多了，不可以在妈妈面前再流眼泪。深呼吸了几下，终于控制住情绪，继续看着粉红色相框里的妈妈——那时她多么美啊，可为什么？为什么？她的女儿却一点都不漂亮？

如果把妈妈的照片拿给同学们看，大概没有一个会相信她们是母女吧。尽管漂亮妈妈的女儿通常会比母亲逊色，可尚小蝶和妈妈的差距也太大了。许多女孩会继承爸爸的相貌，但小蝶爸爸年轻时也仪表堂堂，现在的她也看不出爸爸的影子。

她唯一继承妈妈基因的是眼睛——爸爸常说看到小蝶的眼睛，就会想起刚认识她妈妈的时候。

尚小蝶摘下眼镜，照了照小镜子，果然和妈妈的眼睛很像，尤其是淡淡忧郁的味道。

她躺倒在床上，再也不去想妈妈和她容貌的关系了。

十几平方米的闺房陪伴了她多年，连同写字台上妈妈的照片。她有一种神秘的感觉，好像妈妈一直在她身边，藏在某个隐蔽的角落里看着她——似乎相框里藏着一双真正的眼睛，她的一举一动都在妈妈眼里，包括她的悲伤、她的恐惧、她的眼泪……妈妈会保护她吗？

窗外，夜雨缠绵。

躺了十几分钟，忽然想起包里还有些东西。尚小蝶打开重重的背包，把来自“幽灵小溪”的笔记簿拿了出来。

还像在寝室里那样，盘坐的双膝间放着那本笔记簿，一盏孤灯照着流畅的字迹。孟冰雨的笔记有生物专业课的，也有政治和英语课的。笔记做得相当认真，几乎把老师说的每个细节都记了下来，看得出孟冰雨是很细心的人。

小蝶翻到红色毛笔字的“蝴蝶公墓”那一页，后面有一些孟冰雨的个人随笔，夹杂在课堂笔记中间。有时只记录几句话，或者抄一句歌词什么的，有几页甚至是随手涂鸦，大概是上课无聊时的消遣，其中一页画着个女孩头像。

画风有美少女动漫的味道，长长的头发，大大的眼睛，嘴角略带忧郁。底下写着一行字——**何娜，我最好的朋友。**

原来画的是何娜的遗像。

翻到下一页，就看到了十几行圆珠笔小字——

为什么让我一个人活着？何娜的遗体今天就要火化了，我不敢去看她最后一眼，我怕自己见到她最悲惨的形象，还是让她美丽的脸永留在我心中吧。

我的伤差不多全好了，但心里的伤谁又能包扎？我强迫自己克服恐惧，反复观看当晚车里拍的DV，一遍遍放慢镜头找线索。每晚都会梦到夜里飞驰的越野车，梦到那个叫“黄泉九路”的路牌，梦到路边拦车的白衣少女，梦到“蝴蝶公墓”这四个字——这四个字是咒语，是它害死了何娜。

“蝴蝶公墓”究竟是什么地方？

下一页又是专业课的笔记，看来孟冰雨很快就回到学校上课了。她战战兢兢地继续翻下去。在隔了几页的课堂笔记后，又看到孟冰雨那密密麻麻的文字——

今天，我去寻找蝴蝶公墓。

我像侦探一样重返犯罪现场调查蛛丝马迹，回到一周前的出事地——经纬三路。在艳阳高照的中午坐公交车，既可以驱赶鬼气，也避免了迷路。这里距市区并不远，到S大只有半小时车程。

现在看看也没什么稀奇，四车道的马路，一边是在建的住宅区，另一边则是大片废墟，更远处是几幢高层建筑。车祸就发生在马路当中，我们的车开到对面车道，与一辆集装箱卡车正面相撞。我捂起耳朵，似乎听到了那可怕的尖叫声——这是何娜生命中最后的呼喊。

完全看不出蝴蝶公墓的样子。也许白衣女子是从蝴蝶公墓出来后，又跑了很长一段路，才来到这里拦车的？或者蝴蝶公墓并不在这附近，只是她凑巧遇到什

么事，独自落在这个地方？

那晚我们看见过一个奇怪的路牌，上面写着“黄泉九路”四个字，当时就觉得非常奇怪，怎么会有这种路名呢？

我又在附近转了好几圈，看到经纬一路和经纬二路，但始终没有“黄泉路”的踪迹，难道这里的白天和晚上是两个世界？

看到这儿，小蝶浑身都起了鸡皮疙瘩，心里忽然有种奇怪的感应——什么声音在呼唤她？

她走到窗前徘徊几步，便拿起手机拨了白露的号码。

这回白露没有关机，铃声响了几十秒钟，突然响起了一个战栗的女声：“喂！”

老天保佑！她终于接电话了！看来小蝶真的感应到了！

“白露啊，我是……我是小蝶……你到底……在哪里啊？”她激动得有些不知所措，就连口齿都不清了。

对方停顿了片刻，突然冷冷地说：“我在‘幽灵小溪’。”

“天哪，你在那里干什么啊？”

白露却不再回答，信号变得模糊不清，突然响起什么奇怪的声音，接着电话就挂断了。

她在“幽灵小溪”？

6月9日21点20分

马路没有白天那么堵，尚小蝶焦虑地坐在出租车里，看着S大的校门就近在眼前了。20分钟前匆匆地冲出家门，爸爸问她要去哪里，她只能胡乱编了个理由搪塞。一路上不停地打手机，但白露又恢复了关机状态。

终于到了S大，她跳下车冲进学校。周五晚上的校园安静了许多，路灯下只有一些家在外地的学生。小蝶低着头跑过寂静的通道，偶尔惊动了密林深处的恋人。一直穿过她们的女生寝室楼，穿过沉睡中的花圃，直至学校最偏僻的角落——幽灵小溪。

半个小时前白露还在这里，不知道此刻她到哪里去了。

还好今晚月光皎洁，绿色的河水竟然也波光粼粼，夹竹桃花依旧吐露着芬芳。她看到了那个人影，几乎半跪在河边的荒草地上。

“白露！”

她高声叫着，已然冲到了那人跟前，但那个人影却毫无反应，好像只是个被固定在地上的雕塑。

尚小蝶蹲在那人面前，月光下白衣引人注目，长长的黑发掩藏着她的脸。她跟前有一把小铁铲，脚下的泥土已被挖开，有个铅笔盒正放在土坑里。

God，她居然想要把这个铅笔盒埋下去。

尘归尘，土归土。

因为这个铅笔盒本就来自“幽灵小溪”。

几天之前，尚小蝶和白露一起从此处挖出了这个铅笔盒，现在白露要将它还给这片荒草下的泥土。

但小蝶还是没有看清她的脸，于是她伸手撩起了白露的头发——心底又涌起新的恐惧，是否会看到另一张脸？抑或这张脸早已血肉模糊？

还好，月光照亮了白露的脸，她的目光正对着地下的小坑。

“白露，你听到我说话了吗？”

她似乎有了反应，但没有抬起头，而是继续用小铁铲挖着坑。

尚小蝶在她耳边大喊：“你停下来吧！”

但白露完全不理会她，已经开始用泥土埋住铅笔盒了。天哪，白露已经走火入魔了，什么力量正附着在她身上。

又是一个灵魂附体？

小蝶用力拉扯她的手，想要把她的铁铲夺过来。就在两个女生扭成一团时，白露突然倒了下去。

就像昨天子夜发生的一样，白露浑身颤抖着痉挛起来，月光下脸色白得如同死人。小蝶一下子就傻了，难道是刚才的争夺伤到她了？

白露的样子越来越吓人，眼珠几乎要凸出眼眶，嘴里吐出了白沫。

不行，她这样子大概有生命危险吧！尚小蝶当机立断掏出手机，拨通120电话，让救护车赶快过来！

正当尚小蝶为白露手足无措时，目光落到了地上的小坑里，铅笔盒一大半已埋在土里。她急忙将铅笔盒从土里挖出来，擦干净表面的泥土后，藏进自己的书包里。

她想到这里很偏僻，就算救护车开进校园，也很难找到“幽灵小溪”。于是，小蝶先让白露躺在地上（实在没有力气把白露背出去），然后快步跑向女生寝室楼。

几分钟后，救护车呼啸着开到寝室楼下，小蝶立刻指引着医务人员来到了荒凉的“幽灵小溪”。这里的绿水让人家都捏起了鼻子，担架抬起地上的白露转头就跑。

气喘吁吁地回到女生寝室楼下，再把气息奄奄的白露抬上救护车，小蝶也坐到了车上，抓着白露的手说：“你要挺住，一定会没事的！”

救护车呼啸着冲出校园，向最近的一家医院疾驰而去。车里的白露已经休克，医生正在为她做简单的抢救。小蝶的眼泪掉了下来，她的书包里还藏着那个铅笔盒。

5分钟后开到了医院，尚小蝶随着担架床一起下车，抬着白露冲进了医院急救间。

这里已乱作了一团，刚刚送来一个车祸的重伤员，地板上全是模糊的鲜血。医生还没来得及擦干衣服上的血，又匆匆忙忙抢救起了白露。

小蝶只感到脑子都要爆炸了，呆呆地站在担架旁边，看着白露的身体渐渐安静下来，灵魂正从她身上飘离……

白露的呼吸已经停止了，似乎什么东西卡在气管里。年轻的医生决定将气管切开，来不及进手术室了，他把白露推进一个小房间，麻醉师对病人做了紧急麻醉。医生操着手术刀，小心翼翼地切开白露的脖子——这可怕的一幕全被小蝶看到了，她就躲在一张幕布后面，浑身战栗着却不敢发出一丝声音。

她看到了白露的气管，那红色的皮肤组织底下，是已经肿胀得不成形的气管。医生的手在颤抖，好不容易才拿稳手术镊子，缓缓伸进白露被切开的气管里，夹出一个什么东西——

像一枚白色的糖果！

医生已经目瞪口呆，他不相信自己的双手，竟从人类的气管里取出这么一个东西！

他轻轻地将它放在盘子里，然后“糖果”自动裂开，从里面爬出来一条虫子。

这不是糖果，而是虫卵！

虫卵。

尚小蝶也看到了这枚虫卵，就是这个东西卡住了白露的气管，令她无法呼吸直至死亡。

医生手里的镊子掉在地上。从“糖果”里爬出来的虫子，拼命蠕动着细长的身体，从盘子里爬了出去，很快爬到地上不见踪影。

回头再看担架床上的白露，早已停止了呼吸和心跳，成为一具逐渐变冷的尸体。

她死了。

小蝶想要哭，眼泪却突然干涸。年轻的医生惊慌失措地逃出房间，只留下小蝶一个人站在死去的白露身边。

托盘里破裂的虫卵已渐渐变硬，尚小蝶靠近它半透明的表皮，就像自己的眼角膜……

6月9日23点20分

尚小蝶回到家里，结束了这惊魂的一夜。

爸爸早已等得不耐烦了，看女儿一进门就大嚷起来：“你看都几点了？这么晚才回来，你这个小姑娘怎么不学好了？我给你打了那么多电话，为什么不接啊？”

他连珠炮似的问出许多问题，小蝶却一句话都不回答，迅速拿了衣服走进浴室。

外面还在响着爸爸的咆哮声，她打开莲蓬头洗着自己的身体。今晚她去过“幽灵小溪”，还带着白露去了医院，最后又目睹了一场可怕的手术，直到自己的室友死在急诊室里。

白露死后的十几分钟，学校的老师很快赶到医院，简单询问了小蝶几句话，就让她快点回家去休息。尚小蝶隐瞒了一些情况，比如她书包里藏着的铅笔盒——本该被白露埋葬的东西。

她拼命洗着自己的身体，仿佛那枚虫卵已到了自己身上，抑或那条虫子正爬在脚趾间。几乎要把皮肤洗破，她才穿上衣服走出浴室。这时爸爸早已骂不动了，先回房间睡觉去了，她也回到了自己的房间里。

尚小蝶从包里拿出那个铅笔盒，上面还散发着“幽灵小溪”边泥土的气味。她将铅笔盒放在写字台上，轻轻打开了这个盒子——

里面果然是一张文稿纸，或许因为长期埋在河边的地下，早已经受潮发黄了，字迹都有些模糊，能这样子保存到现在已不错了。

稿纸上写着一首诗，题目是**“蝴蝶公墓”**。

诗行笔迹写得很潦草，但又非常大气，一看就知道是男人写的——

谁在城市的边缘哭泣
谁走过黄泉路的晨曦
是幽灵在编织地图
魔鬼的棋盘已填满棋子
即将沉没的船只
是否看见黑夜中的海岬
波塞冬孤独的灯塔
正在时光的折磨下锈蚀
最后的光芒射破夜空
照亮杰里科第九大道
听女巫在海底呻吟
笔直！笔直！笔直！
但请不要渡过姑苏城外的小溪
1999在耳边呼吸
机器与马达将我们吞噬
黑色烟雾飘出神的手指
你将背着肉身前往墓地
为古老的十字架钉上钉子
高声背诵基里尔兄弟的文字

木马战士正打开特洛伊的城门
高声背诵基里尔兄弟的文字
阿喀琉斯的灵魂穿越天上的桥
写一张秘密的纸笺
塞进耶路撒冷哭墙的缝隙
抱起夹竹桃花瓣的尸体
我悄然亲吻——蝴蝶公墓

又是子夜时分，尚小蝶静静地看完这首模糊的诗，仿佛身体渐渐飘浮起来，那神秘的地方已近在眼前。

诗稿最底下有落款和时间——

野生　1986年6月6日。

作者的名字叫“野生”？听起来似乎有些耳熟。

这首诗是1986年6月6日写的，尚小蝶正好出生在那一年。而6月6日，则是她在“幽灵小溪”边发现孟冰雨的书包的日子。

又默念一遍这首《蝴蝶公墓》，她浑身都起了鸡皮疙瘩，很难说这首诗是好还是坏。本来诗歌就是难以评价的，完全是一种个人的主观感觉。但她觉得这首诗里，隐隐有种奇异的味道，特别是那些难懂的历史名词，让人坠入某个巨大的迷宫……

蝴蝶公墓?

忽然，一只大灰蛾飞到台灯上。

蛾子固执地飞向光明，就算被台灯烫死也在所不惜。于是，她怜悯地关掉台灯，让屋子沉入黑暗。

6月10日上午8点30分

周六的上午。

她梦到了白露，或者可能是白霜？总之她已分不清这两姐妹了。她们都身着飘飘的白衣，穿梭在黑夜的道路上，看到有车路过就招手拦车。尚小蝶自己开着一辆红色的QQ（可现实中她根本就不会开车），在茫茫的夜路中迷失了方向——Lost。

路边出现了白露（霜）的脸，然后QQ停了下来，让她坐到了副驾驶的位置上。小蝶继续踩油门往前开，白露（霜）则怔怔地直视前方。终于，小蝶问道："你要去哪里？"

白露（霜）回答："蝴蝶公墓。"

"怎么走？"

"跟我走。"

白露（霜）的喉咙肿了起来，里面像卡了什么东西，她艰难地吞咽着，高声朗诵——

"谁在城市的边缘哭泣？谁走过黄泉路的晨曦？"

尚小蝶猛打方向盘，拐入一个更加荒凉的路口，同样也如咒语般念念有词：**"是幽灵在编织地图！魔鬼的棋盘已填满棋子。"**

就在嘴里念叨着《蝴蝶公墓》诗句的同时，她迷迷糊糊地睁开眼睛——QQ和黑夜的道路都已不存在，白露（霜）也化为了灰烬。

她正躺在自己房间的床上，窗外依然下着绵绵的梅雨，一切都在生锈发霉。

糟糕，错过了半夜里的世界杯开幕式！

昨晚怎么睡着的？她抓着自己的头发想不起来。最近总这样，记忆力越来越差。相信克林斯曼的德国队能拿下哥斯达黎加吧。

屋里嵌着面椭圆形的镜子，镜子清楚地照着自己的胎记，像丑陋的伤疤长在肩膀下。这个烙印从她出生那天就有了，美丽的妈妈为何会留给她这个东西？小时候每次洗澡都会拼命地擦，天真地要把胎记擦掉，直到把皮磨破，才明白这个印记要跟随自己一辈子。

光着脚走到枝繁叶茂的阳台，外面是淫雨霏霏，再过两个月琼花就要开了。忽然脚底板有些异样，低头一看有条近7寸的大蜈蚣，血肉模糊地贴在地上——居然踩死了一条蜈蚣？因为家里养花，有时也会钻出蜈蚣八脚之类的，但从没见过这么大个头的，估计修炼成蜈蚣精了吧。

听说蜈蚣被踩死后是要报仇的，会不会变成可怕的东西找她算账呢？小蝶用纸巾擦了擦脚底板，蹲下来叹声哀悼："蜈蚣啊蜈蚣，你别恨我，我不是故意的，对不起了。"

说罢，她将蜈蚣尸体埋进了花盆。

和爸爸一起沉默地吃完早餐，小蝶又回到自己房里。

她打开电脑上了S大的网站。内部BBS只有本校学生才可进入。她登入生物系论坛，粗看了一遍帖子标题，主要都是专业课内容，还有些无聊的灌水帖。她把论坛翻到最早的一页，再一页页往后翻。第七页跳出一个红色醒目的标题——

沉痛悼念何娜同学香消玉殒

发帖时间是2005年5月23日，车祸发生后不久。主帖只有标题，后面跟了许多悼念帖。有的贴图送了鲜花，有的写诗哀悼，还有人说这不是普通的车祸，而是一起可怕的灵异事件，因为据说有个女鬼坐上车，导致惨剧发生。

但有个帖子把矛头对准了孟冰雨，质疑她为何只受了轻伤，而车上其他人非死即重伤？有人怀疑是孟冰雨做了手脚，或者她根本就撒谎了，要掩盖某些秘密的阴谋。

尚小蝶又往后翻了一页，看到了这样一则帖子标题——

有谁知道孟冰雨在哪里？

又一个帖子是——

紧急呼叫孟冰雨，请你尽快回到学校！

类似的帖子有好几个，大致都是说孟冰雨失踪了。同学们最近一次看到她，是在2005年6月10日，之前几天她的神情就不对，经常说一些莫名其妙的话。

有人说她的失踪和车祸有关，是何娜的灵魂把她带走了，也有人干脆举出电影《死神来了》，说孟冰雨早就该在车祸里死了，就算侥幸逃过一劫，也躲不过最终的厄运。

那些帖子越说越玄，直到今年寒假，依然有人提起孟冰雨的失踪。BBS翻到最后一页，还是没有孟冰雨的消息，小蝶索性下线关掉了电脑。

写字台上，静静地躺着孟冰雨的笔记簿，真是"主人不知何处去，此地空余笔记簿"。

尚小蝶翻到笔记簿当中用标尺画出来的格子图形，从黄泉一路到黄泉九路。

下面一页又是英语课的笔记，整页都爬满了英文字母，但翻过去又变成了中文——

我一定要找到“蝴蝶公墓”！

但这绝非易事，撞车事件附近地形复杂，有工厂和居民区，也有建筑工地和无人的荒野。要找到谁也没见过的“蝴蝶公墓”，无异于大海捞针。

于是，我上网在各种搜索引擎里寻找，发现一个叫“蝴蝶公墓”的网站。不知道是谁创建了这个网站，网页设计得非常奇怪，但看起来并没有日常维护。这个网站最吸引我的是一张“蝴蝶公墓地图”，上面弯弯曲曲画了很多东西，实在看不出是在什么地方，难道这就是发现“蝴蝶公墓”的钥匙？

这页到此为止。尚小蝶看着“地图”两个字，想起前两天搜到的那个神秘网站，和孟冰雨说的“蝴蝶公墓”网站就是同一个吧，或许真的埋藏着破译“蝴蝶公墓”的密码？

对！白露也是因为这幅地图——她知道姐姐白霜寻找过“蝴蝶公墓”，想必也早就在网上搜索过“蝴蝶公墓”，并发现了这个网站，也看到了这幅神秘的地图。

为何别人都破译不了，唯独白露却可以找到“蝴蝶公墓”呢？或许除了这幅地图之外，还必须有其他的辅助手段，才能够破译“蝴蝶公墓”的密码？

小蝶继续看下一页，却变成了胡乱的涂鸦，整页纸上画着一个巨大的坟墓，翻过来才是孟冰雨的文字——

老天，今天我才知道，那晚上车的白衣女子“鬼美人”竟然是我们学校的研究生！她叫白霜——果然就如她那晚的装束，一身白袍活像女鬼。

我的表姐也在S大读中文系硕士，是她告诉了我白霜的情况。白霜是个很特别的女孩，一年四季都穿白衣，常常半夜里在校园游荡，被学生误认作女鬼——大概我们学校很多闹鬼传闻都因此而来的吧。在白霜失踪前一晚，她突然神经质地说要去“幽灵小溪”埋葬诗稿！子夜0点，白霜带着一把小铁铲出去了，第二天早上回来后神情很奇特，好像要去完成一件特别的任务。第二天，白霜就穿着一身白衣离开了校园，从此再也没回来过。

白霜葬花？在“幽灵小溪”？

今晚，我要去那里。

后面空白了六七页，小蝶还以为笔记到此为止了，但再往后又翻到了文字——

昨晚，我去了“幽灵小溪”。

在那夹竹桃盛开的河岸边，有个地方草长得很低，底下的泥土也很松。于是我用铁铲挖了开来，果然发现了一个东西——铅笔盒。

我打开铅笔盒一看，里面居然藏着一张诗稿，诗的题目是“蝴蝶公墓”！

这是打开“蝴蝶公墓”的钥匙吗？

尚小蝶突然合上笔记簿，仿佛也闻到了那股泥土味从“幽灵小溪”边喷涌而出，钻进她的鼻孔和气管，充斥于全身每一道毛细血管……

手机铃声响了起来。

电话里传来双双的声音：“小蝶啊，告诉你一件事情，我也听说‘蝴蝶公墓’了！”

听到双双嘴里说出的这四个字，尚小蝶心底又是一惊。

双双继续说：“昨晚，我们音乐社团聚餐，几个学姐聊到了‘蝴蝶公墓’，她们神秘地说，凡进入‘蝴蝶公墓’的人，只要在里面许下一个愿望，就一定会得到实现——但要付出生命的代价！”

“生命的代价？”

陆双双的语气异常肯定：“没错！三年前，我们学校有个校花，一心想要成为电影明星。知道‘蝴蝶公墓’的传说后，立志要找到那里并许下心愿，后来，据说她真的发现了‘蝴蝶公墓’。你猜后来怎么样了？”

“她——死了？”

“不，她很快交上了好运！在街上被电影公司的星探发现，推荐给了一位大导演。”双双说出了那个导演的名字——原来是家喻户晓的大腕级人物，“大导演正为最新大片挑选女主角，一眼就相中了我们的校花，准备把她捧成又一个‘什么女郎’。几个月后，校花去泰国普吉岛参加拍摄。刚拍到一半，摄制组就碰上了印度洋大海啸，其他人都平安无事，唯独我们的校花不见了。至今活不见人，死不见尸！”

双双近乎神经质地在电话里大叫了一声，吓得小蝶差点把手机掉在地上。尚小蝶不想再听下去了：“我知道了，谢谢你。”

“听说还有其他的事例，也是差不多的情况。对了，你想去‘蝴蝶公墓’吗？”

“我——”她一时语塞了。

“其实，我倒是挺想去‘蝴蝶公墓’的！第一个愿望是让秋水永远和我在一起，第二个愿望是让我的小蝶永远快乐。”双双嘻嘻笑了一声，“好了，记得明天下午4点，我们在学校大门口见哦，拜拜！”

挂断电话，尚小蝶背后已经全是冷汗。

几分钟过去，手机仍然抓在手里。看了看存储的短信，最近收到的一条，是昨天庄秋水发给她的。

庄秋水——她还记得他胸口的温度。

她颤抖着按下短信回复键，犹豫再三之后，打出了几个汉字——

你认识孟冰雨吗?

深吸一口气，闭上眼睛将这条短信发给庄秋水，然后，小蝶就在房间里坐卧不安了。

现在是上午10点半，不知道人家起床了没有?

忽然短信铃声响了。

打开一看却是条无聊的广告，她马上将其删除打入19层地狱。轻叹了口气，躺回到床上，看着雨点打上窗玻璃……

十几分钟后，短信铃声又响了。

发件人是庄秋水。

尚小蝶心跳立时加快，但却不敢马上打开。先想象一番庄秋水的回答，是yew还是no?

但愿不要失望，她打开了庄秋水的短信——

我认识她的，问这个干吗?

看着庄秋水回复的短信，她的心跳更快了，也不知道该如何回答。抓着手机呆坐了许久，心底好像正在两军交锋。终于，手指的勇气战胜了大脑，她发出了这样一条短信——

我今天能见到你吗？

—— 6月10日19点30分 ——

尚小蝶准备出门了。

她穿了条粉色的裙子，这是衣橱里最好看的衣服，是个有名的淑女装品牌。又精心装扮了一番，把所有家当都拿了出来，最后，还特意戴上一对珍珠耳环，那是爸爸去国外旅游带回来的。

她看着镜子里的自己，依然还是那个傻瓜头，脸上的粉刺丝毫没有减退，仅有的值得自豪的眼睛，也被厚厚的镜片遮住了神采。她觉得自己这副打扮，更像躺在葬礼上的死人。于是她又恢复了老样子，把裙子换成了工装裤，耳环什么的也都摘了下来。

尽管难过得要哭出来，小蝶还是提前出了门，手里提着庄秋水的伞。爸爸问她要去哪里，她说和女同学一起去逛街。

和庄秋水约在不远处的苏州河边，晚上有很多市民去那里休闲。过去不开心的时候，也常常走到河边，看着涨潮的河水从眼皮底下流过，近得伸手就能摸到。

这是她第一次单独与男生见面，提前20分钟就到了约定地点。雨停了，苏州河水静静流淌。她倚着河边的杨柳，看月亮穿破乌云，慢慢爬上柳梢头。

晚上8点整，庄秋水准时来到。他骑着一辆自行车，一身短打的运动装，停在尚小蝶跟前。

他跳下车微微一笑："你也喜欢这里啊？过去我读中学的时候，经常到河边来跑步。"

"啊……是啊……"

小蝶害羞地一笑，却忘记了应该说什么话。

庄秋水的表情忽然严肃起来："你是怎么知道孟冰雨的？"

"因为……"她实在不是会说谎的人，只能胡乱编造了一个愚蠢的理由，"她是我在QQ上的好朋友，但一年前突然不联系了。直到最近我才知道她的真名，听说她失踪了。"

“嗯，到现在还杳无音信。”

“她为什么会失踪？发生了什么事？”

庄秋水锁起了眉头：“你们是很好的网友吗？干吗这么关心她？”

“是很好的网友。”

“如果是这样的话，那你该比我更了解她。”

小蝶有些张口结舌：“我们，我们只是在网上打打游戏，聊聊看了什么书、喜欢什么明星之类的。”

“可据我所知，孟冰雨从不使用QQ或MSN的。”

一下子就穿帮了，这个拙劣的谎言让小蝶无地自容。

“算了，我还是告诉你吧。我和孟冰雨都是生物系的，我们的功课都算比较好的，常代表班级去找老师什么的，冰雨还偶尔帮教授做实验助手。她是个非常聪明的人，也是我们系顶尖的高才生，教授非常器重她。”

听到他对孟冰雨的这段夸奖，小蝶不禁羞愧地低下了头，因为她在课堂上太不起眼了，至今也没一个老师能叫对她的名字。

“也许你已经听说了，去年我们生物系发生过车祸。车上三女一男，何娜与孟冰雨都是我的同学。奇怪的是车上还有一个女生，是我们S大的中文系研究生，但何娜和孟冰雨，都不认识那个女研究生。何娜死得很惨，据说头都挤没了，血肉横飞。那个女研究生送到医院后也死了，开车的男的头部重伤，成了植物人，只有孟冰雨几乎毫发无损。”

“她运气真好。”

“是啊，但自那之后她就心事重重，也许是对车祸记忆的恐惧吧。她似乎在寻找什么东西，又神秘兮兮不告诉别人。她经常在上课时发呆，低着头不知在写什么东西，和过去的孟冰雨简直判若两人。”

小蝶试探着问道：“她还说过什么话吗？”

“她说——”庄秋水咬着嘴唇想了片刻，“她说她要得到‘鬼美人’。”

“鬼美人？”脑中刹那浮现起了那白衣女子，长长的黑发遮着脸庞，宛如画皮美人。小蝶胆子越来越大了，审问似的说：“你最后一次见到她是什么时候？”

“已经是去年的事了，好像是在校园里，我看到孟冰雨急匆匆地走过，表情还很兴奋。她的嘴唇一直在动，好像自言自语。我和她打招呼，她也没理睬我。”

月夜下的河边小道，几对情侣互相依偎着经过，小蝶尴尬地向外走了几步。庄秋水追问道："告诉我，为什么要打听孟冰雨的事？"

"没……没什么……我以后会告诉你的。"

"好吧，不勉强你回答。"他抬腕看了看手表，"我送你回家吧。"

她的脸立时就红了，摇摇头说："不必了，我自己回去吧。对了，还有最后一个问题——你知道'蝴蝶公墓'吗？"

"很抱歉，"他不耐烦地扭过头，看着苏州河水说，"我不知道！"

小蝶不知该说什么好："今天麻烦你了……那就，再见吧。"

说罢她已经转身了，忽然又回过头说："哦，还你的伞！"

她把伞交到庄秋水手中，低下头一路小跑着离开。

月亮，又躲到云朵里去了。

6月10日20点55分

尚小蝶回到家里。

她悄悄躲进房间，只觉得自己刚才真傻，不知道庄秋水是怎么想的？大概在他眼里她就是个丑小鸭，一个不会说话的傻丫头，没人要、没人理的，像堆垃圾。

"你真傻！真傻！真傻！"

她对着镜子里的自己嚷道，然后走到窗帘后面，望着对面三楼黑暗中的窗户。

英格兰与巴拉圭的比赛开始了，虽然开着电视机，她却没心思再看贝克汉姆。

小蝶坐到写字台前，孟冰雨的笔记簿还摊开着，正好是上午看到的那一页，最后一行字是：**这是打开"蝴蝶公墓"的钥匙吗?**

后面是生物系的专业课笔记，全是孢子植物之类的东西。翻过去是孟冰雨的话——

我查到野生了！

他是80年代的诗人，野生是笔名，在S大读书时已诗名远播。代表作《幽灵小溪》曾在新诗界风靡一时，写的就是隐藏在S大校园里的那条小河。诗人毕业那

年，人们在他笔下的“幽灵小溪”里发现了他——法医鉴定是溺水身亡。从此，“幽灵小溪”也渐渐成了这条小河的别称。

那一年，野生感到灵感枯竭，再也写不出像《幽灵小溪》那样的作品。为了获得新的灵感，他居然找到了“蝴蝶公墓”！因此写了一首叫“蝴蝶公墓”的诗，但大家都认为他喝醉了吹牛，也没人看到过野生的《蝴蝶公墓》，诗稿还未发表，他就淹死在小河里了。

《蝴蝶公墓》的诗稿，怎么会被“鬼美人”白霜埋葬呢？

我通过表姐才搞明白——白霜在写一篇关于80年代先锋诗歌的论文，其中有关于野生的章节。白霜对他有浓厚的兴趣，深入研究野生的诗歌和生平。一次偶然的机会，她发现了野生的手稿《蝴蝶公墓》，可证明野生确实去过那个神秘所在。也许野生还留下了其他线索，比如地图之类的。

总之，白霜依靠他留下的东西，幸运地找到了蝴蝶公墓。然后，她把诗稿埋在“幽灵小溪”边。好一个聪明机智的“鬼美人”！

老天保佑，我刚才发现了诗稿的秘密！“蝴蝶公墓”网站的神秘地图也被我破译了。

明天，就是明天——我要根据这些密码的指示，按图索骥前往黄泉路，去寻找我的蝴蝶公墓。

我的蝴蝶公墓。

我的鬼美人。

“我的鬼美人？”

小蝶喃喃地念出了最后这一句。这是什么意思呢？“鬼美人”不是研究生白霜吗？难道还有其他“鬼美人”？天知道那是个什么东西！

还有“蝴蝶公墓”网站里的神秘地图，孟冰雨究竟是怎么破译的？和诗稿又是什么关系呢？尚小蝶想着想着，便打开电脑上线了。

根据电脑里储存的历史记录，她第三次进入了“蝴蝶公墓”网站。又是开头的美女与骷髅的蝴蝶，再是首页的“蝴蝶公墓”四个大字。点击文字里的“地狱与天堂”，进入**“蝴蝶公墓地图”**。

仔细地看着这幅神秘的地图，尚小蝶始终不得其门而入，上面的线路实在太古怪了，根本联想不到任何东西。

“蝴蝶公墓”究竟在哪儿呢？

她先将地图保存到“图片收藏”里，又带着满腹的疑惑，点击了下面的十字架。

网页化作了“黄泉九路”的路牌，如果这张照片不是PS做出来的，那么说明一定有这条路，可为什么孟冰雨在笔记里说没有呢？

接着，她点击“黄泉九路”路牌的图片，屏幕上出现一道古老的大门，左右门板打开进入一个新的网页。

电脑喇叭里响起奇异的旋律，在充满灵气的前奏之后，某个磁性的年轻女声唱了起来。

瞬间，耳朵被轻刺了一下，天籁般的歌声充满了这个夜晚，她的心也一下子变得空灵安静，怔怔地坐在电脑屏幕前，任音响慢慢占据耳膜，又渐渐扩散到全身每一寸肌肤。

就是这个女声，昨天凌晨梦到的那个女声，她清晰地记得梦中的声音——

你在地底潜伏

我在人间等候

你吐丝作茧自缚

我望眼欲穿孤独

柔和的歌声带有另一个时代的风味，似乎能融化整个夜晚。梦中的声音化为了现实，抑或是此刻做了一个梦？

随着婉转的歌声继续，她的目光落到了屏幕上，神秘的大门里露出黑暗的甬道，居然像电子游戏里的画面。甬道地上铺着青色的石板，从拱顶上投下白色的月光，宛如古代陵墓的地宫般幽长。

这首歌持续了大约4分钟，尚小蝶仔细地倾听着每一句歌词。她发现歌者的发声并不标准，但又不是那种港台腔的感觉，而是一种更遥远的异域风情。难以言述，又充满震撼力，随着甬道的画面不断向前，自己仿佛正走在地底，前往无边无际的地宫深处……

音乐终于结束，甬道也自然地走到了尽头，屏幕上出现了一道紧闭的大门。

大门上写着一行字——

既是地狱，又是天堂。人人都想进入，但人人都不敢进入。

这句话就像哲学课的作业。

她重新找到鼠标，点开这道地下大门。

就在大门开启的刹那，电脑屏幕突然一片漆黑，小蝶还以为走进了更深的地洞，却发现电脑已经完全没有反应。

随即，屏幕又到了Windows启动的画面，原来刚才是突然死机重启了。她怎么也想不明白，怎么会突然死机呢？焦急地等待了两分钟，电脑又进入了桌面状态，幸好并没有什么异常。

她重新上线要进入“蝴蝶公墓”网站，但首页无论如何也打不开了，又重新试了试其他网站，都能很顺利地打开，网络传输也完全没有问题。难道是对方服务器突然出事了？小蝶又使用浏览器的历史记录，试图进入“蝴蝶公墓”网站的其他部分，依然徒劳。这个奇异的网站就像被施了魔咒，挂上了一副牢固的大锁，任何人都不能再进去。

尚小蝶终于放弃了，她无奈地关掉电脑，又拿起孟冰雨的笔记簿。

刚才读到了“我的鬼美人”，已经是整个笔记本的后半部分了，后面又空了许多页。她一直翻到最后一页，又看到了血红色的毛笔字——

我从蝴蝶公墓回来了

我找到了鬼美人

谢天谢地

我成功了

6月11日上午7点55分

尚小蝶的世界仍然是深夜。

月明星稀，乌鹊南飞，绕树三匝，无枝可依。

她看到了那棵大树，在月光下凄惨地矗立着，脚下是松动而肮脏的泥土。她看了看头顶，除了月亮之外，还有一栋高大残破的房子。奇怪的是她并非要到房子里去，而是背朝着房子大门，像是刚从那里面出来。

自己是如何到这里来的，又是如何从这栋大房子里走出来的，尚小蝶一无所知。只知道在此时此刻她来到了此地，头顶悬挂着此月，脚下踩踏着此土，眼前呈现着此景——

墓地。

小蝶的眼前是一大片墓地，许多棺材隐隐露出地面，鬼火正在地底闪烁着。

正当她犹豫着要穿过墓地时，身后却隐隐响起了歌声，又是那个女子的清唱，声调柔和优美，在暗夜里传出去很远很远。

是的，她听清楚了歌词：**“你在地底潜伏/我在人间等候/你吐丝作茧自缚/我望眼欲穿孤独……”**

幽灵的歌声为她送行？小蝶缓缓踏入坟场，每走一步都在颤抖，每一寸土地下都埋着枯骨。

忽然，身后响起一种奇怪的声音，某个东西渐渐靠近了她，冷冷的风从后脖子袭来，又从她的衣领里钻进去，抚遍了她全身。

想要拼命地喊出来，嘴里却什么声音都发不出；想要撒开了腿往前跑，脚下却怎么也动不了。

终于——摸到她身上了。

那是一只冰凉的手，轻轻搭在小蝶的肩头。

她浑身战栗着回过头来，在见到那张脸之前，整个人却倒在地上。

于是，尚小蝶睁开了眼睛。

她发现自己正躺在地板上，又是一个可怕的噩梦。

梦里的歌声却是在“蝴蝶公墓”网站里听到的，难道那就是“蝴蝶公墓”吗？

柔和的天光洒遍房间，小蝶的脸侧贴着地板，双手与双脚伸开，看着倾斜的世界。现在的样子适合在恐怖片里扮演死尸。幸好没有着凉，仰头看着墙角，笛子像箭矢扎入视线。

这不是荒村的那支笛子。

笛子表面涂着暗黄色的漆，并用深棕色丝线缠绕着，在靠近吹孔的那端，刻着一只翩然欲飞的蝴蝶。

小蝶伸手取下笛子，温柔地抚在手心。竟能闻到芦苇的气味，这是笛膜的原料。这支笛子从她小时候就跟着她，是她童年唯一引以为傲的特长。

她将笛孔贴在唇上，气息缓缓送入笛管。笛膜微微地颤动，发出了几个悦耳的音调。她深深吸了口气，幽幽地吹了起来。

音波刹那从笛孔冲出，宛如无数林间小鸟。清晨的笛声有很强的穿透力，一直飞越到南唐的宫殿——**无言独上西楼，月如钩。寂寞梧桐深院锁清秋。剪不断，理还乱，是离愁。别是一般滋味在心头**。

这是李后主的词——《相见欢》，后来被邓丽君翻唱了。初中时偶然听到这支曲子，便喜欢得不得了。记得高中的暑期，每到傍晚她就会躲到窗帘后面，偷偷吹响这支曲子。

突然房门打开，爸爸走进来大声道："别吹了！"

小蝶的笛声戛然而止，她躲进墙角低下头来。

爸爸发脾气了："大清早吹什么破笛子？星期天邻居们都起得晚，你要把整幢楼都吵醒啊？再敢吹我就把它给扔了！"

"不！"小蝶紧紧护住了笛子，将它牢牢地裹在胸前，"你不可以碰它！这是我妈妈留给我的笛子……妈妈留给我的……"

听到"妈妈"这两个字，爸爸的表情缓和了下来，眼神里藏着几分难受。他上来摸摸女儿的头说："对不起，宝贝。"

尚小蝶不再说话，只是痴痴地抱着笛子，仿佛抱着妈妈的手。

爸爸伤心地摇摇头，退出了女儿的房间。

她慢慢抬起头来，目光突然变得冰凉。她看着摊在写字台上的笔记簿，孟冰雨笔记的最后一页——

蝴蝶公墓。

没错，它正在召唤着她，通过那神秘的网站，通过天籁般的歌声，通过每夜造访的梦境！

"蝴蝶公墓"不停地呼唤着尚小蝶，她不能抗拒，也无法抗拒。

她用力地喘息了几下，又打开自己的笔记本电脑。

"图片收藏"里已经有那幅"蝴蝶公墓地图"。此刻，这幅神秘的地图如迷宫般呈现在屏幕上，说不清是哪个年代的，更看不出是哪个地方。

小蝶仔细回想了孟冰雨的笔记，也许只有野生的诗稿，才能帮助她破译这幅地图。

于是，小蝶又拿出了《蝴蝶公墓》旧诗稿，从头到尾仔细地读了一遍：

谁在城市的边缘哭泣

谁走过黄泉路的晨曦

是幽灵在编织地图

魔鬼的棋盘已填满棋子

对啊，整部诗稿的开头四行，已明确了“蝴蝶公墓”的大致方位——“城市的边缘哭泣”应该是在市郊接合部的位置，也就是孟冰雨他们出车祸的地方；“黄泉路的晨曦”，虽然她不知道有没有“黄泉路”，但视频里确实出现过那个地方，“晨曦”大概就是野生造访的时间吧。

诗稿第三行“是幽灵在编织地图”，再看看电脑屏幕上的“蝴蝶公墓地图”，这分明就不是人画的图，而是出自女妖或幽灵的手笔吧。

第四行“魔鬼的棋盘已填满棋子”——“棋盘”代表什么？目光落到了地图左下角，有片直线纵横交错的方格，看起来正与棋盘一样。里面画满了各种奇异的符号，有鲜花、骷髅、十字、大×、五角等，不正像棋盘上的棋子吗？

这种棋盘状的格局，如果放到现代地图上，正是经线、纬线纵横交错的布局——**经纬？**

小蝶刹那想到了那个路名：**经纬三路！**

正是孟冰雨他们发生车祸，“鬼美人”白霜香消玉殒的这条路，难道“蝴蝶公墓地图”上的这个角落，就是野生诗稿中所写的“黄泉路”？

对，撞车视频里“黄泉九路”的路牌，也一定在那个位置附近，也许**“经纬三路”就是“黄泉九路”？**

她知道最近这十几年来，随着城市范围不断扩大，许多郊区和工业区的路名都有变化，今天的路名大多是后来才命名的，也许“黄泉九路”就是这条路过去的名字，而那个老路牌由于某种疏忽，一直没有被拆掉而留在偏僻的角落，所以孟冰雨后来再也找不到这条路了？

没错，“蝴蝶公墓”就在这条“经纬三路”附近！

尚小蝶又念出了诗稿第五到第八行——

即将沉没的船只

是否看见黑夜中的海岬

波塞冬孤独的灯塔

正在时光的折磨下锈蚀

这四句是什么意思呢？

一艘迷航的船只靠近海岸，或许它已驶入了危机四伏的暗礁群，稍有不慎就会触礁沉没。此刻唯一能解救它的就是海岬上的灯塔，为航船照亮正确的方向！

忽然，小蝶感觉自己就像一艘暗礁边的小舟，在狂风暴雨中迷失了方向，随时都可能撞得粉身碎骨。她确实需要一座灯塔，帮助自己找到正确的航线，去发现黑暗迷雾中的“蝴蝶公墓”——她一下子就明白了，“灯塔”不就是航海的坐标吗？既是指引航行方向的坐标，也是指引人们寻找“蝴蝶公墓”的坐标。只要能找到这座“灯塔”，就可以顺藤摸瓜发现“蝴蝶公墓”！

地图上是否有这样的坐标？

她赶紧仔细看着屏幕，“蝴蝶公墓地图”左下角的“棋盘”上，那些密密麻麻的符号里，有一个正好画着灯塔的形状！

对，这里正是发现“蝴蝶公墓”的坐标！

小蝶立刻找出了现在的本市地图，这是爸爸学驾驶时买的最新版，根据地图反面上的路名索引，她很容易找到了“经纬三路”的位置。这里有“经纬一路”直到“经纬九路”的九条路，在地图上呈现出棋盘状，正好与“蝴蝶公墓地图”上的这个角落一致。

波塞冬孤独的灯塔。

这就是破译“蝴蝶公墓”位置的密码？

6月11日14点25分

她已做好了一切准备。

书包里藏着妈妈留给她的笛子、孟冰雨的笔记簿、打印出来的“蝴蝶公墓地图”、《蝴蝶公墓》诗稿（她特意抄了一稿在家备份），还有一张最新版的本市地图、一支手电筒、一副帆布手套、一瓶矿泉水，甚至还有一个小指南针——全副武装像是去野外探险。

出门前手机充足了电，为防下雨又带了一把小伞。

爸爸问她去哪里，她冷冷地回答："我回学校去。"

尚小蝶说罢走出了房门，她的目标是——蝴蝶公墓。

中午已查好了路线，她坐上一辆开往西郊的公交车。透过车窗看着阴郁的天空，果然雨点落了下来，眼前的城市变得灰蒙蒙的。她静静地坐在靠窗的座位上，脑子里一片空白，就像无家可归的孩子，坐在一张漂流的木筏上，任洋流将她带向天涯海角。

50分钟后，公交车在经纬三路停了下来。尚小蝶几乎已睡着了，听到报站才从座位上弹起来，飞快地跑下车。

这就是经纬三路。她撑起伞眺望四周，远处可以看到几栋高楼，但天际线被雨雾蒙住了；马路这边是一个外资企业的工厂，许多集装箱卡车进进出出；马路对面是一片荒野，刚刚拆除了很多房子，地上满是瓦砾和废墟，一些拾荒者搭起了小窝棚。

尚小蝶拿出打印好的神秘地图，在左下角那棋盘状的方格里有一个灯塔的标记。又对照着新版的地图，这个位置需要继续往前走两个路口。她又看看指南针的方向，不需要其他交通工具，只要信任自己的双腿就行。中学时体育项目唯一好的就是长跑，所以走路是最不害怕的。

一直往前走了几百米，但始终都未出现"黄泉九路"的路牌，怪不得孟冰雨也没有找到过啊。再仔细看看神秘地图，那座"灯塔"似乎在一条分岔的线上。再仔细看着新版地图，却没有标出这条分岔。

根据野生诗稿的第六行**"是否看见黑夜中的海岬"**，这句话是否另有所指呢？继续向前走了几步，忽然看到旁边有个工厂的大门，里面早已经残破不堪了，只剩下一条杂草丛生的荒路，许多车子把这里当作临时停车场。

大门上挂着一块几乎剥落的牌子——**"海角灯泡厂"**。

小蝶觉得这个厂名很奇怪，反复默念了几遍，忽然茅塞顿开了："海角"就是海岬嘛！而"灯泡"明摆着和"灯塔"是一个意思！

"黑夜中的海岬"+"波塞冬孤独的灯塔"="海角灯泡厂"！

密码诗与地图与实地环境完全相匹配，"蝴蝶公墓"的钥匙终于抓在她手上了。

她兴奋地跑进了工厂大门，其实这家工厂早就被拆光了。沿着厂里的路走了数百米，一直走到工厂的后门，才看到那块孤独的路牌。

“黄泉九路”。

尚小蝶揉了揉眼睛，这回不再是梦境或幻觉，“黄泉九路”四个字如此真实，像雕塑般矗立在荒草丛中。凄风苦雨正落在它的身上，等待着第N个不速之客的造访。

这也是“蝴蝶公墓”网站里的那个路牌，几乎弯曲变形的铁杆子，牌子上早已锈迹斑斑，在风吹雨淋中苟延残喘着。

她念出了野生诗稿的第七、八行——

波塞冬孤独的灯塔

正在时光的折磨下锈蚀

“波塞冬”是古希腊神话里的海神，他的灯塔无疑就是眼前“黄泉九路”的路牌，“正在时光的折磨下锈蚀”不正是锈迹斑斑的路牌的写照吗?

小蝶推测这里本来叫“黄泉九路”，后来因为工业区的改造等，路面换成了现在的“经纬三路”，而这块路牌出于种种原因，还保留在这个工厂里面，就成了发现“蝴蝶公墓”的灯塔坐标。

一年前的那个雨夜，孟冰雨他们的车子，因迷路而误入了这家工厂的大门。可能当时天太黑，司机还以为这是一条马路，当他要从这个后门开出去时，意外地见到了这块路牌。这就是撞车视频里出现“黄泉九路”的原因!

再看《蝴蝶公墓》诗稿紧接着的后面几行——

最后的光芒射破夜空

照亮杰里科第九大道

听女巫在海底呻吟

笔直! 笔直! 笔直!

这几句话又是什么意思? 小蝶觉得自己现在就像一个情报员，正在破译一封绝密电报中隐藏的密码。

“最后的光芒”显然是指“灯塔”发出的光，“照亮杰里科第九大道”又是什么意思呢? “杰里科”是今天巴勒斯坦的一个城市，在《圣经》的时代就多有记载，“杰里科大道”正通往耶路撒冷，那“第九大道”或许就是“黄泉九路”?

再看“听女巫在海底呻吟”，大概就是某种灵异的指示，“笔直! 笔直! 笔直！”——这既是“女巫”给我们的暗示，也是“灯塔”光芒照射的方向。

于是，尚小蝶按照这个指示出发了——从“灯塔”也就是“黄泉九路”路牌，走出工厂后门笔直往前，穿过一条空旷寂静的马路，前面又是一条笔直的道路。

笔直！笔直！笔直！

女巫正在向她召唤。

尚小蝶再也无所畏惧，撑着伞径直向前走去。路边不是厂房就是工地，几乎没什么商店，也看不到几个行人。人行道上坑坑洼洼，她小心地绕过几个水塘，仿佛走在另一个星球上。

越往前走越荒凉，现在几乎已渺无人烟了。小蝶加快了脚步，必须在天黑前找到目的地。突然，短信铃声不合时宜地响了起来。

原来是双双发来的短信——

喂，你在哪里？我们不是说好了下午4点在学校门口见的吗？

6月11日16点30分

“这个WOW又跑哪儿去了？”

陆双双放下手机，站在S大的校门口，焦虑地向四周张望。正好看见庄秋水背着大包，撑着伞跑了过来，她赶紧挥了挥手。

庄秋水走过来疑惑地问：“你怎么站在这里？等人吗？”

“是啊，说好了4点和尚小蝶在这儿会合的，但等了半个钟头也没见她踪影。”

“你给她打电话了吗？”

“刚发了短信问她。”双双叹了一口气，退到校门里的屋檐下，“她总是让我不放心，特别是最近一直闷闷不乐的。”

庄秋水眉头立即跳了一下，他本想说昨天和小蝶见过面了，但怕引起双双的误会，话到嘴边又咽回去了。他只能试着问：“她到底发生什么了？你一定知道的。”

“啊，这个——”双双忽然想起答应过小蝶要保密的，“这个我也不清楚啊。”

这时她的短信铃声响起来了，双双低头一看：“是小蝶回的！”

然后双双念出了小蝶回的短信——

对不起，我在黄泉路。

陆双双读完这条短信，两只手都抖了："黄泉路？天哪！那不就是死了吗？"

"给我看！"庄秋水马上接过她的手机，神情也紧张了起来，"不可能，这不可能！"

"小蝶死了吗？这是幽灵发来的短信吗？"

庄秋水摇摇头："不，也许她真的找到了——赶快打电话吧！"

双双点点头，颤抖着拨打了小蝶的号码。

铃声响了好久，才听到小蝶有气无力的声音：

"喂……"

6月11日16点40分

黄泉路。

尚小蝶接到了陆双双的电话，只听到电话那头焦急地说："WOW，你到底在哪里啊？"

"我不是回复你了吗？黄泉路。"

电话里似乎还有男人的声音，接着是双双颤抖的话："你快回来吧，千万别留在那个地方！"

"不，我很快就要找到蝴蝶公墓了。"

那头传来更强烈的恐惧："你说什么？不是开玩笑吧？"

小蝶的声音异常冷静："双双，我从不骗你。"

"你别吓我啊，WOW，那个地方是绝对不能去的！"

"放心，亲爱的，我会平安归来的。"

她就像去超市买瓶酸奶般镇定。电话里继续传来双双的叫嚷，但小蝶已把手机挂断了。

深深吸了一口气，黄泉路上弥漫着荒凉的气味，在这淅淅沥沥的小雨中愈加朦胧。

笔直向前——又一个十字路口，如一道溪流障碍，她轻松地涉渡过去。

左边是个建筑工地，几栋楼房的基础已经打起来了，马路对面则是一道高大厚实的围墙，不知墙里有什么东西。她知道自己就快要到了，手机又响了起来，小蝶任凭铃声响着而不接。她知道是双双打来的电话，但既然已到了这儿，那就不可能再走回头路了。

尚小蝶一路继续向前走，直到前方出现一条河堤，拦住了她的去路。

她的苏州河。

这时她低头看了看《蝴蝶公墓》诗稿，第十三、十四行——

但请不要渡过姑苏城外的小溪

1999在耳边呼吸

小蝶又默念了一遍："姑苏城外的小溪？"

虽然，苏州河以横穿上海市区而闻名，但顾名思义是发源于苏州的河流。苏州古称"姑苏"，"姑苏城外的小溪"自然就是这条苏州河了！

"但请不要渡过姑苏城外的小溪"，意思就是当你走到苏州河边，就请停下不要再过河了。

雨几乎要停了，乌云下河水缓缓流淌。对岸也是大片的空地，几公里外才是一些住宅楼房。高涨的潮水几乎与地面平行，河底泥土的芬芳扑面而来。这条古老的河来自苏州太湖，将要流入黄浦江汇入长江口，直到被太平洋的怒涛拥抱。

那么"**1999在耳边呼吸**"呢？

尚小蝶隔着马路向右侧眺望。高大的围墙在苏州河边断裂，紧靠河堤开着一个边门。

沿着河堤穿过马路，她来到那道破旧的边门前。门口挂着块生锈的路牌——

经纬九路1999号

1999！

心被重击了一下，本以为诗稿里的"1999"指的是1999年，没想到却是这块门牌号码！

是的，经纬九路1999号正在耳边呼吸。

苏州河，1999号，完全与《蝴蝶公墓》诗稿里的描述相同。

边门用铁栅栏封了起来，但有一处栅栏露出缺口，正好可容一个人弯腰钻进去。尚小蝶把背包扔进门里，蜷缩身体钻了进去。

门里是一大片瓦砾荒野，她把雨伞收进包里，一步一顿向前走去。左手是苏州河的堤岸，黄昏时河风漫漫卷来。四周是如此寂静，仿佛一下子脱离了城市，来到某个考古遗址。

这里原来是个工厂，苏州河边正好水运便利，货物可以直接从码头卸下。现在厂房差不多都拆光了，只留下些残垣断壁。一根十几米高的烟囱还孤零零地矗立在苏州河边，象征着一个已经逝去的工业文明时代。

面对这满目疮痍的情景，小蝶念出了诗稿的第十五、十六行——

机器与马达将我们吞噬

黑色烟雾飘出神的手指

虽然没看到“机器与马达”，但考虑到这首诗是1986年所写，当时这座工厂里面一定有很多这种机器设备。那么“**黑色烟雾飘出神的手指**”呢？听起来好像某种宗教的密码。

“黑色烟雾”？尚小蝶抬头看到了那根烟囱——是啊，当年这烟囱不是每天喷放着黑色烟雾吗？至于“神的手指”也迎刃而解了，高大的烟囱直指云霄，不就象征着“神的手指”吗？

诗稿中的这两句密码，无疑是在描述这家工厂，特别是那根高高的烟囱，就是最明显的坐标点。

看来她离“蝴蝶公墓”越来越近了！

但前方只剩下荒野蔓草，乱石瓦砾，空无一人，就算是条壮汉也未必敢单独进入。尚小蝶仔细地环视四周，忽然在右侧的野草丛中发现了一条小径。

所谓小径，也只能容一人走过而已。两边全是一米多高的草丛，好似走进北方的青纱帐。地图已完全没用了，只能靠指南针辨认方向，尚小蝶朝东南方向走去。

下午5点，雨完全停了。必须赶在天黑前找到“蝴蝶公墓”，否则黑灯瞎火就出不去了，说不定还有强盗之类的坏人。

手机铃声又响了起来，不用看就知道是双双打来的，尚小蝶仍然让手机响着却不接。工厂废墟中的小径弯弯曲曲，回头再看来时的路，早已被野草覆盖看不清了。就连进来的边门也不见了，只有远处的苏州河堤——刹那间想起了《千与千寻》，难道等待她的是主题公园外衣下的神隐世界？她连宫崎骏的下一部片名都想好了，就叫《蝶与小蝶》。

突然，小径前方出现一道围墙，一眨眼就竖了起来，她猝不及防差点撞上去——该死的！这就走到头了吗？

她着急地向围墙两边眺望，在左侧看到一扇小门，就立刻跑到这扇门前，里面似乎别有洞天。

穿过这道"围墙里的围墙"，尚小蝶终于踏入了死亡区域。

墓地。

不敢相信自己的眼睛，这堵墙后面居然是一大片坟墓！那些石头、砖头或木制的墓碑，密密麻麻地竖在旷野中，宛如一个个僵尸站队。

尚小蝶嘴唇都咬得发白了，直勾勾地看着眼前的墓地，阴冷的风从底下吹起，缓缓抚遍她的全身。

于是，她又一次念出了诗稿的第十七、十八、十九行——

你将背着肉身前往墓地

为古老的十字架钉上钉子

高声背诵基里尔兄弟的文字

果然是墓地，密码已清楚地显示，"背着肉身"就是指一个活人的身体，"为古老的十字架钉上钉子"——没错，大多数墓碑都是十字形的，显然是基督教徒的坟墓。

只是她完全不明白"**高声背诵基里尔兄弟的文字**"是什么意思。

天色，渐渐暗下来。

尚小蝶只能硬着头皮向墓地里走去，双手紧紧抱着自己肩膀，谨防地下突然伸出一只枯骨抓住她的手臂。

她发现有点很奇怪——只看到墓碑却没有看到坟头。再仔细一看墓碑上的字，发现全都是洋文，几乎看不到一个中国字。

原来这是外国人的墓地。

等一等，小蝶忽然想了起来——那天上午，白露说她到了"蝴蝶公墓"，并给她发来彩信的"现场直播"，在那些照片里也有相同的场景！

就是这个地方！她已经找对了！瞬间，兴奋又压倒了恐惧。

不知来自什么年代，墓碑上的文字大多模糊不清，有的墓碑干脆已倒在地上，或断裂成两半。她大胆地跨过一个残缺的墓碑，只见棺材从泥土里露出来，吓得她差点倒地不起。地上甚至还有森森白骨，大概是野狗干的好事，若天气再炎热些，晚上想必会鬼火荧荧？或变成东欧吸血鬼？

尚小蝶下意识地掩住鼻子，好像真有股腐尸气味——这就是"蝴蝶公墓"？

她失望地摇摇头，穿过墓地继续向前走，直到最后一座墓碑。

墓碑后是一栋破旧的老房子。

最后一座墓碑已经碎裂了，在黑色的大理石上，点缀着一个鲜艳的色彩——她看到了一对翅膀。

天哪！是那只蝴蝶！

她赶紧蹲下来仔细端详，看清了蝴蝶翅膀上的图案。没错，左边是美女的脸庞，右边却是一个骷髅头。

美女与骷髅的蝴蝶。

它怎么也会在这里？几天之前，正是这只蝴蝶，将她指引到学校的"幽灵小溪"边，发现了那个神秘书包，随后将她拖入旋涡之中……

蝴蝶依然不害怕她，悠闲地停在原地。它下面的墓碑上，雕着一个十字架，底下还有一行文字。

接近下午5点半了，实在看不清那些洋文，便用手机把墓碑上的文字拍了下来。

忽然短信铃声响起。小蝶终于看了一眼手机，却发现不是双双，而是庄秋水发来的短信——

告诉我，你在哪里？

6月11日17点30分

庄秋水握着手机，焦急地等待着尚小蝶的回答。

车窗外的天色越来越暗，马路上却越来越堵，出租车的轮子如龟爬般滚动着。他不停地催促着司机能不能快点，司机也有些生气了："要不然你来开！"

十几分钟前，陆双双第三次给尚小蝶打电话，但那边死活不接。双双越来越害怕，她担心小蝶会不会真的已经出事了？

双双急得要去黄泉路找小蝶——如果真有这条路的话。但庄秋水拦住了她，说现在已是傍晚，去那里可能会有危险。最后，他看着双双的眼睛说："我知道黄泉路怎么走，我一个人去找小蝶就够了。你先回学校里去，安心地等我消息，我会把小蝶平安带回来的。"

陆双双也没有其他办法，只能点点头说："秋水，你真好，我爱你。"

最后一句话让庄秋水有些尴尬，他略微羞涩地扬扬眉毛，然后飞快地冲到马路边，拦下一辆出租车**赶赴黄泉路**。

星期天的晚高峰，前往市郊的路特别拥堵，十几分钟也没走出多远。他实在等不及了，便先给小蝶发了个短信。

此刻，庄秋水焦急地坐在出租车上，等待手机铃声的响起。他希望尚小蝶只是开玩笑，或者是好朋友之间的恶作剧，她根本就没去黄泉路，而是在学校里的某个角落偷着笑呢。

可是，他明白小蝶绝不是这种人，她根本就不是一个会撒谎的人。

就在这时短信铃声响起了，果然是尚小蝶回复的短信——

我已经找到蝴蝶公墓了。

看到这条短信，庄秋水整个人都发抖了，但他立即又摇了摇头——不，一定是小蝶搞错了，她自以为找到了那个地方，其实根本就不是。"蝴蝶公墓"岂是这么容易就能被找到的！

但他还是很不放心，索性拨通了尚小蝶的号码。

铃声又响了很久，终于听到了她的声音："不要打电话给我。"

小蝶的声音微微颤抖，语气冷冰冰的，与昨晚完全不一样。

庄秋水耐心地说："你真的在蝴蝶公墓吗？"

"是的！"

"你怎么证明自己在蝴蝶公墓？"

尚小蝶异常冷静地回答道：

"经纬九路1999号。"

听到这个门牌号码，庄秋水像被重重打了一拳，整个心都浸到了零下50摄氏度的冰水里。

随即他在电话里大喝一声："不！"

这一声惊得出租车司机都回过头来，以为自己开错了路。

然而，尚小蝶却把电话挂了。

庄秋水呆呆地看着手机，可以明显地看到自己的手在抖。他终于失态了，着急地对司机嚷道："师傅，赶快去经纬九路，1999号，靠近苏州河的那一头。"

老天，她居然真的找到了！

6月11日17点40分

尚小蝶刚放下手机没多久，铃声又响了起来，来电显示依然是庄秋水。

她摇着头把手机揣进包里，随便它响去吧，反正出来前已充足了电。

身后是数百个古老的墓碑，幽灵们在地下蠢蠢欲动，而脚下碎裂的墓碑上，停着那只鲜艳的"美女与骷髅"蝴蝶。

这里就是"蝴蝶公墓"吗？

小蝶继续念着野生的诗稿，第二十、二十一行——

木马战士正打开特洛伊的城门

阿喀琉斯的灵魂穿越天上的桥

怎么又到《荷马史诗》的特洛伊去了？木马和城门又象征着什么？

忽然，这只蝴蝶飞了起来，像一团漂亮的剪纸，在黄昏的半空中跳起了探戈。她的视线也随着它上下翻飞，直到蝴蝶飞进了前面的老房子。

目光在这栋房子上定格，看起来并不是很气派，也不像一般的老洋房般华丽，更像是某种公用建筑物。房子中央有个门洞，走近一看里面非常幽深，但上方似乎还有些自然光，蝴蝶就是从这里飞进去的。

她深深吸了一口气，跨进深深的门洞里。里面的墙壁异常厚实，就像走进古代的城门洞——对！特洛伊的城门！这就是密码的答案。

阴暗的门洞里，阴气扑面，让人瑟瑟发抖，然而却有一道亮光打在她的额头。

尚小蝶缓缓扬起头来，幽暗的光线如清泉般倾泻而下，直射入她的瞳孔。原来门洞的尖顶是木结构的，上面覆盖着十几块毛玻璃，抬头可以看到黄昏的天空；而更让她吃惊的是，门洞中间还横着一道"过街天桥"式的楼梯，悬在半空的楼梯似已腐朽，看起来竟摇摇欲坠，而那暗绿色的木栏杆上，仿佛还停留着某个白衣女子的鬼魂。

“阿喀琉斯的灵魂穿越天上的桥”——终于明白这个密码了，这“天上的桥”不就是头顶的“过街天桥”吗？而阿喀琉斯则是希腊人的英雄，虽然全身刀枪不入，却因脚上被箭射中而身亡。他并没有活着见到攻占特洛伊的那一天，只能由他的灵魂来穿越这“天上的桥”！

又想起了白露在电话里说的：“深深的城门洞通往地狱，天堂之光抚摩额头，幽灵在悬索桥上迎接你。”

当然，就是这个地方无疑了！

就在小蝶自“天桥”下穿过时，耳畔隐隐响起了一种声音——似幽幽的哭泣，又似某种乐器的回旋，一个年轻女子抑扬顿挫的歌声，从这栋房子的某个角落传出……

啊，又是那熟悉的旋律，在梦中听到过的歌声，在“蝴蝶公墓”网站里听到过的歌声。

唱歌的女子是谁？

她就在这栋房子里吗？

这是另一个世界的天籁，随着潮湿的空气渐渐生长。尚小蝶徜徉在峡谷般的门洞里，歌词已渐渐清晰——

你在地底潜伏

我在人间等候

你吐丝作茧自缚

我望眼欲穿孤独

这歌声就像墓地里的荒草，像瓦砾中的野花，像泥土里的翅膀，像小溪边的诗稿，像“蝴蝶公墓”里的幽灵。

尚小蝶仰头看着“天桥”，柔和的光线自天棚坠落，仿佛将她整个人融化。这现场版的演唱会如此惊心动魄，歌者近在身边却不在眼前——她是谁？

然而，双脚却不由自主地向前迈动，直到她走出门洞，发现里面居然是一个大院，迎面是一堵高大威严的砖墙。

而那奇异的歌声，却突然终止。

这堵墙居然有四五层楼高，估计是一幢巨大建筑的外墙，红砖封死了底下的大门，只露出三四楼的窗户。透过楼上的窗户，可以看到渐渐暗下的天空。原来这栋高大坚固的楼房，就仅剩下这么一堵墙了。

天井的右侧还是这样的房子，只有左侧是个大的缺口，开满了鲜艳的夹竹桃花。小蝶惊讶于它们的美丽——在这么荒凉恐怖的地方，白色与红色的花朵却争奇斗艳，如十几岁的少女孤独地绽放，好似有无穷无尽的生命力。

是啊，学校里的“幽灵小溪”岸边，不是也开满了这种鲜美却有毒的植物吗?

把目光从夹竹桃上移开，站在门洞下仰望正面的高墙，隐隐中竟有种仰望欧洲中世纪教堂的感觉，宛如澳门的大三巴牌坊——宏伟、庄严、肃穆、神圣，好像随时都可能有唱诗班的童声响起。

尚小蝶禁不住后退了几步，心底升起一种复杂的情绪，宛如跋涉了千万里的朝圣者，终于看到耶路撒冷的城门，几乎要对这堵墙顶礼膜拜。

怎么回事？眼眶都湿润了，她难以抑制自己的激动，似乎命中注定要到此地。她快步上前，几乎扑到了那堵高墙上，双手抚摩着砖与砖的缝隙，瞬间，砖头表面传来电流般的感觉，整个心都要被这堵墙掏空了。

眼泪已无法控制，如小溪般流淌下来，打湿了地上的荒草。

小蝶又轻声念出《蝴蝶公墓》诗稿的第二十二、二十三行——

写一张秘密的纸笺

塞进耶路撒冷哭墙的缝隙

这是密码的提示。

冥冥的歌声在脑海响起，眼前浮现着耶路撒冷的“哭墙”——千百年来，犹太人每逢安息日，便要去墙前号哭亡国之痛。据说将心愿写在纸条上，并塞进“哭墙”的墙缝里，就可以梦想成真。

对，她该写下自己的心愿!

虽然有那些关于许愿的可怕传说，尚小蝶还是当即打开书包，找出纸和笔，笔尖在纸条上颤抖许久，终于写下了人生最大的梦想。

长长嘘出一口气，她将纸条放到唇前，献上一个亲吻——或许这辈子的希望就在这儿了。

然后，她将纸条塞进墙缝里。

“我的哭墙。”

口中念念有词。

心底默默祈祷。

忽然，尚小蝶看到在一米开外的墙缝里露出一段白线。走近才发现墙缝里塞着一张纸条。她轻轻地将纸条拉出墙缝，又小心翼翼地展开来，上面写着一行清秀的字迹——

第一，我要见到我姐姐；第二，我想为我和姐姐还清所有的债务。

这是白露的笔迹！

又是一个铁证，几天前白露肯定来过这里，还在这堵“哭墙”边写下了自己的愿望。纸条看上去还很新，只是湿掉了一部分，应该是最近才放进去的，否则，恐怕早就被雨水泡烂了。

对，白露发来的彩信里，也有一张墙缝里纸条的照片！

尚小蝶后退了一步，脚底好像踩到了什么东西，低头一看却是枚小十字架。

泥土中的金属十字架，虽然表面有些锈蚀，仍然难掩其精妙的花纹。在白露的彩信里，同样也有这么一张照片。

忽然，后脑勺隐隐发麻。她转身向后看去，只见门洞中的“过街天桥”上，站着一个黑色的人影！

四周都是阴暗的背景，只有头顶天窗落下的光线将那个人笼罩在幽灵般的光芒里。

啊，那天彩信里也拍到了这个幽灵。

小蝶目瞪口呆地看着那个人影，这是她平生第一次与鬼魂面对面。

她缓缓挪动脚步，向门洞里的楼梯走去，一直走到“过街天桥”底下，天窗的光线射入她仰望的眼睛，让她看清了楼梯上的那个“东西”。

隐隐可见长长的头发，全身上下都蜷缩佝偻着，黑色衣带飘荡在绿色栏杆间。那张脸实在是看不清楚，完全被头发遮住了，只有精厉的目光射出，宛如黑夜里的野兽。

仅仅几秒钟后，那个影子就“飘”过楼梯，闪到旁边的一扇小门里。

不，绝对不是幻觉！

尚小蝶大声喊道：“别跑！”

但在门洞里根本不能上去，地面上的门也被锁住了，她只能跑到天井里来。

天井里还有两扇房门，其中一扇门上写着褪色的“女宿”二字。门里是一道幽暗的木楼梯，竟与《荒村公寓》里写得一模一样，里面布满了灰尘，散发着一股腐烂的气味。她紧张地站在门口，把目光探向楼梯上面，但楼上一片漆黑什么都看不清。

在楼梯口踌躇许久，还是没敢上去。里面早已年久失修了，木楼梯也是快腐烂的样子，走上去大概极不安全。

尚小蝶又退到天井中央。时针走到了傍晚6点整，整个废墟里寂静无声，那个幽灵也不知“飘”到哪里去了。

她大胆地叫起来：“喂！有人吗……有鬼吗？”

远处迅速传来她的回声，在空旷的墙壁间荡漾着，这声音传遍了整个墓地，也传遍了旧工厂的废墟，甚至惊醒了苏州河底的螺蛳。

这时手机铃声又响了起来，小蝶只当没有听见，现在谁都不能让她离开。

在院子里转了一圈，三面都被墙壁和房子挡住了，唯有一面敞开，但盛开着夹竹桃。

“蝴蝶公墓”在哪儿？也许这整个废墟都是吧。

突然，那只蝴蝶又飞进了她的视线，鲜艳的翅膀在暮色中挥舞。

美女与骷髅——竟飞进了高墙最左侧的一道铁门里。

原来这道门还没有关死啊，她急忙跑过去推开铁门。

此刻，小蝶已经完全忘记了时间，夜幕即将笼罩大地，她却大着胆子走了进去。

在高墙的背后，她终于发现了蝴蝶公墓。

尘埃落定。

蝴蝶也落定。

它停在了一座墓碑上，鲜艳的翅膀伏下休息。

与外边的西洋式墓地不同，这个坟墓是中国传统的样式，墓碑后面有个将近两米高的坟茔，看起来就像个大土堆，坟上长满了荒草，还开着好几种不知名的小花。

尚小蝶颤抖着低下头来，念出了《蝴蝶公墓》诗稿的最后两句——

抱起夹竹桃花瓣的尸体

我悄然亲吻——蝴蝶公墓

神秘的诗稿就此全部终结，最后一道密码，可以不攻自破了。

当小蝶重新抬起头时，看到了茂密的夹竹桃林，红色与白色的花朵正好成为坟墓的背景。

是的，她终于看见它了。

一个声音自地底传来，附在她耳边说——

“欢迎你来到蝴蝶公墓！”

来不及感觉到恐惧，身后响起急促的脚步声。她看见一对年轻的男女，他们穿着很老式的衣服，手里带着一些特殊的工具，小心翼翼地走进高墙。男的表情严肃又兴奋，而女孩却是那样忧伤。她是那样美丽，让人以为是画里走出来的仙女。又一只蝴蝶从眼前掠过，空气中闪烁着金色光芒……

忽然，眼前的一切又消失了，只剩下孤独的坟墓在风中沉睡。

尚小蝶感到头越来越晕，脚底也有些打飘，她捂住胸口喘息着，缓缓走到那座墓碑跟前。

碑上没有雕刻十字架，却镶嵌着一张椭圆形的陶瓷相片。虽然已经过去了那么多年，这张陶瓷相片却依然如此清晰。

黑白相片里是个年轻的女子，她长着一张欧洲人的面孔，深邃的眼睛，浅色的头发，俏皮的鼻子，柔和的嘴唇。她在墓碑上淡淡地微笑，嘴角露出可爱的酒窝。然而，她的眼神却是阴郁的，似乎在拍这张照片的同时，却在想象自己的这座坟墓。她的美丽如同古希腊的海伦，却飞过千山万水，葬身于这东方的蝴蝶公墓中!

相片下面刻着墓主的姓名。天色越来越暗，她只能掏出手电筒，照亮墓碑上的文字——居然是俄文字母!

过去在苏联电影里常见到这种文字，但是她一点都看不懂。于是，借着手电筒的光线，尚小蝶用手机拍下了墓碑上的相片和文字。

下面还有墓主人的生卒年——

1912—1936。

啊！墓碑上的这个欧洲美人，居然出生于1912年，但她只活到24岁，在1936年就香消玉殒了，真是自古红颜多薄命啊!

蝴蝶忽然从墓碑上飞了下来，扑扇着美女与骷髅的翅膀，一直飞到墓碑的最底端。

天，彻底暗了。

尚小蝶只能蹲了下来，用手电筒照着那下面，依稀看到了几个汉字。

她艰难地辨认着这些字，缓缓念了出来——

“尚小蝶之墓。”

在手电筒聚集的光圈中，这五个字如同利剑刺入了她的眼睛。

月黑风高。

蝴蝶尖叫。

幽灵狂舞。

美人如土。

利刃刺破了她的角膜，继续深入进脑腔，穿透了大脑的神经——无数朵夹竹桃绽开……妈妈在微笑……视频里的狂叫……鬼美人的眼睛……“幽灵小溪”边的书包……红色的女鞋……老桃树下的葬花……夜半笛声……黑夜里带血的唇……

还有，墓碑上的自己。

那首歌又悠扬地响起——小宇宙的第二次爆炸，一切归于塌陷和灭绝。

它死了。

吐出第一根丝。

生命的第三层

蛹

6月11日18点20分

傍晚的黄泉路。

出租车已经开到黄泉九路了，但前头却意外地堵着一长串车，长龙似的集装箱卡车一眼望不到头。庄秋水坐在车里焦虑不安，他又一次拨打了尚小蝶的手机。手机铃声像催眠乐曲般响了半天，直到自动语音响起："对不起，您拨打的用户暂时无法接听，请稍后再拨。"

他紧紧捏起了拳头，盯着黄泉路上排队的车辆。老天，从S大到这儿并不太远，居然开了近一个小时。仅仅在这个路口，就已堵了15分钟，而车轮几乎还没怎么动过。司机也很着急，他打开车门出去看了看，回来说："倒霉，原来前面出车祸了，两辆卡车撞在一起，有一辆翻倒在马路上，正在等拖车过来呢！"

那要等到什么时候啊？手腕上的秒针一格格转动，庄秋水忍不住打开车门，付清车钱后，跳下车向路边跑去。

虽然马路上堵得严严实实，人行道上却几乎没什么人。他已很久没来过这儿了，两边的景物早已变了许多，记忆中的老工厂化作建筑工地，一群住宅楼矗立在暮色中。快跑着穿过一个路口，冲刺几百米拐进经纬九路。

该死！若待在车上不知要等到猴年马月。庄秋水越跑越快，幸好马路上没有其他人，否则会以为他脑子有病。十多分钟后，终于见到了那熟悉的围墙。好不容易喘了口气，马不停蹄地跑到苏州河边。

河水已转为黑色，沿河可以眺望到旧工厂里的废墟。必须在天黑前找到小蝶，否则——他自己也无法想象。

冲进久违的边门，踏入空旷的荒草丛，孤独的烟囱愈加凄凉。他也不管那条隐藏的小径，如开荒者直接踩进野草，笔直向第二道围墙冲去。

很快找到了那扇小门，他知道里面就是墓地。脑子深处又疼了起来，那是往昔的警告——禁区，勿入！

但庄秋水还是闯入了禁区。

又见到那些墓碑，要比印象中更残破些，这就是当年的白俄公墓——长眠着713个斯拉夫人的枯骨。

刚想要穿过这片墓园，双脚却如钉住般不动了，冷汗从额头汩汩地流下，耳边又如洪钟般响起了警告。

他痛苦地深呼吸了几口，感到坟墓里的气息全涌入胸腔，连同那些古老的灵魂，散布到他浑身的每一滴血液中。

于是，他不再是庄秋水，而是许多年前就已死去的某个人，他机械地移动庄秋水的身体，一步一步穿越坟墓的死亡区域，绕过那些断裂的墓碑、露出地面的棺材和白骨，终于来到了“蝴蝶公墓”的入口——老房子幽深的门洞前。

Stop！

庄秋水突然停止了脚步，像个木头人一样僵在那里，眼前是地狱般的门洞，里面幽暗异常，什么都看不清楚，似乎正潜伏着无数幽灵，等待新人进入成为它们中的一员。

不，不能再往里踏入半步了！他在门口徘徊了几步，忽然想到另一种可能性——如果尚小蝶不在里面呢？或者她根本就没有进去，像他一样在此止步不前，然后就一个人知难而退，早就离开这鬼地方了？

老天保佑，但愿如此吧。

但庄秋水还是要求证一下，如果她就在这道门洞里的话，那只要打她的手机，就可以在这里听到铃声了。

他又一次拨打了小蝶的手机，同时侧耳倾听门洞里的动静。

等待了大约10秒钟，隐隐听到了什么声音，从某个很远的地方传来。幸好这儿的傍晚如坟墓般寂静（本来就是坟墓），让他可以分辨这是什么声音——

没错，就是手机铃声！虽然听起来很不清楚，但只有电器才能发出这种声音，还有音乐的高低起伏。

铃声持续了几十秒钟，随着手机屏幕显示“无人接听”而告安静。

庄秋水竖直耳朵，铃声还在继续，这是他最不愿意听到的声音。

毫无疑问，尚小蝶正在这道门洞里，在可怕的“蝴蝶公墓”中。

他的心又一次沉到了冰底。

脚底稍稍挪动了几厘米，又立即缩了回去，好像门洞里有一堵透明的墙，任何人都无法穿墙而过。

进入？还是退出？这是一个问题……

庄秋水问出了一个哈姆雷特式的问题，可惜他要拯救的并非奥菲莉亚——而是个与他无亲无故、刚刚萍水相逢的丑小鸭而已，她长得一点都不漂亮，对男生几乎毫无魅力，是那种天天见面也会遗忘的人。

为一个完全与己无关的人，值得冒这么大的风险吗？

脑子里又闪过了那些电光，雪花般飞舞，如利刃劈开他的身体。他看见了夹竹桃花，鲜艳的花朵流出乳白色的汁液，流过之处冒起带着骷髅的白烟……还有，还有那只蝴蝶，跨入禁忌之门，朝拜普鲁顿大神……无数声尖叫，扯破喉咙的尖叫……密密麻麻的……

“不！”

他如孩子般喊了出来，双手捂住自己的耳朵，只想立刻就变成一个聋子。

然而，耳朵还是很不争气地听到了手机铃声。

是尚小蝶吗？打开手机屏幕，来电显示却是陆双双。

“喂！已经去那么久了，你在哪里啊？”

“蝴蝶公墓。”

他像机器人一般如实回答。

“见鬼，真有这个地方？”电话那头的双双倒吸了一口冷气，“你找到WOW了吗？”

“我——找到她了。”

“那赶快把她带出来啊！”

庄秋水不知该怎么回答：“哦……”

“你哦什么哦啊！还是个男人吗？”双双在电话里嚷了起来，“快把小蝶给我带回来！”

说罢她挂断了电话。

男人？这两个字如电流般刺激了庄秋水的心，让他把头高高地仰向天空，老房子的屋顶似乎变矮了一些。

他的双脚忽然获得了自由，一下子摆脱了理智的控制，大步流星地跨向门洞。

迈向地狱的第一步。

刹那间，黑暗吞噬了庄秋水。

6月11日19点19分

月亮从乌云里出来了。

蝴蝶公墓。

清洁的光线如白霜洒遍旷野，也轻轻抚摩着尚小蝶。身下是冰凉的泥土，地底的湿气渗入皮肤，血液如开春的河水缓缓流淌。

或许是受到月光的洗礼，眼皮下的瞳孔缓缓缩小，仿佛看到了遥远的星空。艰难地眨了几下，她终于睁开了眼睛。

眼前是一团虚无的空气，紫色的夜空上悬着一轮皓月。

然后，她看到了一双眼睛。

一双敏感而脆弱的眼睛，22岁男生的眼睛，抑或在梦中见到过的眼睛。

不知如何形容这目光，它不停地闪烁着，如银河的星光正对着她。

但她看不清那张脸，只感到温热的气流，扑到她的面颊上，彼此交换着呼吸。

她听到了一个急促的男声："小蝶？小蝶？"

小蝶是谁？

啊，那是自己的名字，她终于想了起来。

那这儿又是什么地方？

她不敢再想。

在这荒凉的月夜，年轻男子继续呼唤着她，就像中国人古老的"叫魂"仪式。

她感觉自己浑身虚脱，双手双脚都动弹不得，嘴唇嚅动了许久，才艰难地说出一句话："你是谁？"

黑暗中的眼睛眨了眨，轻声答道：“我是庄秋水。”

她的脑子转动了好一会儿，才想起了这个名字。喉咙好不容易挤出几个字：“啊——对不起，我没有听你的话。”

“没事了，我们离开这儿吧。”

他的手抄到她的后脑勺，将她的上半身抬了起来。她半坐在地上，仍然动不了身体，眼前一切都模模糊糊的，只觉得周围树影婆娑，一些鲜艳的花朵绽放着。

庄秋水将她后背靠在一个冰凉的东西上——“蝴蝶公墓”的墓碑。他转身背对着尚小蝶，将她放在自己背上。

伏在这坚实的后背，仿佛抱着年轻的树干。

庄秋水拎起小蝶的书包，双臂抬着她的两条腿，任由她的双手搭在他胸前，还有她的整个胸脯都紧贴着他的背脊，但此刻哪来得及心猿意马，他心里在想，这大一女生分量还不轻呢，没走几步路就大喘气了。

平生第一次真正闯入蝴蝶公墓，冒险救出了昏迷不醒的女孩，从小门走出高大外墙，夜色里的破院充满阴森之气。借助月色找到中间的门洞，背着小蝶穿过“过街天桥”。

忽然，感觉头顶有个脚步声响起。但小蝶的头枕在他的肩膀上，他的头实在仰不起来，尽管确信楼梯上有个什么东西。

既然已经来到蝴蝶公墓，就算是幽灵也没什么好怕的！

庄秋水低着头冲出门洞，眼前露出一大片墓地。

月光下的鬼魂们正在晚风中吟唱。

已经浑身是汗，就算棺材里的僵尸爬出来，都不会让他再害怕。背着尚小蝶绕过一个个墓碑，脚底不小心踩碎了一块骨头，身边闪烁起幽幽的鬼火。

好不容易冲出墓地，庄秋水心头一阵狂跳，月光下的工厂废墟如塞外的草原，唯独少了牧羊女与蒙古包。

背上的小蝶正在发抖，身体由冰凉变得滚烫，看来是受寒发烧了。庄秋水加快了脚步，大汗淋漓地跑过荒草丛。

他们大半个身体都埋在草里，小蝶感到草叶刮着大腿，整个人如火焰般燃烧着。

终于艰难地跑到苏州河边，从敞开的工厂边门冲了出去。

托着小蝶大腿的双手渐渐撑不住了，只能拼命用背脊往上顶，免得她从背上掉下来。这是马路的尽头，放眼望去不见一个人影，只有月光伴着两人。庄秋水必须把她送到医院去，但这地方连车都不可能拦到。

他就这么背着小蝶，向南穿过两个路口。终于有一辆空出租车过来了，他把小蝶放进车子后座，让司机开到附近最好的一家医院。

庄秋水疲惫不堪地坐在小蝶身边，擦了一把脸上的汗，浑身几乎都要散架了。

出租车开过黑夜的黄泉路，身边的小蝶早已不省人事，嘴里在喃喃细语，却听不清她在说什么，摸了摸她的额头，果然滚烫滚烫的。忽然想起陆双双，赶紧给她发短信，告诉她已把小蝶救出来了。

再见，蝴蝶公墓。

十几分钟前，他踏入了永远的禁区——用手机荧光照着前面的路，小心翼翼地穿过门洞，黑夜里看不清那高大的墙壁，只感到是个阴森恐怖的老院落。他大声喊着小蝶，一直摸到对面的墙上。他摸到最左侧发现了那道小门，推开门后发现了蝴蝶公墓，月光正好照亮了墓碑，在碑下躺着一个年轻的女孩。

刹那间，他还以为见到了一具女尸，凄惨地躺在墓碑底下，等待亲人来收殓遗体。

庄秋水浑身战栗着蹲下来，死人般苍白的脸上架着一副眼镜，一只蝴蝶正停在她的唇上。

伸手去触摸蝴蝶，它却轻巧地飞走了。手摸到了小蝶的鼻孔，才发现她还是有呼吸的。然后，他轻轻呼唤着她的名字……

虽然已逃出了蝴蝶公墓，但想起这些仍心惊胆战。车子已经开出了黄泉路，疾驰入市区的街道。

他低头看着斜躺着的小蝶，不知她还会遭遇什么？

还有，他自己呢？

啊，医院到了。

6月11日20点05分

护士长余芬芳在看值班记录，实习护士正在悄悄地煲电话粥，让她感觉很不舒服。星期天的晚上，急诊室里照样人满为患，大多是换季造成的感冒。这些天她工作得格外认真，让几个年轻医生都肃然起敬。她已做了30年的护士，从最初的护理，到妇产科的助产士，最后成为整个医院的护士长。

前天晚上她不当班的时候，有个女孩送来没多久就死了。医生采用了气管切开抢救，居然从里面掏出一个虫卵，虫卵堵塞气管导致窒息死亡。这种事情多少年都没遇到过了，让余芬芳听着就胆战心惊。好在再过两个月，她就要满50岁退休了，再也不会见到这些凄惨的场景。

忽然，有个医生叫了她一声："余姐，你儿子来了！"

余芬芳的心立刻紧了起来，儿子来自己的医院，出了什么事？她急忙走出来，只见急诊室外的走廊里，儿子秋水搀扶着一个年轻女孩，急匆匆地跑了过来。

心总算放了下来。但那女孩却从没见过，儿子也没说过他谈了女朋友。

庄秋水高声喊道："妈妈，先帮我去挂下号。"

接着，他将小蝶扶进急诊室，赶快让医生给她做检查。体温量下来39摄氏度，其他方面都无大碍，只是身体非常虚弱，咽部有些发炎，初步诊断是上呼吸道感染。

余芬芳走到儿子身边，看着这个躺在担架床上的女孩，心忽然剧烈颤抖了一下。她也不知道是什么原因，却有种似曾相识的感觉，仿佛很久以前就认识这女孩。她紧紧捂着自己的心口，眉间掠过一丝深深的恐惧。

她把儿子拉到角落里，悄悄地问："是你新交的女朋友吗？"

余芬芳觉得这女孩并不漂亮，身材也不太好，脸上还有很多雀斑和粉刺，说实话很难配得上儿子秋水。

"不，她只是大一的学妹。"

"大一？又不是和你一个班的，怎么待她这么好啊？"

庄秋水不耐烦地摇摇头："妈妈，人家遇到危险，我当然要救她的啊。"

余芬芳又去问了问医生，帮她去药房取了药，又亲自给小蝶打了一瓶吊针。

小蝶被推到输液室，她睁开虚弱的眼睛，看着输液瓶里的液体，一点一滴地落下来。金属的针头插在静脉血管里，冰凉的药水随着血液流遍全身。庄秋水一直坐在她身边，他的眼神焦虑不安，眉头紧紧锁在一起。

她听到庄秋水在打电话，好像是在和双双通话。他告诉双双他们在医院里，小蝶并没有生命危险，今晚吊完针就可以回学校了。

尚小蝶又闭上眼睛，空气中充满医院药水的味道，脑子如一直开着的放映机，回忆刚才在蝴蝶公墓的所见所闻——

但记忆似乎断裂了，后面很多事情都变得模糊不清，她究竟还看到了什么？听到了什么？幽灵来到她面前了吗？对了，她记得那个墓碑上有她的名字，难道是同名同姓的人？抑或是某种幻觉？还是老天留给她的归宿？

药水仍在一滴滴落下，而泪水则从眼角滑落，沿着脸颊侧面流到了头发里。血管渐渐热了起来，海水从四周淹没身体，大脑沉入了黑暗……

6月11日22点45分

两个小时后。

余芬芳带着一包新衣服回到输液室。她看到小蝶的衣服已经很脏了，便向实习护士借了留在更衣箱里的衣服。

儿子已经困得在旁边睡着了，而小蝶也闭着眼睛没醒来。吊针已经快结束了，余芬芳叫醒了小蝶，将针头从她静脉里拔了出来。

整整一瓶药水吊了进去，尚小蝶的体力已恢复了很多，可以自己下来走路。余芬芳轻声说：“姑娘，你衣服都脏了，换些新衣服吧。”

尚小蝶脑子都一片空白了，她顺从地跟着护士长来到一个小房间里。她脱下身上的脏衣服，刚要换上那件新衣服时，余芬芳忽然叫了起来：“等一等！”

她看到了尚小蝶胸前的胎记。

49岁的护士长瞪大了眼睛，直勾勾地盯着那丑陋的印记，几乎瞬间冷汗就下来了，脚底一软几乎倒在了地上。

尚小蝶害羞地护着胸前，尴尬地说：“这不是伤疤，是胎记，自打我生下来就有了。”

余芬芳已吓得魂不附体了，她的嘴唇继续颤抖，眼神里的恐惧无法用语言描述。她又把目光移到小蝶脸上，连连摇头道：“不……不……”

尚小蝶摸了摸自己的脸，难道刚才在蝴蝶公墓还伤到脸了？还好脸上并没有什么异样，就是些粉刺、痘痘罢了。她迅即把新衣服套在身上，低下头说：“谢谢。”

余芬芳叹了一口气：“回去吧，今晚要好好休息，还要按时吃药。明天高烧还不退的话，再到医院里来找我。”

小蝶出来，庄秋水也醒了过来。他向妈妈点了点头，便护送着小蝶离开了医院。

已经过了夜里11点，他们拦了一辆出租车回S大。

庄秋水又给双双打了个电话，让她不要再担心，自己会送小蝶回寝室的，让双双先睡下，她可以明天再来看小蝶。

忽然，尚小蝶又感到浑身无力了，渐渐倒在了庄秋水肩上。

她迷迷糊糊地说：“刚才那老护士真奇怪，在我换衣服时拼命盯着我看，那眼神有种说不出来的感觉，好像我是个妖怪似的。”

“她是我妈妈。”庄秋水冷冷地回答。

“啊！”

小蝶完全没有想到，她把头靠到另一边车窗，再也不说话了。

20分钟后，出租车穿破城市的黑夜，来到S大校门口。

6月11日23点30分

月色如洗。

女生寝室楼。

庄秋水护送着小蝶来到楼下，当他要进楼时被舍监喝止住了：“喂，这位男生怎么回事！都几点了还敢进来？”

庄秋水这才意识到不能进女生楼，只能连声说对不起。他让小蝶给室友打电话，让她们下来接她上去。

但尚小蝶连连摇头，根本就不敢给室友打电话，说怕打扰人家休息。

庄秋水叹了口气，索性自己打电话了，他的手机里存着“校花”田巧儿的号码。

对方很快接电话了，传来田巧儿兴奋的声音：“庄秋水，都这么晚了，有什么事啊？”

“你能不能下来？我现在在你的寝室楼下。”

“哦，等我一会儿哦。”

虽然田巧儿故作矜持，但话语中仍然难掩得意。

小蝶挣脱了庄秋水的手说：“我可以自己上去的。”

“我不放心！我答应过双双，要送你到寝室的。”

田巧儿已经跑下楼梯，但看到庄秋水身边的小蝶时，那张脸立即由兴奋变成失望，接着又转成了对小蝶的轻蔑，潜台词是——就凭你这小样儿？

庄秋水说小蝶生病了，走路不太方便，请田巧儿保护她上楼。

这时，田巧儿的脸色已一阵青一阵白了，她心想你半夜打电话请老娘下来，却是要搀扶尚小蝶上楼，好像这丑小鸭变成了千金小姐，而“校花”倒成了侍女丫鬟！

但田巧儿到底还是要面子，她硬撑着点了点头，便搂着小蝶的肩膀一起上楼了。

庄秋水目送她们消失在楼道里，又傻傻地站在原地半天，直到舍监出来把他赶走。

同时，小蝶已回到了寝室。田巧儿进门就当即翻脸道：“没想到你还会来装病这一招！算你狠！”

宋优和曼丽也很惊讶，她们正等着12点钟的世界杯比赛。当看到小蝶苍白的脸色，也不敢再多说什么。

其实，今天大家情绪都不好，下午刚回学校就听到了一个噩耗——**白露死了！**

老师禁止她们谈论这个话题，男生们私底下却传得神乎其神：说白露气管里生了一个虫子，最后变成一个硕大的绿色螳螂，撕破白露的咽喉爬了出去……

同寝室的室友突然死于非命，任何人都会感到恐惧的。虽然平时关系并不是很好，但她们还是掉了不少眼泪。何况前几天白露反常的表现，那天半夜里呕出来的虫子，她们都还记忆犹新。如今白露的床铺虽然空了出来，但或许她的幽灵仍然眷恋着这里，悄无声息地躺在她们的身边。

尚小蝶爬到上铺，闭上眼睛再也不动弹了。

人生最恐怖的一天终于过去了，但她再也不想回忆了，宁愿拿块橡皮擦全部抹去。

额头还有些热度，脑子里有无数个人在说话，还没有睡着梦已经跳出来了。

她梦见了妈妈……

6月12日上午10点50分

走出蝴蝶公墓后的第一个白昼。

她睡了整整一上午，直至阳光照射到额头，才痛苦地睁开眼睛。

眼前没有古老的高墙，没有深深的门洞，也没有荒草下的墓冢，只有金铃子的歌唱。尚小蝶转头看了看对面，床铺上空空如也，寝室里只有她一个人。她抓了抓头发，责备自己怎么睡了这么久。

床角就是她的大包，爬起来把包打开。包里还有孟冰雨的笔记簿，包括手电筒和指南针。还有手机呢？手忙脚乱找了半天，在书包夹层里找到了，大概是庄秋水帮她放进去的。

她摸摸自己的额头，热度已退了下去，喉咙也不像昨晚那么疼，但浑身上下的关节还很难受，有什么力量正在撕裂自己。

包里有昨晚医院开的药，她艰难地爬下来，倒杯热水服下了药片。

她看到了白露的床铺——空空如也的床铺，现在被收拾得干干净净。就连白露的日常用品，都被学校老师带走保管起来了。白露的养父母都已经死了，唯一的姐姐去年就死于了神秘车祸，现在她又孤零零地离开了世界。

还有，白露喉咙里的虫卵——那究竟是什么？

小蝶又要掉眼泪了。

她去洗了一个热水澡，要把从“蝴蝶公墓”带来的尘土都洗掉，但有些东西永远都洗不掉。站在浴室的落地镜子前，她戴上眼镜看着胸前的胎记——奇怪，颜色不对了，本来是丑陋的棕黑色，如今变成了好几种颜色。一大块鲜红色，好像要从皮肤里渗出血来……

原来像道旧疤痕，现在却宛如刚被撕破的伤口，她下意识地捂住胎记，觉得皮肤上有微微灼热的疼痛。又感到一阵头晕，越想看清镜子里的自己，眼睛就越是难受。她痛苦地抱着头，穿好衣服跑回了寝室。

前脚刚踏进房门，陆双双后脚就踩了进来，她带着些吃的东西来慰问最好的朋友。

“哎呀，你真让我担心死了——”双双忽然想到了白露，立即掩着嘴说，“哦，我们不能说‘死’这个字。”

“你也知道白露死了吧？”

小蝶苦笑了一下，看着白露曾经睡过的床铺。

“他们传说的是真的吗？白露喉咙里长出了一只螳螂？”

“我——不知道！”

双双突然压低了声音问：“你真的找到蝴蝶公墓了？”

“嗯，不信你可以问庄秋水。”

“他已经在电话里和我说过了。对了，你干吗不接我电话呢？”

尚小蝶摇摇头，她如何找到蝴蝶公墓的？那里又是什么样子？她不想再让第三个人知道。

6月12日14点30分

“昔者庄周梦为蝴蝶，栩栩然蝴蝶也。自喻适志与！不知周也。俄然觉，则蘧蘧然周也。不知周之梦为蝴蝶与？蝴蝶之梦为周与？周与蝴蝶则必有分矣。此之谓物化。”

站在课堂上的是孙子楚，洪亮地念出了《庄子·齐物论》中的《蝶梦》。

尚小蝶坐在第三排，随着孙子楚抑扬顿挫的语调、唐宋平水韵的古音，她仿佛也随两千多年前的庄周一同化身为翩然飞舞的蝶。陆双双却偷偷听着MP3里的《两只蝴蝶》。

第一次听孙子楚讲课，原来的老师突然生病，临时请孙子楚来救火。谁知这家伙抛开原有教案，天马行空地说起了庄子。

刚说完《秋水》，便跳到了庄周梦蝶："庄子梦见自己变成蝴蝶，在大自然无拘无束地飞舞。他觉得自己更适应蝴蝶的生活，却不知这世上还有个叫庄周的人。一梦醒来，黯然神伤，不知是庄周做梦化为蝴蝶，还是蝴蝶做梦化为庄周？但蝴蝶不是庄周，庄周也不是蝴蝶，二者在不经意间已然物化！"

小蝶竟听得入了神，传奇的老师仍在滔滔不绝："清人张潮写有一部奇书《幽梦影》，其中有一句绝妙。"

黑板上写下一行字——

庄周梦为蝴蝶，庄周之幸也；蝴蝶梦为庄周，蝴蝶之不幸也。

没想到孙子楚还卖了个关子："同学们，你们自己体会这句话吧。"

课堂上响起轻微的不屑声。

这时，双双对小蝶耳语道："瞧，旁边那个男的盯着你看呢。"

小蝶警觉地转过头，一个不起眼的男生，迅速恢复了正襟危坐。她紧张地摸摸自己的脸："他为什么这么看我？"

陆双双也仔细端详着她："好像是有些不对劲。"

"难道我会变成一个巫婆？"

"Maybe——"

小蝶把头低下来，心里默念着"蝴蝶公墓"。

"下课！"孙子楚在讲台上的喝声，打断了小蝶的胡思乱想。

同时，兜里的手机振动了，她掏出手机看到了庄秋水的名字——

我在学校体育馆等你。

小蝶甩下了陆双双，第一个冲出大教室。

绕过两栋教学楼，跑进学校体育馆。很多人在打羽毛球，她茫然地在木地板上走了几步，听到身后有人叫她。原来庄秋水正坐在看台上，穿着一件白色的运动服，照旧那副周杰伦的样子。

小蝶坐到他身边问："找我干吗？"

"身体好了吗？"

"烧基本退了，喉咙也不干了，就是手脚关节还有些疼。"

庄秋水松了口气："记得要按时吃药，若关节还疼也可以再去医院。"

"谢谢，我不用再去医院了——我怕那里的气味。"

沉默许久，他终于说出了疑问："告诉我，尚小蝶，你是怎么找到蝴蝶公墓的？"

小蝶已没必要再对他隐瞒了："孟冰雨的笔记簿。"

随后，她把如何捡到神秘书包，又看到那张光盘里的视频，进而发现孟冰雨的笔记簿，然后搜索到了"蝴蝶公墓"网站，破译了诗稿里的秘密，找到"蝴蝶公墓"的全过程，一五一十地告诉了庄秋水。

终于，她如释重负地长出一口气，像自己做了一次恐怖片的导演。

庄秋水静静地听完叙述，眉毛不时跳动几下："你运气真好！"

或者说另一个意思是：你运气真差！

尚小蝶转头看着体育馆，几个熟练地挥舞球拍的男生，羽毛球从空中划过，如一只只白色的蝴蝶飞舞。

"你说你用手机拍了几张照片，"庄秋水打断了她的凝视，"给我看一下好吗？"

他接过小蝶的手机，第一张照片显然在墓地，断裂的墓碑上刻着几个洋文。他仔细辨认着说："居然是俄文字母！又称基里尔字母，9世纪的希腊人基里尔兄弟发明的，后来成为大多数斯拉夫民族的文字。"

基里尔兄弟？尚小蝶觉得这个词好耳熟啊——对，在《蝴蝶公墓》的诗稿里有这么一句："**高声背诵基里尔兄弟的文字**"。

那句正好接在墓地和十字架后面，指的就是墓碑上的俄文字母！

第二张照片是个竖立着的墓碑，似乎有个手电似的光圈照着，碑上有个美丽的西方女子的相片，看着"照片里的照片"，庄秋水心底隐隐有些发毛。

第三张还是墓碑上的文字，就在刚才那张西方美女相片下面，应该就是墓主人的名字了，同样也是用俄文字母刻的，还有生卒年是"1912—1936"。

庄秋水又反复看了几遍："把这些照片发到我手机上，我请高中同学帮我翻译一下，他现在外国语大学读俄语系。"

随后，小蝶用彩信把照片发送给了庄秋水。

"请保护好自己。"他从看台上站起来，低声说，"我不愿你成为第二个孟冰雨。”

“等一下！我已经回答了你的问题，但你还没回答我的问题！”尚小蝶叫住了他，“你怎么会知道——蝴蝶公墓在经纬九路1999号？”

庄秋水沉默许久才说：“好吧，我告诉你。其实，我小时候就知道那地方了。”

他闭上眼睛，体育馆的嘈杂声骤然消失，大脑深处的记忆开始播映，只剩下14岁那年的太阳，还有一大片暗绿色的草地……

8年前，庄秋水14岁。

那年暑假，爸爸的工厂已经很萧条，许多工人下岗回家，只有爸爸还每天去上班。他不像其他男生沉溺于电玩，无聊时就会到爸爸单位。那是在老工业区，紧靠着苏州河的工厂。当年厂子大得吓人，耸立着高大的厂房和烟囱，宛如走进宏伟的迷宫。

在那炎热的中午，庄秋水和一个同学来到厂里，他们的爸爸都是厂里的工人。生产线已大半停产，又是午休时间，偌大的厂房里几乎见不到人影。工厂里有许多机器、破旧的车间和仓库，像秘密的军事基地。两个少年寻找着任何新奇的东西，穿过最后一个车间，来到绿油油的草地里。忽然，草丛里传来蟋蟀的鸣叫声——

“一只大虫哦！”

喜欢蟋蟀的同学两眼放光，侧耳倾听声音来源。庄秋水也猫着腰观察草丛。前面有道高高的围墙，荒草中只有蟋蟀声，心底隐隐不安起来。

突然，同学向地面一扑：“抓住它！”

草丛中跃起一个黑黑的小东西，后面两个少年紧紧地追捕，直到它跳进一道门缝。

这扇小门上挂着把锁，但早已腐烂锈蚀，轻轻一推就打开了。

“等一等！”庄秋水叫住同学，心跳得更厉害了，“我们不能进去！”

“你听到那大虫的声音了吗？要是被我们抓住了，一定是百战百胜的蟋蟀王！”

庄秋水全都想起来了：“小时候我来过这儿，刚想进去就被爸爸揪了回来，他重重地打了我一顿。爸爸警告说：绝不可以走进这扇小门，门后是厂里的禁区，谁进去就要送命！”

“切！你爸爸在哄小孩呢！我们都已经初中了，还会怕这种鬼把戏？”

同学嘲笑着跨进了小门。

禁区之门已经敞开，庄秋水呆呆地站在门外。其实他从小就想进去，看看那道围墙后到底是什么。有时爸爸会和同事们聊天谈起那儿，但都像触了地雷般不敢说下去。

门里又响起蟋蟀王的鸣叫，庄秋水实在憋不住了，也小心地跨进了这道诱惑之门。

他看到了墓地。

在蟋蟀声的伴奏中，数百个墓碑矗立着，荒凉的土地上杂草丛生，间有棺材板露出地面。

“原来是墓地！怪不得是厂里的禁区。”

14岁的少年装胆大，继续伏下身寻找蟋蟀。庄秋水不敢去拉他，担心会一起掉进坟墓。他只能慢慢跟在后面，随时观察周围动静，万一叫爸爸知道，非被他打死不可。

一直追到墓地最里面，蟋蟀王钻进墓穴缝隙。两人一筹莫展时，庄秋水看到了那只蝴蝶——翅膀一边是美女，一边是骷髅。

他们从没见过这样的蝴蝶，兴奋地想要把它抓住。但“美女与骷髅”异常灵敏，转眼飞进了那道门洞。

庄秋水看清了前面的老房子，凄凉地面对墓地，没有丝毫生气。当中有个幽深的门洞，不知通向地狱的哪一层？

“里面是什么地方？”

“管它呢，我们进去看看再说。”

庄秋水感到头疼，似乎有无数根针从坟墓里飞出，扎进他的后脑勺。耳边响起奇怪的叫声，又像无线电波的啸叫，身上的鸡皮疙瘩都起来了。

“不！别进去！我们回去吧。”

心头已有了隐隐的感觉——这道门洞才是真正可怕的禁区。

同学轻蔑地吐出三个字：“胆小鬼！”

然后他一个人闯进了门洞。

庄秋水独自站在外头，目送着伙伴消失在黑暗中。门洞里吹来阴凉的风，他下意识地后退了两步，但没有逃走，否则在朋友面前永远抬不起头了。他独自徘徊在坟墓间，等待同学归来。

半小时后，门洞里仍然未有动静。庄秋水有些着急，担心他会不会有事？或者还有另一个后门，这家伙从后门出去了，把他一个人抛在这儿？

他向门里大喊了一声：“喂！你还在吗？”

又等待了一分钟，门洞里响起一声惨叫！

庄秋水吓得倒在地上，惨叫声的分贝如此之高，简直不是人类所能发出的。撕心裂肺的惨叫声还在继续，如波浪震撼着耳膜。

心几乎要跳出嗓子了，他不敢再听那惨叫声，更不敢走进门洞去寻找。不可能是恶作剧，同学一定在里面看见了什么，但又有什么能让人如此恐惧呢？

强盗？杀手？尸体？幽灵？

无数啸叫声汇集在一起，所有的脑细胞都熊熊燃烧。他不敢再开动想象力……

庄秋水像个逃兵转身跑去，穿过寂静荒凉的墓地，踏过几块棺材的残片，或许还有一些碎骨头，然后一口气穿过两个仓库，最后在工厂车间里，撞倒在爸爸身上。

儿子的脸色死人般难看，爸爸问他发生了什么，他只说自己摔了一跤。老爸是个神经大条的人，也没往其他方面想，便让儿子快点回家。

他独自跑回了家，没向任何人提起刚才发生的事。

同学会不会死了？要是其他人问起该怎么回答？会不会怀疑他杀了自己的同学？

他在恐惧中度过了剩余的暑期。

两周后开学，庄秋水惊奇地看到了那个同学，他好好地坐在教室里，好像什么事都没发生过。但同学不再和庄秋水说话了，他也觉得自己是胆小鬼，再也无颜面对同学了。

半个月后，喜欢蟋蟀的同学家发生火灾，全家其他人都平安无事，唯独这孩子被熏死在了房间里。

庄秋水听到这消息时，耳边响起了那可怕的啸叫声……

“从此以后，我再也没去过爸爸的工厂。”

他讲述完这段少年经历，眼前又回到了学校体育馆，尚小蝶就坐在他身边。

“蝴蝶公墓就在你爸爸的工厂里？”

“那是工厂的禁区，没人敢擅自踏入，包括那片外国人墓地。但多年来没人说得清原因，已成为厂里不成文的规定。后来，我听说了‘蝴蝶公墓’的传说，突然脑子开窍，才明白那里就是‘蝴蝶公墓’！”

尚小蝶捂了捂心口问：“那工厂里的人知道吗？”

“他们从没进去过，当然不会知道，尽管与‘蝴蝶公墓’只有一墙之隔。”

“后来工厂怎么会给拆掉了呢？”

“效益太差，厂里欠了很多款，最后只能破产。我爸爸也提前内退回家了。老厂房基本都拆光了，据说要造新的住宅楼盘，但因为开发商资金问题，房子迟迟没有造起来，一大片空地始终荒着。”

“还好没变成居民区，否则不知道又要出什么事了。”

他疲惫地点点头，回忆消耗了很多体力：“小蝶，你要保护好自己！所有进入过‘蝴蝶公墓’的人，没有一个能活得长久！就算能活着出来，也会在很短的时间内，因各种奇怪的原因而出事——至于出事的期限，短的只有几个小时，最长也不过几个月！”

这番话听起来就像死刑判决，尚小蝶几乎一字一顿地问道：

“那么，你自己呢？昨晚你也进入‘蝴蝶公墓’了。”

庄秋水的脸色有几分冷酷，锐利的目光令人望而生畏，他站起来暴怒地说：**“见鬼！昨晚我还不是为了救你吗？！”**

小蝶第一次见到他发脾气，吓得蜷缩在座位上不敢说话了。随后，庄秋水飞快地跑下看台，只留她孤独地坐在体育馆里。

她把头埋进自己臂弯，轻声抽泣……

6月12日19点30分

没有月亮的夜晚。

尚小蝶被双双拉进学校剧场，今天又是他们排练的日子。庄秋水已换上了戏服，看到小蝶便低头说：“对不起，下午我失礼了，请原谅。”

她尴尬地看着庄秋水，明白他在为下午最后一句话道歉："没关系，我本来就没生气。"

"你们在说什么啊？"双双听不懂他们的话，"什么失礼？"

"没什么。"庄秋水摇了摇头，"我们进去换衣服吧，不然又要被孙子楚骂了。"

10分钟后，"梁山伯"庄秋水和"祝英台"田巧儿上场了，孙子楚也穿上了戏服，原来他还客串梁山伯的"情敌"马文才。

有个跑龙套的学生没来，孙子楚坚持要补齐人数。他锐利的目光向台下扫了扫，最后落到了尚小蝶身上。这女孩虽然不漂亮，但一双眼睛挺有气质的，他高声道："喂，这个女生，请你到后台去换下衣服。"

"啊——"小蝶站起来，指着自己意外地问，"是说我吗？"

"对，就是你！别磨蹭了，快去后台吧。"

其他人都没想到，双双倒是高兴地抓住小蝶的手："快和我去后台，我帮你换衣服。"

小蝶完全没了主意，被双双拖进后台。陆双双给她换上一套粉红色的汉服，就像唐诗里写的村姑，若再漂亮些就可"人面桃花相映红"了。

第一幕，"梁山伯"与"祝英台"出场，身后跟着书童"四九"和丫鬟"银心"。"祝英台"女扮男装到书院读书，路遇强盗，"梁山伯"出手相救。双双故意要凑近庄秋水，却被"祝英台"一把拉开。舞台上剑拔弩张，"祝英台"要与"银心"主仆单挑。"英雄救美"变作群英PK，众人打打闹闹进了书院大门。

第二幕，寒窗苦读。孙子楚扮演的"马文才"亮相，活脱脱就是一个纨绔子弟。但他对田巧儿的表演极不满意，认为她虚假做作，完全不像戏文里的祝英台，连个花瓶都不如。他的批评毫不留情面，还威胁再演不好就要换人！田巧儿平时是被大家宠惯了的"校花"，哪受得了这样的羞辱？咬着嘴唇把头扭向一边，强忍着眼泪不掉出来。

第三幕是脍炙人口的"十八相送"。跑龙套的女孩登场了，小蝶亦步亦趋地跟在后面。第一次上台难免紧张，不小心撞到了"祝英台"身上。田巧儿正好摆了个Pose，突然被撞倒在地，狼狈不堪。小蝶连声道歉要把她扶起来，"校花"愤怒地推开她，站起来指着小蝶的鼻子说："你什么意思？是不是故意要让我出糗？"

刚被孙子楚骂过，田巧儿正憋着一肚子火，劈头盖脸地对小蝶痛骂了一顿。庄秋水看不下去说："算了，她都道歉了，你就别再说了。"

田巧儿更气愤了："你们故意为难我？想演祝英台就自己说嘛，干吗用这种卑鄙的手段！"

这幕"梁山伯"PK"祝英台"，可谓梁祝史上最牛的一段。"十八相送"在混乱中收场，连"我家有个小九妹"都省略了。

下一幕直接跳到"楼台会"。孙子楚几次打断田巧儿的表演，断断续续到第四幕结尾，"祝英台"告别时故作深情道：**"山伯，若此生不能与君共度，英台愿回到蝴蝶公墓，再与君续前缘！"**

话音未落，"梁山伯"的脸色就变了，台词里根本没有"蝴蝶公墓"。

"蝴蝶公墓"如丧钟般敲响在偌大的剧场里。整个剧场寂静了下来，所有演员都看着"祝英台"。小蝶手心也出汗了，要不是双双扶着她，脚底早就站不稳了。

蝴蝶公墓。

仍是马文才打扮的孙子楚回过神来，跳到舞台中央高声说："今天排练到此为止！大家可以回去了。"

接着他转身盯着"祝英台"说："你是在报复我吗？"

田巧儿也被吓坏了，她知道祸从口出，连忙捂着嘴巴，摇头说："不，我不是故意的。我也不知道什么原因，蝴——不，那四个字就脱口而出了。"

孙子楚毫不客气地讽刺了一句："我看你是鬼上身了！"

6月12日21点20分

排练不欢而散。

尚小蝶换好衣服和双双告别，在剧场外看到了庄秋水——奇怪，他怎么没和双双在一起？她跟着庄秋水到四周无人的小径，突然在他背后说："喂！"

庄秋水警觉地回过头来，路灯下看到小蝶的脸："吓死我了！晚上不要随便在外面游荡，早点回寝室睡觉去吧。"

尚小蝶大胆地扬起头："因为我们刚从蝴蝶公墓出来？随时都会有危险？就

像白霜和白露姐妹、失踪的孟冰雨，还有其他传说中的人？”

“就算是吧。”

“孟冰雨在失踪前找过你是吧？她向你打听过蝴蝶公墓的事情？”

“好，我承认，她想要得到我的帮助。但我劝告她不要去那儿，只是随便说了一些传说，并没有透露半点‘蝴蝶公墓’的位置。她能自己找到那里，是她的造化，也是她的厄运。”

庄秋水穿过绿树掩盖的小径，疾步向学生宿舍走去。小蝶紧紧跟在他旁边追问：“喂，你别走，回答我的问题！孟冰雨还说了什么？”

他终于停下来，脸庞隐藏在树叶阴影后说：“她寻找蝴蝶公墓的真正目的是鬼美人！”

“啊，鬼美人？”

小蝶想起那白衣长发的女子，古典的装扮里带着妖魔的气息。同时，她想到了在孟冰雨的笔记簿里，最后那页的前两句话——

我从蝴蝶公墓回来了

我找到了鬼美人

孟冰雨说她在蝴蝶公墓找到了“**鬼美人**”，到底是人还是鬼？

“是一种蝴蝶！”庄秋水边走边用沉闷的语气说，“‘鬼美人’是简称，或者说是探险家起的绰号，国际公认的学名为‘**卡申夫鬼美人凤蝶**’。”

“卡申夫鬼美人？”

“又简称‘卡氏蝶’，以发现者姓氏命名，就像‘普热瓦尔斯基马’简称‘普氏马’。卡申夫是个白俄医生，20世纪20年代流亡中国，在云南一个神秘山谷中发现了一种极其诡异的蝴蝶——左右两边翅膀图案不一样，左边是美女，右边是骷髅，合在一起就是‘鬼美人’！卡申夫在美国生物学刊上发表了一篇论文，并寄去了独一无二的‘鬼美人’标本。这种蝴蝶只存在于远古的传说里，立刻震惊了世界。”

“‘鬼美人’是一种稀有的蝴蝶品种？”

“不但稀有，而且神秘。全世界现已记录的蝴蝶有一万四千多种。根据不同的形态结构、进化发展及血缘关系分为16科，每个科下分为若干属。中国分布有12个科，‘卡申夫鬼美人凤蝶’就属于凤蝶科。人们怀疑这种蝴蝶早已灭绝，一旦找到就是稀世珍宝，有极高的研究价值。”

“你怎么知道的？”

“生物系的宁教授告诉我的，他有一次秘密地对我说过：传说在本市某个角落，有一个叫‘蝴蝶公墓’的地方，里面藏着‘鬼美人’。孟冰雨是系里公认的高才生，经常帮教授做实验助理，我相信宁教授也对她说过相同的话。”

“也许我们还得找宁教授谈谈？”

“嗯，我明天联系一下他吧。还有一件事，我和孟冰雨都知道——”他回过头来，幽暗的路灯光线照在眼里，“美国有个研究机构，在全球范围悬赏10万美元，求购‘卡申夫鬼美人凤蝶’的标本，若捕获活体则为25万美元。”

尚小蝶恍然大悟：“孟冰雨不惜一切代价寻找蝴蝶公墓，要得到‘鬼美人’的原因，就是这25万美元的赏金！”

“至少是一部分动力吧。但我想最重要的，还是人类天生的好奇心与探险欲。孟冰雨一直以为我去过‘蝴蝶公墓’——其实我也是前天晚上才第一次进入。我让她绝对不要去那儿，也不想给她任何帮助，我预感到她会出事的。果然，她很快就从人间蒸发了。”

女生寝室楼近在眼前，舍监又投来了怀疑的目光。庄秋水摇摇头说：“别多想了，早点睡觉。记住——晚上千万不要跑出来！”

“我听你的。”小蝶又恢复了那柔弱的语气，“晚安。”

6月12日22点05分

她睡不着。

在上铺翻来覆去好久，总觉得关节很不舒服。田巧儿难得早回来，可能今晚受了很多刺激，想早点睡觉吧。宋优和曼丽在下铺讨论世界杯，今晚是日本对澳大利亚。

小蝶打开床头小灯，翻起萧鼎的《诛仙6》。她是贝塔斯曼书友会的会员，上周通过书友会网购了这本书。除了铁打不动的悬疑小说，她还爱读《诛仙》《九州》之类的玄幻小说，有时会去萧鼎的博客上留言。至于尚小蝶为什么喜欢《诛仙》，除了小说的故事之外，也因为主人公张小凡的名字与她相近吧。

读了一个多钟头，她摘掉眼镜，刚有些睡意，耳边突然响起庄秋水的声音：“见鬼！昨晚我还不是为了救你吗？！”

惊慌失措地睁开眼睛，依然在黑暗的寝室，冷汗从后背心渗出来——还是庄秋水那句话，他们都进入过蝴蝶公墓，而那个可怕的传说似乎是真的。也许，命运同时向他们打开了地狱之门。

“我快死了吗？”小蝶在心底默默问自己，随即回答，“但我不后悔。”

金铃子叫了。

宋优自然从床上跳起来，又对小蝶大发雷霆了一通。这两天宋优有些神经过敏，因为室友白露的死，大家都生活在恐惧中。尤其是晚上睡在寝室里，总是担心白露会回到床上，然后一个个掀开她们的被子。

尚小蝶紧紧保护着金铃子，直到宋优吵累了继续睡觉。

除了陆双双外，虫子是她唯一的朋友。

小时候只有虫子才与她亲近，除了最冷的季节，这些小家伙无处不在、无时不在。几乎所有女孩都讨厌苍蝇、蟑螂，妈妈也会一直教育孩子，看到苍蝇要拍死或赶走，虫子会传染疾病。但尚小蝶却是个例外（当然她从小也没有妈妈），从不会踩死蟑螂，而是任由它们爬来爬去，除非接近食物才挥手赶走。

她走到哪儿就会聚集很多虫子，小学时常蹲在地上看蚂蚁搬家，而蚂蚁们也卖力地表演，直到老师来把她揪回教室。那些牵牛、金甲虫之类难见的漂亮昆虫，也总出现在她左右，一时兴起她还会抓几只回家照料。

从蟋蟀到叫蝈蝈到金铃子，几乎所有的鸣虫她都养过。有时窗台同时挂着三个叫蝈蝈笼子，地上还有七八个蟋蟀罐——简直成了男孩。每年春天她都会养蚕宝宝，她喜欢看蚕宝宝吐丝的样子，从丑陋的小虫子，变成坚硬雪白的茧子，最后破茧而出羽化为蛾。

同学和老师都认为她古怪，觉得她身上随时会飞出一堆臭虫。长此以往恶性循环，她越没有朋友就越喜欢虫子，而越喜欢虫子就越没有朋友。所以，在S大能有双双这样的好朋友，她觉得是上天赐予的福气。

在关于虫子的回忆中，尚小蝶渐渐沉睡了下去。

但愿睡个好觉。

6月13日上午6点40分

很遗憾，尚小蝶还是没睡好。

从夜里直到清晨，只感到身下的床变成了“幽灵小溪”的荒草地，自己的后背变成了红色书包，野草疯狂地越长越长，刺破她的身体一直钻进骨头。变成锋利的锯子，将她锯成十几截，血管发出夜半歌声……

醒时浑身上下刺骨酸痛，特别是腿上的关节，疼得几乎抬不起来。戴上眼镜，挣扎着爬下床铺，她怀疑自己会不会很快死掉，就像白霜或其他去过“那里”的人一样。

幸好还可以活着刷牙。

镜子里自己满嘴都是白色的牙膏泡沫。眼睛感觉更不对了，越看自己越头晕。只是脸上的雀斑好像少了，粉刺、痘痘不那么明显了，难道这两天新换的洗面乳起了作用？又凑近镜子仔细看看，皮肤也干净白嫩些了。她摸着自己的脸，还是不太敢相信。不，大概又是幻觉吧。闭上眼睛吐出漱口水，尚小蝶匆匆冲了出来。

清晨的走廊寂静无声，不知不觉跑出了寝室楼，来到充满露水的校园小径中。

奇怪，骨头越来越疼，耳边却仿佛响起某种声音——回头已望不见寝室楼，四周全是茂密的树丛，她茫然地走了好一会儿，忽然闯入了学校的花圃。

又是这个繁花似锦的地方，前面是更荒僻的建筑。她立时想起了那个清晨，美女与骷髅的蝴蝶带她来到了“幽灵小溪”。

心跳加快了，脚下不由自主地往前走去，直到看见那盛开的夹竹桃花。清晨的小河上弥漫着薄雾，混浊的暗绿色水面波澜不惊，却不见那暗红色的神秘书包。

忽然，夹竹桃叶里隐隐有个黑影，鬼魅般穿行在鲜艳的花朵间。尚小蝶差点吓得摔倒，不过去过蝴蝶公墓之后，她的胆子大了许多，便悄悄地走进了那片树林。

那个人猛然抬起头来，隔着一簇美丽的枝叶，小蝶看到了一双细长锐利的眼睛。

“庄秋水？”

她立时叫出他的名字，他也意外地睁大眼睛，脚下一滑差点掉进河里。

本来大胆的男生，竟被吓成这样——这两天都在草木皆兵、风声鹤唳中度过。三天前，他还坚信凡去过“蝴蝶公墓”的人，都会遭到某种神秘力量的报复。但现在，他希望那只是荒诞的传说，“蝴蝶公墓”不过是片老房子，所有的意外纯属巧合。然而，庄秋水并不能说服自己，只能尴尬地苦笑一下：“你怎么在这里？”

“这句话应该我问你才是。”

“是你告诉我在这儿捡到了孟冰雨的书包，所以我过来看一下，还有没有其他的东西被遗漏了。”他走出夹竹桃林，神色凝重冷峻，转头看着混浊的河面，“那你又是来做什么？”

小蝶不想回答，自己也无法解释。忽然，庄秋水叫了一声：“那红色的是什么？”

顺着他的手指看过去，紧贴着“幽灵小溪”水岸边，有个红色的东西藏在野草里。

是那只红色的女鞋。

尚小蝶想了起来，昨天并没有告诉他这只鞋子。庄秋水小心地走到河边，蹲下来看着这只女鞋。一只红色的中跟鞋子，看起来小巧玲珑，精致诱人，只是表面沾了许多污垢。

“幽灵小溪”边的红色女鞋，或许已在此躺了许多个日日夜夜，孤独地伴着这池绿水——野渡无人“鞋”自横。

庄秋水的手指剧烈颤抖着，眼睛里既是恐惧又是渴望，终于抓起了这只神秘的女鞋。

这不是灰姑娘的水晶鞋，而是鬼美人的红舞鞋！

小蝶惊讶地摇摇头，没想到庄秋水会拿起这只鞋子——若在路边见到一只脏鞋子，凡正常人都绝不会用手去碰的（捡垃圾的除外）。

更让她想不到的是，庄秋水还把这鞋子浸到河水中，小巧的红鞋没入暗绿色的水面，一波波涟漪随之泛起，仿佛正有一个妙龄女子下河沐浴。

她悄悄走到庄秋水身边，忍不住问：“你在干什么啊？”

“别说话！”

庄秋水的手也浸入了“幽灵小溪”。

小蝶吓得闭起眼睛，她以为那暗绿色的液体，就像有害的化学试剂，他可怜的手顷刻就会被腐蚀掉，只剩下白骨森严的指头。

然而，他的手居然在水里晃了几下，用河水洗那只鞋子。一分钟后他举起女鞋，河水已洗去表面的泥泞，水珠滴干净后，鞋子露出了鲜艳的红色，漂亮的形态更加醒目，发出湿漉漉的耀眼反光。

小蝶胆战心惊地看着鞋子。

庄秋水把这只鞋子拿到眼前，上上下下仔细端详，忽然战栗地说："就是这只鞋！"

"是什么？"

"孟冰雨的鞋子，她在失踪前几天，一直穿着这双鞋子。这也是她最喜欢的一双鞋，每次参加聚会，比如卡拉OK，都会穿上，吸引了很多男生的眼球。"他的眼睛仍然盯着鞋子，"我不会认错的，就是这双鞋子，孟冰雨的红鞋。"

"怪不得她的书包也会在这儿，可为什么她会把鞋子留在河边呢？而且还只有一只鞋。"

"唯一的可能就是——"

他把目光对准了暗绿色的河水，似乎能看到河底的一切。

"你是说……"尚小蝶捂住了自己的嘴巴，不敢把后面的猜想说出来。

庄秋水也沉默了片刻，终于说出那最可怕的推测："她在下面？"

"不！不会的……不会的……"

忽然，他一把拉住小蝶的手，冷冷地说："我们回去吧，别待在这鬼地方了。"

正当庄秋水要拽她走时，脚下正好踩到了一块石头。清晨的露水让石头又湿又滑，他立即失去了重心，整个身体都向后摔了下去。

最要命的是，他的手还下意识地抓着小蝶，两个人一起坠向了"幽灵小溪"——

一阵天旋地转，四周飞舞过红色的夹竹桃，淡绿色的野草地，暗绿色的混浊水面……

在十几分之一秒的时间里，绿色水面凶恶地朝她扑来，根本来不及张嘴发出声音，毛细血管已随着河水剧烈收缩，冰凉彻骨的感觉传遍全身。

"扑通！"

第一个掉进水里的是庄秋水，紧接着就是尚小蝶。

“幽灵小溪”激起高高的水花，打湿了河岸边孟冰雨的红鞋。

几秒钟后恢复了平静，一阵薄雾飘来覆盖了小河，似乎从没来过这两个人。

他们就这么消失了？

6月13日上午7点30分

水很深。

出人意料地深，离岸不到两米的地方，就已经深不见底——虽然外面是夏日的清晨，冰凉的水世界却是北冰洋般漫长的极夜。

尚小蝶完全没入混浊的河水，幸好入水时闭紧了呼吸，否则这暗绿色的脏水就成为早餐饮料了。接下来的挣扎完全出于本能，双手拼命向上挥舞，却一点都抓不到水面。她感觉自己正垂直向下沉去，两脚完全悬空踩不到底。

瞬间开始后悔——小时候为什么不跟爸爸去学游泳？

四周全是冰凉的河水，她甚至不敢睁开眼睛，唯恐眼球会被这脏水腐蚀。河水就像黏糊糊的鼻涕，沾在她皮肤上抚摩，简直要撕碎她的身体。

该死的“幽灵小溪”还没有到底！尚小蝶继续往下沉去，最后一口气已屏不住了，肺里难受得像要爆炸！

突然，耳边响起某种声音，从某个遥远的角落升起，漂浮在她的身边。不知哪种语言的歌声，带有斯拉夫味道的旋律，悠扬，绵长，柔和，诱人，如海底女妖般忽隐忽现。

是的，尚小蝶看到她了——

长发散布亚麻色的光泽，半透明双眼如波罗的海琥珀，白皙的皮肤来自极地冰雪，修长的身段竟如海蛇扭动，红唇轻唱那古老的歌谣：**“你在地底潜伏/我在人间等候/你吐丝作茧自缚/我望眼欲穿孤独……”**

刹那间，小蝶想起了这张脸，印象深刻永难忘怀——镶嵌在墓碑上的脸。

那个傍晚她走进蝴蝶公墓，凝视这张墓碑上的欧洲脸庞，她是如此美丽、如此忧伤，带着另一个世界的纯洁，底下还有那行俄文字母的姓名。

在最后一口气用尽之时，尚小蝶在水底睁开了眼睛。

没有孤独的墓碑，也没有欧洲脸庞的女子，更没有海底女妖的歌声。

只有一具枯骨。

一缕幽暗的光线，竟穿透了暗绿色的水面，顽强地深深射入水下。她看见一团团茂盛的水草，如女子的黑发般漂荡纠缠着——不，真的就是人的头发。

她伸手摸到了一团长发，黑黑的、腻腻的，只有年轻女子才有这样的头发。

长发中间还隐藏着一双锐利的目光。

谁在水底看着她？

6月13日上午7点31分

绿色的水，如空气涌入鼻孔。

呛进气管的水让她身体抽搐起来，先是要爆炸的感觉，然后又变成燃烧的烈焰——一边是河水，一边是火焰。

又看到了那张美丽的脸庞，还有那奇异的歌声，即将把她带入另一个世界。

突然，一只手抓住小蝶的胳膊，在她落进最后那扇大门前，把她活生生地拽了出来。

尚小蝶已失去了意识，没感到自己正迅速上升。一只有力而温热的手，正紧紧揽着她的胸口，带着她飞向生命的出口。

终于，她浮出了水面。

重新回到天空下，身体仍在发抖，条件反射地要把脏水吐出来，但喉咙怎么动也没用，脸色白得与死人没有区别。

庄秋水也变成了一个“绿人”，他吃力地把小蝶拖到岸上，没来得及喘口气，便双手用力压着她的胸口，想要把她呛进去的水压出来。当他摸到小蝶胸口的一刹那，忽然有些犹豫和尴尬。但此刻救人性命最要紧，哪管得了那么多。

小蝶的嘴巴终于张开，吐出几大口暗绿色的脏水，但仍昏迷不醒。

庄秋水摸了摸她的鼻子，还没有呼吸，用力掐着她的人中，依然没用。

只有最后的办法——人工呼吸！

不能再犹豫了，他即刻俯下身来，捏着尚小蝶的鼻子，把嘴唇压到她的口上。

除了父亲之外，平生第一次有男人吻了她的嘴唇。

尚小蝶的初吻！

嘴唇触及庄秋水的一刹那，她突然恢复了意识，模模糊糊感到一阵温暖，某个男人的气息，正通过嘴唇输送到她的气管里。

一口接一口的热度，庄秋水身体里的空气，渐渐充满了她的肺叶，驱逐那些绿色的脏水，给予她第二次生命。

她终于吐出最后一口脏水，主动呼吸了一下。

庄秋水的嘴唇离开了，在她耳边喊道："你能听到我的话吗？用力深呼吸，深呼吸！"

又一次深呼吸，这次是天地间自然的空气，尽管还带着"幽灵小溪"的气味。在庄秋水的指挥下，她自动呼吸了几十下，总算缓过一口气来。

她看到庄秋水的脸，同样也湿漉漉的，头发上的水滴到她脸上。只是这张脸已变成了绿色，就像神秘视频中夜视模式下的脸。他焦虑地盯着她，随着她眼睛的睁开，露出了一个迷人的笑容。

她知道他吻了她，尽管只是为了救她的性命。

尚小蝶也笑了，一半是因为面对这双眼睛，另一半是因为他绿色的脸实在太滑稽了。

其实，她自己的脸也变成了绿色。庄秋水看着这死里逃生的女孩，浑身上下都涂满绿色，也不禁豁然大笑起来。

两人笑了足足3分钟，庆幸自己从死神牙缝里逃生，庆幸躲过了"蝴蝶公墓"给他们安排的一次劫难，庆幸他们能有机会唇齿相依……

庄秋水把她从草地上拉起来，而她的四肢还没有力气，便顺势让她倒在自己怀里。他搂着她的双肩，轻声耳语："你是不是很冷？"

她闭上眼睛，头靠着他的胸口："是的。"

庄秋水感到了些尴尬，但只能搂得更紧，用自己的体温为她驱寒。

就这样在草地上坐了一会儿，他问道："你在水底下看到了什么？"

小蝶睁开眼睛，想起水底黑色的长发，还有那具森严的骨架。

于是，幸福的表情变成了彻骨的恐惧……

6月13日上午9点20分

幽灵小溪。

这条小河边第一次围了那么多人，有学校的老师和好奇的学生，当然最醒目的是打捞队员。潜水员在河边顶着头盔样的潜水罩，系着根绳子跳进了暗绿色的河水，校方说这条小河居然有10米深，相当于三四层楼的高度。

一个多小时前，庄秋水和尚小蝶掉进了河里。他们发现水底似乎有具枯骨，被水草紧紧缠绕，于是赶快向学校报告了这件事。当老师看到这对浑身绿色的男女时，还以为他们在玩“绿巨人”的cosplay show呢。一开始没人相信，但庄秋水说出去年失踪的孟冰雨后，才引起了老师的重视。然后，学校打电话请了打捞队过来。

同时，庄秋水和尚小蝶分别回宿舍洗澡，好不容易把浑身上下的绿水洗掉，浴室地板都洗成了浅绿色。小蝶换上一身干净衣服，在室友诧异的目光中跑回了“幽灵小溪”。

小河周围已挤了许多人。同学们都听说“幽灵小溪”要打捞尸体，自然不能错过这样的好机会，大家看着绿色的水面，不知会捞上来什么东西。

等了十几分钟，正当围观的人群有些不耐烦时，水面上忽然有了动静，一个黑色的头盔冒出来。潜水员艰难地爬上河岸，手里还抱着一具绿色的骷髅——

在场所有人都叫了起来，几个胆小的女生吓得蒙起眼睛，河边的气氛一下子紧张起来。尚小蝶战栗地看着这具枯骨，下意识地抓住庄秋水的手。他也明显感到了恐惧，同样抓紧小蝶。

那具骨架并不是很大，原本白色的骨头都已变成绿色，骷髅的头骨眼窝深陷，里面盛满了绿色的泥土，黑色的长发挂在水草上，几乎已与头骨分离。

它全身都被茂密的水草缠绕，可以想象在生命的最后瞬间，它曾经在水底拼命地挣扎。也许它会游泳，但双脚被水草紧紧地抓住，就这样活活淹死在了水草中。

尚小蝶只感到恶心，刚才若没有庄秋水救她，恐怕自己也会变成这样子吧？她发现在骷髅的右脚骨上，还套着一只女式鞋子，也被水草牢牢固定住了。

虽然沾满了绿色污泥，但经过水面的洗涤，还是露出了红色的表面，那小巧玲珑的中跟样式，正与河边那只红色女鞋一模一样。

庄秋水颤抖着喊道：“孟冰雨！”

当场又一阵骚动，一个老师走过来问：“你怎么知道她是孟冰雨？”

“鞋子！我认得这只鞋子，原来河边还有她的一只鞋子。”庄秋水盯着那只鞋子，紧紧捏着小蝶的手，“就是去年的这个时候，她一定是在这条河边，失足滑入了‘幽灵小溪’！”

这时打捞队抬起尸骨，准备送到法医那里去鉴定。

“秋水！”

后面有人叫他的名字，庄秋水回过头来见到了双双。

双双同时也见到了尚小蝶，她的手正被庄秋水紧紧地握着，两个人并排站在一起，头发好像还没有干透。

庄秋水尴尬地放开小蝶的手，尚小蝶也害羞地低下了头，轻轻躲到了一边去。

陆双双直勾勾地看着他们，咬着嘴唇发不出声音，脸色就和“幽灵小溪”一样难看，然后扭头离开。

6月13日14点20分

尚小蝶飞快地跑过校园。

上午在“幽灵小溪”发现疑似孟冰雨的尸体，好像自己还没从暗绿色的水底浮起。那死里逃生的瞬间，竟在水底见到了那张欧洲女子的面容——蝴蝶公墓的墓碑上的照片，难道那些传说是真的，没人能走出蝴蝶公墓还活得长久，这只是一次严厉的警告而已，她和庄秋水逃得过初一逃不了十五?

耳边不停响起那女妖般的古老歌声，如那池绿水源源不断地灌入脑中……

两分钟前，她忽然想起还有一场考试。

冲进考场时，卷子已经发下来了，她匆匆找到座位，周围的人都偷偷笑她。但也有人以异样的目光看她，特别是前排的小胖子，就是上次打电话说“我爱你”的那个恶作剧的家伙，不停回头盯着小蝶。双双坐在两排课桌外，也像看到外星人似的盯着她，小蝶愧疚地低下头。

她第一次发觉自己这么引人注目。中学时无论男女同学，从没多看过她几眼。有的老师几年叫不出她名字，甚至高中班主任有时也要想好久，才记得起“尚小蝶”这三个字。常在街上遇到高中同学，对方却视而不见走过，她也只能失望地低下头，再也不敢和别人打招呼。她觉得自己就像一个从未存在过的人，早已融化在稀薄的空气中。

要命！虽然古汉语是她喜欢的课程，但这几天根本没复习，看到题目脑子就一片空白，连最简单的句子都看不懂——高中时她还能熟练背诵这一句。

试卷第三页，在诗词默写里看到“蝶恋花，庭院深深深几许”。

刹那间，“蝶恋花”这三个字触动了她的某根神经，心底升起一幅画面——

庭院深深深几许？杨柳堆烟，帘幕无重数。玉勒雕鞍游冶处，楼高不见章台路。雨横风狂三月暮，门掩黄昏，无计留春住。泪眼问花花不语，乱红飞过秋千去。

她一口气默写出了整首词，已被冯延巳或欧阳修灵魂附体。

脑中响起3个月前老师在讲台上说的话：“蝶恋花，是唐教坊曲名。本名《鹊踏板》。曼殊词改今名。调名取梁简文帝萧纲诗句：**翻阶蛱蝶恋花情**。”

又一次看到“蝶”这个字，尚小蝶心底一惊，仿佛自己轻了许多，也在雕栏玉阶前翩翩翻飞……

6月13日19点50分

月黑风高夜。

尚小蝶来到S大有名的图书馆。鉴于这里是《地狱的第19层》中高玄与春雨认识的地方，故而有许多女孩跑到最深一层的书架后，等待那想象中的高玄出现。

好久没来图书馆了，这幢苏联式的老旧建筑，就像“二战”的堡垒般坚固。偌大的阅览室里，只有几个临时抱佛脚的人，在硬着头皮看什么资料。

下午的古汉语考试完全不知所云，只有诗词填充和默写没忘记。多半要开红灯了，若明天考试再不及格，就真的不敢回家了。小蝶拿了厚厚一沓参考书，才看几页就头晕，她把眼镜摘下来，反而能看清楚一点。

昏昏欲睡地看了十几分钟，脑子却还想着绿色骷髅上的红色女鞋。

她翻到一本中文系的系刊，白色封面上打着目录，其中一个是——

《〈蝴蝶秘谱〉之研究》 作者 白霜。

白霜——“鬼美人”的文章，不会是同名同姓吧？发表时间是去年5月，正好是白霜出事之时，文章开头赫然打着“作者白霜，本校古汉语专业硕士生在读，导师某某某”。

没错，就是死于车祸的“鬼美人”白霜！也是她死去的室友白露的姐姐。

尚小蝶打起精神，仔细看起这篇文章。

白霜在开头写道——

《蝴蝶秘谱》，相传始作于战国时代，至东汉成为道家修炼之早期秘籍。最终于“靖康之变”中，随同宋徽宗的宫殿被金人付之一炬。自其诞生之日起，这本千古奇书，便充满了传奇色彩，成为后人猜测与想象的不解之谜。笔者自幼便对《蝴蝶秘谱》之传说万分神往，进入S大学习以来，更有幸博览群书，立志自浩瀚之史料中，寻找《蝴蝶秘谱》之踪迹。经最近几年来之钻研，笔者查阅了数百种绝版古书，又曾远赴湖北、河南、安徽、云南等省区实地考察，终得以破译《蝴蝶秘谱》之谜，解读其千年之密码。文中研究之成果仅笔者一人之见，在此征求各位老师同学指正。

白霜详细阐述了《蝴蝶秘谱》最古老之出处，《列子》《山海经》《绝越书》等先秦两汉古籍，都提到过此书，在早期的道教典籍里，也有《蝴蝶秘谱》的记载。读过《三国演义》的人，都会记得割据汉中、最后投降曹操的张鲁，此人不是一般的军阀，而是政教合一的统治者，曾秘密供奉《蝴蝶秘谱》。因为本书有神奇之力量，能使战死者复生，又能千里之外杀人于无形。当曹操大军逼近汉中之时，也是《蝴蝶秘谱》提醒了张鲁，才促使他投降。这是白霜从一本绝版的宋朝古书里看来的，作者是汉中教徒后代，书中保存着三国时代的巫术咒语。

《蝴蝶秘谱》最吃香的正是魏晋风度时代，彼时道家玄学大盛，文人既服石散又读秘籍。据说阮籍、嵇康等竹林七贤均酷爱此书，“云间陆士龙”的陆云还把此书奉为至宝，竟能在文人聚会中叹为观止地全文背诵，一字不差。北方大乱后，士大夫纷纷南逃，但还是有人保存了此书。陶渊明就写过一篇关于《蝴蝶秘谱》的文章，可惜早已失传。

唐太宗李世民虽崇信道教，却认定《蝴蝶秘谱》是一部万恶巫书，下令全国烧毁此书。许多珍贵的《蝴蝶秘谱》自此化为灰烬，仅有少数几部孤品，被人冒死深埋于地下。据说李白年轻时游历天下，就曾在一个秘密的地方读过此书，也可能这本书给了少年李白很多灵感，造就了后世一代诗仙。

北宋年间，《蝴蝶秘谱》更加珍贵。最后剩下唯一的孤本，被风流天子宋徽宗高价收藏。这位精通书画的艺术家皇帝深深迷恋上了本书，却不想落得个国破家亡。《蝴蝶秘谱》也在大火中魂归九天了，至此终成千古之谜，也可算是中国文化的一大损失。

《蝴蝶秘谱》主角是一种蝴蝶，有个奇特雅号——**“鬼美人”**。这种蝴蝶无比怪异，双翅一边是美人，另一边则是骷髅。东夷、百越、三苗等民族，都曾把这种蝴蝶奉为神灵，许多神秘传说也与其有关。但在先秦华夏人眼中，“鬼美人”却是极大的恶兆，就像半夜看到猫头鹰，见到“鬼美人”就预兆着死亡。春秋时期，许多战役前，战败一方的将军都会看见或梦见“鬼美人”，而这位将军也往往阵亡于战场，比如吴越争霸，西施被进献给吴王，有一天在宫中看到“鬼美人”飞过，便通风报信给越王，勾践便轻易灭亡了强大的吴国。春秋战国诸子百家争鸣，有些学问家想捕获“鬼美人”为己所用，结果因此枉送了性命。

白霜还查阅了大量外文资料，请人翻译了一些古希腊文与拉丁文，发现古希腊神话中也有“鬼美人”，传说是特洛伊战争中美女海伦的化身，甚至著名的俄狄浦斯恋母杀父传说亦与之有关。中世纪后基督教广泛传播，“鬼美人”被认为是异端邪说而遭禁止。

历史学家认为所谓的“鬼美人”，不过是古人的一种臆想，寄托了人类对于美丽的向往及死亡的恐惧。但在1929年，一个白俄医生在中国发现了“鬼美人”蝴蝶，并得到国际学术界的认可，确认“鬼美人”为一个新物种。可见上古传说并非没有根据，只是后来环境变化，大多数“鬼美人”已灭绝，只有极少数幸存在一些秘密的山区里。

至于《蝴蝶秘谱》的原始作者，白霜也做了深入细致的研究，结果令人大吃一惊，竟然是——**庄周！**

《蝴蝶秘谱》是庄周生命中的最后一篇著作。他在某个夏日清晨，亲眼目睹了“鬼美人”蝴蝶，便深深迷恋上了，甚至把它作为自己深爱的女子。他如痴如狂地搜集这种蝴蝶的资料和传说，沥尽心血完成了天下奇书《蝴蝶秘谱》，直至45岁去世……

尚小蝶看到这儿已目瞪口呆，白霜不但胆量惊人，而且能从残缺不全的资料中，凭借逻辑推理得出如此惊天动地的结论。

晚上9点钟，图书馆要闭馆了。尚小蝶仓促地把资料放回书架，一路小跑离开阴气沉沉的图书馆。

月亮藏在乌云里，今夜风声猎猎，是否“幽灵小溪”的哀号？

6月13日21点50分

女生寝室。

田巧儿已经睡下了，宋优和曼丽都在背书。刚从图书馆回来的小蝶，翻开教科书只觉得头大，好像文字都变成蝴蝶飞了出来。

她爬到上铺打开电脑，第四次登录了“蝴蝶公墓”网站。按照以往的步骤，顺利地进入首页，又跳过地图和路牌，进入黑暗的甬道。打开最后的大门，上次就是在这里死机的，但这回却顺利进入了。

耳机里又响起那首歌——脑子微微一惊，她几乎能默念出那些歌词……

随着幽幽的歌声起伏，屏幕渐渐浮现出一张图片，是那种光影分明的黑白照片，不知来自哪个年头？照片里是个欧美女子，淡淡的头发，苍白的脸，深邃的眼睛大而明亮，配着笔挺的鼻子，嘴角温柔地微微翘起，似乎还有个小酒窝。

真是绝世的西洋美人，当今好莱坞也难觅的俏佳人。

没错，就是她！

尚小蝶的眼球几乎弹出了眼眶——屏幕上的这个西洋女子，正是“蝴蝶公墓”最后那尊墓碑上的照片。

她永远都不会记错这张脸，镶嵌在墓碑上的这张脸，在黑暗的水底见到的这张脸，隐藏在时光迷雾背后的这张脸。

“你是谁？”

小蝶几乎贴着屏幕，或许某个空气中的幽灵会听到。

她又点了一下这张照片，网页变成一段文字，那迷人的歌声依然继续。

文字的排列方式像墓志铭，用粗体字写着——

你听到这首歌了吗？你听清楚歌词了吗？你知道这首歌叫什么吗？

蝴蝶公墓——这首歌叫《蝴蝶公墓》。

而你现在听到的声音，就是由刚刚那个西洋女子所唱——她的名字叫伊莲娜。

唱片介绍——

1935年，总部设在上海的BMP唱片公司，为一名叫伊莲娜的白俄女歌手灌录了一张名为《蝴蝶公墓》的唱片。其中的主打单曲就是这首《蝴蝶公墓》，词、曲作者都已不可考，只有演唱者伊莲娜的名字流传下来。该唱片总共收入了12首歌曲，有5首俄文歌、3首英文歌、3首法文歌，只有1首中文歌——便是主打歌曲《蝴蝶公墓》。虽然伊莲娜出生在俄国，但从10岁起就在上海长大，能够说一口流利的中国话。你若不知道原唱者是谁，一定会以为是中国女子所唱。伊莲娜当时并非有名的歌星，只是参加过歌剧《蝴蝶夫人》的表演，在旅沪外侨中有一定知名度。所以，这张《蝴蝶公墓》唱片仅在外侨中流行，大部分中国人都不知道它的存在。

1936年，伊莲娜因难产而死，年仅24岁。

《蝴蝶公墓》唱片亦随之被人遗忘，唯有这首同名主打歌曲，仍然飘荡在城市边缘的夜空中。

以下为全部歌词——

白：三千年前，你一睡不醒

你在地底潜伏
我在人间等候
你吐丝作茧自缚
我望眼欲穿孤独
任沧海换了桑田
石烂海枯

一场梦做了三千年
唯有誓言永远不变
相约在蝴蝶公墓

白：在这个冷酷的夜

我走进荒凉废墟
看见墓碑上
刻着一对美丽蝴蝶
刹那间月光掉下眼泪

（副歌——）
打开传说中蝴蝶公墓
今夜灯火无比灿烂
你身着七彩蝶衣
走遍茫茫尘世翩翩飞舞
打开传说中蝴蝶公墓
但愿时间就此凝固
你我用翅膀祝福
走遍前生今世梦魂几度

白：三千年后，你从梦中复活

是，就是这首歌——屏幕上的歌词，配着耳机里传出的歌声，仿佛那70年前的美丽女子，柔情脉脉地坐在尚小蝶身边，低吟浅唱着这首《蝴蝶公墓》。

当她几乎要在这歌声中沉醉时，耳机里的音乐突然停止，只剩下一个冰凉的女声——

“尚小蝶……尚小蝶……尚小蝶……尚小蝶……”

是谁在呼唤她？

分明是从网页里发出的声音，难道那个唱歌的声音是活的？居然还知道了她的名字？

她来了——

穿着华丽的彩色长袍，双臂伸展，大袖轻垂。亚麻色长发整齐地梳在脑后，冰雪般的脸庞镶嵌着一对半透明的眼球。她鲜艳的裙摆和袖子竟如蝴蝶双翅般耀眼。

这已不是女生寝室，而是黑暗空旷的舞台，一束强光照射着她和小蝶，四目相对没有言语。轻柔舒缓的歌声竟似蝴蝶的尖叫，穿越巨大空旷的舞台，掀开了剧场屋顶！锐利的阳光从头顶射下，洒在彩蝶翩翩的衣裙上。这才发现她左边的大袖上，绣着一张美人的脸，右边袖上却是可怕的骷髅。阳光直射在衣服上，燃烧起熊熊火焰，整个人都烧成了灰烬……

尚小蝶猛然一哆嗦，回到了寝室的上铺。

她赶紧退出“蝴蝶公墓”网站，拔下耳机躺倒在床铺上。

但那个呼唤还在继续。

6月14日上午8点30分

小蝶醒了。

周三早上，寝室里只有她一个人，才想起9点钟还有一场考试！

糟了——她用最快的速度穿好衣服，冲出寝室匆匆洗漱一番，啃个蛋糕就跑向考场。

幸好没有迟到，但一拿到卷子就头晕了。没答几道题，眼睛又看不清了，几乎一头栽倒在课桌上，只能摘下眼镜，却看到最后的论述题——**谈谈你对“庄周梦蝶”的理解**。

梦蝶？刹那间她的心又跳了一下，想起昨晚在图书馆看到的文章，眼前立时浮现——秀美的山川间飞过一只奇异的蝴蝶，被无数命题困惑的哲人走出草庐，见到一对美女与骷髅的翅膀——这是一次传奇的邂逅，是人类思想史上最美妙的瞬间。

于是，她不假思索地提笔写道——

著名的“庄周梦蝶”，出自《庄子·齐物论》。庄周化为蝴蝶，从复杂之人生步入简单之逍遥，乃庄周之大幸；蝴蝶化为庄周，从简单之逍遥步入复杂之人生，乃蝴蝶之悲哀。但据千古奇书《蝴蝶秘谱》记载，庄周并非仅仅梦见蝴蝶，而且在现实中见到了蝴蝶——上古最神秘的“鬼美人”。当庄周见到“鬼美人”的一刹那，他被这天地间的奇迹震撼，通过它领悟到了世界宇宙之真谛。这种感觉无法用语言描述，就好像在沙漠跋涉数十载，终于见到了传说中的绿洲清泉。他宁愿自己化身为蝶，变成这只神奇的“鬼美人”，翩翩飞舞于山川草木间，忘却尘世之烦忧，洞彻万物之美妙。于是，庄周先生写下寥寥数语之《蝶梦》，感慨：“不知周之梦为蝴蝶与，蝴蝶之梦为周与？”他不知是身为蝴蝶梦庄周，还是身为庄周梦蝴蝶？或许，庄周本该是个“鬼美人”，而不该错生在这充满烦恼的人间。

写完这一大段，尚小蝶觉得自己轻松了许多，似乎整个人都要飘浮起来，飞出窗外去寻觅田野的山花。

也许最近做梦太累，她居然在教室里睡着了。直到监考老师拍了拍她肩膀，才发觉只剩下自己一个人。她看卷子好像已经涂满了，没开天窗便交了卷。

刚走到外面的走廊，迎面就看到陆双双走过来，她立刻上前打招呼：“双双！”

没想到双双一脸冷漠，一言不发地与她擦肩而过。小蝶尴尬地回过头，这还是双双第一次不理她，真的生她气了？她想起昨天上午，双双看到她和庄秋水拉着手，可是——

小蝶也不知该如何解释，心情烦躁不安时，短信铃声忽然响了起来。她看到了庄秋水的短信——

现在有时间吗？请到19号楼来一下，我有要事告诉你。

6月14日上午10点40分

尚小蝶来到S大的19号楼，许多教授的办公室都在这儿。庄秋水在楼下等着她，见到她第一眼就有些奇怪，上上下下打量了一番："昨天的事，很抱歉，是我把你拖到了水里。"

"啊，我已经不想那件事了。"她低下头嘤嘤地说，"至少我们现在都还平安无事。"

他还是有些紧张，牙齿咬着嘴唇："是啊，但愿我们都能平安，远离传说中的厄运。"

"你找我来就是为了说这个？"

"不，我联系好了生物系的宁教授，孟冰雨曾向教授打听过'蝴蝶公墓'。我打了好几个电话，宁教授终于答应见我了。"

说着来到4楼的办公室，屋里只有教授一个人，50多岁，又高又瘦，头发差不多全白了，脸色凝重地面对来客。

没等庄秋水开口介绍，宁教授就先说了："我已经知道了，从小河里捞出了一具尸体。今天法医已经证实，那具尸骨就是孟冰雨。"

庄秋水也像做错事般低下头："对不起，是我们两个发现她的。"

"一年来我都希望她没死，只是去了遥远的地方躲起来，进行某个项目的秘密研究——可没想到她一直都在我们身边，在水底慢慢地腐烂……"宁教授苦笑了一下，看看小蝶说，"小丫头先坐下吧。"

"教授，一年前孟冰雨来请教过'鬼美人'是吗？"庄秋水又一次提出了疑问。

"我非常器重孟冰雨，便把知道的都告诉了她——'鬼美人'学名'卡申夫鬼美人凤蝶'，而卡申夫并非生物学家，充其量只是昆虫爱好者，全名伊万·尼古拉耶维奇·卡申夫，俄国十月革命后逃入中国，在上海开了家白俄医院。根据他发表在美国权威生物学刊上的论文，说1929年在云南旅行期间，在一个开满鲜花的神秘山谷中，发现了几只'鬼美人'蝴蝶。卡申夫将'鬼美人'标本寄到美国，从此轰动了全世界。1935年，他神秘地死去了。"

"教授，你还跟孟冰雨说过其他事吗？"

“其他——我还对她说过一件往事，23年前的往事。”

“请你也告诉我们吧，因为这关系到我们——”

小蝶本想说自己进过“蝴蝶公墓”的，但又怕让教授感到恐惧，看得出教授心肠很软，尤其无法拒绝女孩子的请求，这大概也是孟冰雨找他求助的原因吧。

“23年前，我还在S大昆虫研究所读博士。有个同事比我小几岁，既年轻又聪明，一心想解开‘鬼美人’之谜，他女朋友也在我们所工作，我们3个彼此很熟。没想到有一天，他真的找到了‘鬼美人’，并制作了一个标本。我们将他发现的标本，和‘卡申夫鬼美人凤蝶’的资料做了仔细比对，确认它就是‘鬼美人’！”

“是怎么发现的？”

“他说是在一个秘密的地方发现的——**蝴蝶公墓**。”

听到这四个字，尚小蝶的眼皮跳了几下。

庄秋水让自己保持镇定：“教授，他是如何找到蝴蝶公墓的？”

“他不愿告诉任何人，在领导面前也不说实话，胡乱编了个偶然发现的理由。他说进入‘蝴蝶公墓’是有代价的，他不愿其他人再找到那里。我当时很生气，觉得他太自私了，一人独揽研究成果，想永远享有秘密资源。发现‘鬼美人’，至少证实它还没有灭绝，单位提了他职称，还分配了一套新公房，甚至给他公费出国留学的机会。”

“啊，他太幸运了！”

教授长叹了一声：“所里每个人都羡慕甚至忌妒他——除了他的女朋友，她当然最高兴，有了房子就可以结婚。然而，就在两人举行婚礼的前一天晚上，他竟死在了自己屋里——全身皮肤都烂掉了，死状极其惨烈，不忍卒睹。他的死因至今都没查清楚。”

庄秋水终于受不了了，似乎看到了自己浑身腐烂的样子，他转头看着尚小蝶说：“听到了吗？这就是去过‘蝴蝶公墓’的下场！”

小蝶也早给吓傻了，庄秋水是在责备她吗？他不正是为了她才进入“蝴蝶公墓”的吗？庄秋水完全有理由恨她！

宁教授继续说：“还有更奇怪的——‘鬼美人’标本一直放在他实验室的保险箱里，我们后来打开保险箱时，却发现标本已化为一堆灰烬。”

“听起来像符咒！”

“从头到尾都那么不可思议，当我看到他拿出‘鬼美人’标本时，就隐隐觉得他脸上蒙了一层东西。我把这件事告诉孟冰雨，就是为了警告她，让她打消去蝴蝶公墓的念头。”

尚小蝶却想到了另一个人：“他是在结婚前夜死的，那他的未婚妻怎么办呢？”

“当时，他们都领好结婚证了。”教授指了指办公桌的玻璃台板，“这儿就有他们的照片。”

玻璃台板下压着一张黑白照片，是3个年轻人的合影。左边那人又瘦又高，年纪也稍微长些，一看就知是当年的宁教授；中间是个英俊的青年，梳着当时流行的发型；右边是个年轻女子，长着一双大而明亮的眼睛，美目流连，风姿绰约，颇似20世纪80年代的电影明星。

庄秋水怔怔地看着照片上的女子，低声赞叹：“好漂亮啊！”

而小蝶完全傻了，嘴唇抖了半天却说不出话。

“左边那个自然就是我了，当中是刚才故事的主人公，我年轻时最好的朋友。右边那个就是他的女朋友，也是我的同事，她叫祝蝶，祝愿的祝，蝴蝶的蝶。”

“祝蝶？祝英台的蝴蝶？很好听的名字。”

宁教授点了点头：“后来，祝蝶离开了我们研究所，再也没有她的消息了。”

忽然，小蝶一把推开庄秋水，冲出了办公室。

她一直跑到大楼底下，胳膊才被庄秋水抓住，他高声喝道：“你要干什么？在教授面前太失礼了吧？”

尚小蝶剧烈地喘息着，表情冷酷怪异，竟让庄秋水感到几丝恐惧。他缓缓放开她的胳膊，发觉这女孩的眼睛里有股邪恶的妖气。

终于，她恍惚地回答：“刚才，照片里的女人——**是我的妈妈**。”

6月14日20点40分

女生寝室。

曼丽摊着她的笔记本电脑，看《超级女生》分赛区比赛。这台最新款的Sony

电脑，是她的老板爸爸从日本带回来的，常拿出来给同学们炫耀。富家女总不乏追求者，除了田巧儿，她是收到鲜花最多的一个。宋优也在旁边看“超女”视频，今天心情稍微好了些，估计考试又是全班第一。

下午刚听说一个消息，白露生前买过一笔意外伤害保险，她因特殊原因身亡，保险公司已进入理赔程序，据说赔偿金额有几十万元。同学们说白露在老家欠了很多债，这下倒可以把那些债还清了。

小蝶立即想起了“蝴蝶公墓”的哭墙，在墙缝里看到了白露许愿的字条——

第一，我要见到我姐姐；第二，我想为我和姐姐还清所有的债务。

是的，白露当然已经见到了她的姐姐——死了就能在黄泉路上见到姐姐。

现在她和姐姐欠下的债务，也因为保险公司的理赔而可以还清了。

白露的两个愿望都得到了实现。

代价却是自己的生命！

尚小蝶越想越毛骨悚然，不到10点就爬到了铺上。

几十分钟后，下铺传来宋优轻微的声音：“你知道吗？WOW在‘幽灵小溪’里发现了一具死人骨头！”

曼丽以为小蝶已睡着了：“你才知道啊？中午在食堂，几乎人人都在说这件事呢。死者是去年失踪的生物系女生，没想到隔了一年才发现她还泡在水里。嘿，还有更让人害怕的！你晓得吗，那个淹死鬼曾去过‘蝴蝶公墓’！”

宋优吓了一大跳：“真的啊？”

“她的同学都这么说。对了，据说还有其他人也去过‘蝴蝶公墓’！比如我们寝室的白露——还有一点我搞不懂啊，你知道三年级的庄秋水吗？”

“那个帅哥？”

“对，就是他和WOW一起发现了水底的尸骨。他们两个怎么会在一起？田巧儿也暗暗喜欢过他呢。”

“嘘！别让巧儿听到。”宋优的声音压得更低了，“看来WOW真不简单，这两天我发现她变了，和过去很不一样。”

突然，上铺的田巧儿一声惨叫，跳起来打开寝室大灯。原来一群小蟑螂爬到了她脸上！下铺的宋优也尖叫了，她床上也爬出几个蟑螂。寝室里乱作一团，蟑螂越来越多，奋不顾身地爬到她们身上。

曼丽吓呆了，这些德国小蟑螂近年在国内疯狂繁殖，最近又在寝室里频繁出没。她拿出超市买的杀虫喷雾剂，向宋优和田巧儿身上喷去。两个女生吓得乱叫，只能用手捂着自己的脸。喷雾剂确实有效，蟑螂挣扎几下就不动了。

田巧儿惊魂未定地指着小蝶："就是你！你不是喜欢养虫子吗？看看你带来的好东西！"

"对不起——"小蝶轻声地说，但又马上摇头，"不，这不关我的事！"

宋优忍无可忍地掀起小蝶的床铺，立即尖叫起来——床铺下竟密密麻麻地聚集着上百只蟑螂！黑色的小东西快速地爬来爬去，一见到灯光便四散开来，顺着床架爬到下铺去了。

下面是宋优的床铺，还是曼丽眼明手快，把杀虫剂喷向虫子，一大群蟑螂又被消灭了，剩下的也不知逃到哪儿去了。

看着自己床上的一大堆蟑螂尸体，宋优恶心得要吐出来了，发疯似的向小蝶大叫："看到了吗？这些虫子都是从你床铺底下出来的——天哪！我恨死你了，你这个怪物！"

曼丽怕她们情绪失控，赶快问小蝶："怎么回事啊？你从哪儿带来的虫子？"

尚小蝶已百口莫辩，她也不知道哪儿来的虫子。

"都是你引来的虫子，我们寝室里有了你，就永无宁日！"宋优指着小蝶的鼻子说，"还有你的金铃子，快点把它给扔掉。"

"不，扔掉它就等于杀了我！"

宋优爬到上铺去拉小蝶的抽屉，小蝶把金铃子死死抱在怀中。宋优抓着她的手："快给我，我要把它扔出去！"

"不！"尚小蝶已忍无可忍，全身血液冲上脑门，在胸腔憋了许多年的一口气，终于如火山爆发了——眼前闪过黑暗中的墓碑，还有那双半透明的眼球。不知谁赐予她的力气，竟一把将宋优推下床铺，结结实实地摔在水泥地板上。

宋优一声惨叫，寝室里鸦雀无声。小蝶没反应过来自己干了什么，依旧紧紧抱着金铃子，躲在床角轻声抽泣。

田巧儿和曼丽都睁大了眼睛，她们以为宋优摔死了，鲜血正从她的额头流出。

忽然，宋优轻轻叫了一声："救……命……"

曼丽赶紧扑到她身上，宋优的额头被撞破了，还好血流得不多，手臂和膝盖也有擦伤。

“快点送去医院吧。”田巧儿提醒了一声，她和曼丽一起把宋优抬出了寝室。

寝室里只剩下尚小蝶一个人。

她意识到自己闯祸了，担心宋优会不会死掉，万一她真有个三长两短——眼泪吧嗒吧嗒落到床铺上。她重新把床铺好，盘腿枯坐了十几分钟，期望明天醒来发现一切都是梦。

或者，回到妈妈温暖的腹中。

“妈妈……”

脑海中浮起上午看到的那张黑白照片，年轻美丽的妈妈对她柔声说：“小蝶，你好。”

这时，尚小蝶打开笔记本电脑，第五次登录“蝴蝶公墓”网站。

进入首页，穿过“蝴蝶公墓地图”，她已驾轻就熟，就像来到自家客厅；而“黄泉九路”就是她家的门牌；走入地下室甬道，打开卧室房门；随着伊莲娜的歌声，看到她与1935年的《蝴蝶公墓》唱片介绍。

网页最下端有个老唱片图标，点开竟是一组照片——

不再是风姿绰约的女子了，而是一具冰凉恐怖的尸体！

随着图片一点点全部显示开来，小蝶差点从上铺摔下来，她后背紧紧靠着墙根，仿佛那些死人要从屏幕里爬出……

天哪，不是一具尸体，而是十几具尸体！有单独一个死者一张照片的，也有几个人躺在一起的，虽然全都是黑白照片，看不出血污的颜色，但那深深浅浅不同的衣服，仍看得出这是残忍的杀戮。

刚刚经历了“宋优流血事件”，又看到这些触目惊心的照片，几乎让小蝶的晚饭都吐出来。她捂着嘴巴，整个胃都在痉挛，宛如已置身于死者中间。

闭上眼睛喘息一会儿，才把情绪慢慢平复下来。她又仔细看了看这些照片，总共30张，每一张都可单独点开看大图片，差不多占满了整个屏幕。照片明显很老，有些模糊，大概有几十年历史，但有几个死者的脸，却拍得异常清晰，光影分明的黑白照片上，栩栩如生宛如刚刚睡去。

令尚小蝶感到不解的是，照片里竟全是欧洲人的脸！

特别是一个脸色苍白的少女，看起来有中外混血的味道，那张脸白净而纯洁，胸口却插着一把手术刀。

难道这是发生在国外的血案?

带着满腹疑惑拉到网页最下面，她点击了一个“NEXT”的标记，立刻进入了下一层网页。屏幕上又是一排加粗的字——

刚才那组照片是否令你感到不适？如果你是正常人就一定会这样的，抱歉我不是故意要刺激你，只是告诉你一桩曾经轰动上海的血案：

1935年，上海叶卡捷琳娜医院发生了一起惨案。一天清晨，人们发现医院里的18个病人，全都被手术刀残忍地捅死了，而院长卡申夫的尸体也血肉模糊，死得极其惨烈!

这是一桩19条人命的惨案，死者全部系流亡中国的白俄侨民。

本案震惊了当年的全国，警方投入了大力侦破，甚至开出10万大洋的巨额悬赏，但最后仍没有明确定论。

人们最认可的一种可能性是：凶手是一个吸血鬼。

现在你会提出疑问吗？为何要把这组70年前的照片和这个凶案的介绍放在“蝴蝶公墓”网站里?

因为，本案现场叶卡捷琳娜医院，就是今天“蝴蝶公墓”的所在地。

祝你好运!

6月15日上午8点20分

尚小蝶醒了。

女生寝室的上铺，她一动不动地蜷缩着，膝盖顶着双肘，背弯成了半圆形，就像只硕大无朋的蚕蛹。

冬眠过去了吗?

昨晚如何睡着的？笔记本电脑还捧在怀里，监视器处于节电状态——想起昨晚上了“蝴蝶公墓”网站，看到1935年叶卡捷琳娜医院的血案。往后又发生了什么？小蝶实在想不起来了，她挣扎着改变“蚕蛹”的姿势，关闭了电脑。

对面的田巧儿依然熟睡。小蝶把头探向下铺，曼丽也睡得很香，宋优的床铺却是空的。寝室中间的地板上，隐隐有暗淡的血迹。

小蝶戴上眼镜跑出了寝室。

半小时后来到学生食堂。她刚端着餐盘坐下，陆双双就出现了。可眼睛越来越难受，她只好摘下眼镜来确认——

双双看起来气色不太好，小蝶把餐盘端到她跟前说："早上好，前天——"

她不想因为一个庄秋水，失去自己唯一的好朋友。然而，一句话在喉咙堵了半天，却不知该如何解释。她又不敢把打伤宋优的事说出来，担心双双也会怕她，认为她是个带着虫子的小怪物。

"你到底要说什么啊？"双双纳闷地问。

小蝶又戴上眼镜，直勾勾地盯着双双，却发现双双长出了两个头——她用力眨了眨眼睛，结果双双长出了三张嘴巴。

陆双双都被她看怕了："喂，你别这么看我好吗，好像在用眼睛杀死我。"

小蝶感到一阵天旋地转，似乎看到了那双半透明的眼睛，那张墓碑上的美丽容颜……她倒在地上，镜片摔得粉碎。

周围的人纷纷围拢过来，双双惊慌失措地扶起小蝶："怎么了？别吓我啊。对不起啊，我不该因为秋水恨你，我知道你们之间没什么的，全是我自己在瞎猜。"

尚小蝶被送到医务室，校医给她做了检查，并没发现什么异常。双双感到奇怪，为什么小蝶戴着眼镜就会头晕，脱下眼镜倒什么事都没了？

校医为小蝶检查了视力。结果让人大吃一惊，尚小蝶现在的视力是2.0，完全是最佳的视力水平——整个S大都没几个2.0的学生。

一个视力达到2.0的人，戴一副400度的近视眼镜，不头晕眼花才怪呢！

尚小蝶也觉得奇怪，怎么视力在几天内就好了呢？看着镜子里不戴眼镜的自己，好像变成了另一个人，眼睛、眉毛、鼻子都和过去不一样了。

双双苦笑道："别照了，摘掉眼镜是好事嘛，平时戴惯眼镜的人，突然摘掉眼镜是会判若两人的。"

这时，尚小蝶接到老师打来的电话："尚小蝶！马上到我办公室来一趟！"

10分钟后，小蝶独自来到老师面前。一脸怒容的老师刚要发作，却又惊讶地睁大眼睛，端详许久道："我都认不出你了！"

小蝶想是摘掉眼镜的缘故吧，她低下头先承认错误："对不起，昨天晚上——"

“我已经知道了，昨晚宋优被送到了医院，幸好伤势并不严重，但差一点就要缝针了。我说你是哪一根神经搭错了？”

宋优是老师宠爱的高才生，再加上白露的意外死去，老师这些天心情超不爽，正好对小蝶大发雷霆。她认定是小蝶挑起了事端，甚至怀疑小蝶故意捣鬼，弄了很多蟑螂来吓唬室友。老师说学校可能会处分小蝶，刚和她爸爸通过电话，要好好批评教育。老师的嘴巴机关枪似的滔滔不绝，小蝶只能默默忍受，不为自己做任何辩解。

老师最后对她说：“尚小蝶，我对你很失望！难道你真的没救了？”

6月15日14点40分

庄秋水和尚小蝶在一起，他们坐上一辆公交车，赶往市中心的档案馆。

半小时前，庄秋水刚看到小蝶很惊奇，以为她换上了隐形眼镜，小蝶却说自己的视力已经好了。然后，她把昨晚在“蝴蝶公墓”网站里的发现，全都告诉了庄秋水。他立刻找了一个电脑上网，证实了小蝶所说的血案，并且，叶卡捷琳娜医院的死于那次血案中的院长也叫卡申夫。

庄秋水这才想起来，发现“鬼美人”蝴蝶的那个白俄人，不是也叫卡申夫吗？宁教授还说卡申夫后来流亡到上海，开办了一家白俄人的医院，后来神秘地死于1935年，显然就是这个叶卡捷琳娜医院！

这个网站里怎么会有这些内容——“蝴蝶公墓”网站——究竟是谁建立的呢？背后维护的人又是谁？

“我明天就去查这个网站的域名！应该可以找到服务器地址的。”

当然，最让庄秋水感兴趣的还是——

本案现场叶卡捷琳娜医院，就是今天“蝴蝶公墓”的所在地。

如果真的是这样，只要查清楚1935年的那桩凶案，或许就可以发现“蝴蝶公墓”的谜底。

对，既然是死了19个人的血案，当时一定轰动了全上海，在档案馆里必然会留下许多记录——也只有如此才能找到拯救自己的办法。

庄秋水有个表姐在档案馆工作，正好能提供些便利条件。他与表姐通了个电话，便带着尚小蝶一起赶去档案馆。

他们已来到档案阅览室。表姐以为小蝶是庄秋水的女朋友，热情地招呼着她。但查档案绝非易事，从浩如烟海的民国刑事档案中，要找到1935年的一场谋杀案，恐怕要两三天的时间。所以，先从当时的新闻报道查起，因为这样离奇恐怖的大案，必然是报上的热点新闻。

果然，他们在民国二十四年（1935年）九月的《申报》上，看到了这样一条报道——

“叶卡捷琳娜医院惊天血案，19位白俄侨民命丧黄泉！”

下面就是关于大案的详细报道，居然整整一版好几千字，在此简明扼要地表述：

报案人是一个上海药商，1935年9月19日清晨，他到叶卡捷琳娜医院拜访院长卡申夫，前一天已通过电话确定了会面时间。医院外面是俄国墓地，药商走过便感到气氛不对，当他走进医院门洞，闻到了一股血腥之气。在门洞里的“天桥”上，他看到一具尸体悬挂着。药商惊恐万分地跑出去报案，随即大批警察赶到现场。

接下来的发现让人不寒而栗，在医院许多个房间，都发现了被砍死、刺死的尸体——清点下来总共19具！有的警察没见过那么多死人，当场就晕了过去。就在大家以为这是“灭院惨案”时，却在厕所里发现了一个幸存者。她是个年轻漂亮的俄国女子，名字叫伊莲娜，是卡申夫院长的养女，在旅沪外侨中颇为有名。伊莲娜浑身是血，却没有受伤，但受到了严重的惊吓和刺激，被发现时已近乎疯癫。

19名死者全是白俄人，基本都是住院病人。死者年龄从18岁到60岁不等，有13名女性，6名男性，包括医院院长卡申夫。后经过法医鉴定，死者都是在子夜到凌晨时遇害，凶器是一把锋利的手术刀。只有院长卡申夫的伤口除外——他浑身上下都已血肉模糊，看不出是刀伤还是咬伤，死状最为惨烈。

这桩凶案扑朔迷离，警方也一筹莫展。各大报纸也连篇累牍地报道，令社会公众感到恐慌。由于医院地处偏远，外面又是俄国墓地，引发许多带有灵异色彩的传说。甚至有人怀疑凶手就是伊莲娜，也就是本案唯一的证人和幸存者。

庄秋水与尚小蝶面面相觑，翻到这份《申报》的第2版，有文章详细介绍伊莲娜——

伊莲娜·阿赫玛托娃，1912年生于俄国圣彼得堡。父亲亚历山大·阿赫玛托夫公爵是俄国世袭贵族，可追溯到1000年前的基辅罗斯时代。伊莲娜的父亲在俄国革命中死去，卡申夫医生冒死救出了她。卡申夫是沙俄军队的高级军医，沙皇亲手给他颁发过勋章。苏俄内战期间，他当过西伯利亚白俄首领高尔察克的私人医生。医生带着伊莲娜流亡到上海，在俄国商会资助下创建了叶卡捷琳娜医院。伊莲娜作为卡申夫的养女，在医生身边成长为如花似玉的女郎。她有唱歌与表演的天赋，加入一家剧团主演《蝴蝶夫人》，一夜成名，成为旅沪侨民心中的明星，万代唱片公司给她灌录了一张唱片《蝴蝶公墓》，亦是其主打单曲名。但掳获其芳心的却是个中国人——上海黎氏公司的公子黎逍遥。据说卡申夫不同意这门婚事，不准血统纯正高贵的俄罗斯公爵之女下嫁给一个中国商人的儿子。但在案发前一个月，伊莲娜还是与黎逍遥订婚了。

其余几份报纸也大同小异，未发现新的线索和突破。直到黄昏闭馆，表姐让他们明天再来查。

庄秋水和尚小蝶离开档案馆，回头看了一眼大门，里面还藏着更多的秘密，也包括“蝴蝶公墓”吗？

6月15日18点15分

S大校门口已华灯初上，庄秋水和尚小蝶坐在火锅店里。这还是他们头一次共进晚餐，小蝶局促不安地点完菜，犹豫半天才说：“双双怎么没来？”

“我没叫她，我们不是还要谈‘蝴蝶公墓’的事吗？我不想让她知道得更多。”

尚小蝶点点头：“你说得对，不该再让更多人知道了。”

上菜时庄秋水收到一条短信，他看完短信说：“学俄文的同学给我回音了，你上次把在‘蝴蝶公墓’拍的照片转给了我，那些墓碑上的俄文字母……”

“想起来了，墓碑上的文字是什么意思？”

庄秋水已经开始吃了：“第一张照片，那个断裂倒地的墓碑，名字可以译为‘伊万·尼古拉耶维奇·卡申夫’。”

“卡申夫！”尚小蝶几乎脱口而出，“原来他就葬在‘蝴蝶公墓’外边？

也对啊，他是叶卡捷琳娜医院的院长，自己也死在那个医院里，当然也埋在那儿了——最后一张照片呢？真正的‘蝴蝶公墓’墓碑上的照片。”

“那个可以译成‘伊莲娜·LEE’。”

“伊莲娜——”眼前又浮出那梦中见到的女子，亚麻色的头发如丝绸飘舞，正在某个黑暗的地方看着她……

“还记得白天看的档案吗，伊莲娜与一个姓黎的中国人订婚，显然后面那个‘LEE’，就是她夫家的中国姓氏。”

“我还记得她墓碑上的生卒年，1912—1936……24岁就死了……是不是……红颜薄命？”

“太难回答了，不过每个女人都想做红颜，而每个男人也都想得到红颜。”

“那你说是红颜好，还是素颜好呢？”

庄秋水更不知该如何回答，怔怔看着小蝶的眼睛，心底在说：你越来越像红颜了。

不，不能看她的眼睛，她的眼睛里有毒药！

这时他的手机响了，是陆双双打来的电话：“你在哪里啊？我们去外面吃饭吧。”

“哦——现在吗？”他把声音压得更低了，不想被小蝶听到，“不行啊，我正在帮老师做一个课题项目，可能要半夜才结束呢。”

电话那头的双双生气了：“怎么又没空？你不会在骗我吧？”

“没有……骗你……”这句话说得有气无力，庄秋水自己也很心虚。

“哼，就相信你一次。那等明天晚上吧，今天别搞得太晚，拜拜。”

放下手机嘘出一口气，回头只见小蝶死死地看着他，眼里有股说不清的冷酷。

“你干吗撒谎？”

“我——”

庄秋水张口结舌。

“我不喜欢撒谎的男人！”她憋了半天才说出这句话，但又抱歉说，“对不起。”

他无奈地苦笑一声：“我们每天都在撒谎，一年要撒几百个谎，一辈子要撒……”

“撒——撒旦——你知道吗？当亚当和夏娃还在伊甸园里时，撒旦化作一条蛇来引诱他们，那时候蛇拥有人的身体，拖着长尾巴，还长着一对翅膀在空中飞翔。”

“人的身体？长尾巴？一对翅膀？就像蝴蝶——**‘鬼美人’**！”

尚小蝶冷静地点头：“‘鬼美人’不是从美女海伦变来的，而是撒旦诱惑人类时的化身。”

“‘鬼美人’就是恶魔撒旦？”

“或许吧……或许**‘蝴蝶公墓’就是撒旦家的客厅。”**

庄秋水快受不了了：“不！不会的，你别胡思乱想了。”

在郁闷中吃完火锅，晚上8点，他们走出店门。

一起走到S大校门口，眼前出现了一个人，瞪大了眼睛看着他们。

“双双——”

小蝶失口叫了出来，庄秋水也尴尬地后退了一步。

陆双双的脸色铁青，目光犀利得能杀死人。她扬起头对庄秋水说：“你在这里帮老师搞课题项目，还要一直搞到半夜吗？”

庄秋水把头扭了过去，他根本无法解释，只能转身飞快地跑开了。

双双仍然不敢相信自己的眼睛，小蝶已不再是过去那个不起眼的女生了，如今的小蝶已经有了足够竞争的资本，从最好的朋友变成最可怕的敌人。

“尚小蝶，我们还是朋友吗？”这是她第一次直呼小蝶的名字。

小蝶听在耳中也觉得非常别扭，她难过地回答：“当然，我永远把你当作最好的朋友。”

“我可没有像你这样工于心计的朋友，处心积虑、步步为营挖走别人的男朋友。你太厉害了！我过去怎么没看出来呢？算我瞎了眼睛！”

陆双双转身跑了，只留下小蝶孤独地站在路口，再次体会什么叫“无地自容”。

夜色，渐渐将她覆盖。

6月15日21点40分

孤坐在寝室里，没有人陪伴在她身边。宋优想必是请了病假回家，田巧儿和曼丽也不知去哪儿了。尚小蝶独自盘坐在上铺，打开自己的笔记本电脑。

这几天她在看一本电子书，83版《射雕英雄传》里的“黄蓉”——翁美玲。当年曾红遍港台大陆的女明星，26岁为情所困走完了人生。小蝶看着她的许多照片，不禁掉下了眼泪，特别是一篇翁美玲自己的短文，标题叫“疼我的人”，结尾写道——

人世间，其实有许多东西值得我们努力拼命去追寻，不过在我眼中，我企望盼求的只有一件，就是真挚的爱情，就是一个为我而生，也教我为他而活的伴侣。莫笑我无病呻吟，我真的感到有点儿病，只因至今还未见他出现。

疼我的人儿呀，你在何方？

尚小蝶读到最后，眼眶又有些湿润了，人这一辈子究竟什么才是最重要的？

又想起晚上尴尬的一幕。无法忘记双双的眼神，又意外、又失望、又愤怒、又忌妒，她知道一个女孩的感觉，但她不知该怎么解释，或者本来就不能解释，就像“蝴蝶公墓”的存在那样。

一年前，尚小蝶踏入S大校门时，第一个认识的人就是陆双双，第一眼就有种莫名其妙的亲切感，似乎早就相识。两个刚报到的新生什么都不懂，互相帮忙办完了所有事情。后来一个偶然的机会，才知道两人竟然同年同月同日生——这样的巧合是天注定，她们必然要成为最好的朋友。她们有许多共同的爱好，几乎无话不谈，经常并排坐在一块听课，一起去食堂吃饭，一起逛街买衣服。除了在不同的寝室睡觉外，两人简直形影不离，许多人私下传言她们有“拉拉”倾向。

不！她不能因为一个男人，而失去自己最好的朋友。

况且，庄秋水本来就是双双的男朋友。

夺走好朋友的男友，这是一件卑劣而阴险的事。换位思考一下，如果你最心爱的东西被你最信任、最亲近的人抢走了，你又会怎样？——每个女孩都可以理解这种心情的。

经过心底反复的拉锯战后，尚小蝶终于做出了选择。

她掏出手机，给庄秋水发了一条短信——

对不起，今天伤害到了双双。以后请你好好地待她，她是个很好的女孩。请不要再来找我了。

6月16日凌晨4点30分

尚小蝶睁开眼睛。

黑暗的女生寝室里，只有均匀的呼吸声，一阵浓郁的幽香传入鼻间。故事开头的感觉，似乎又隐隐地重现，脸上还有什么东西，她伸手轻轻拍了一下，感到空气在颤动。某个红色的东西从眼前掠过，她撑着身体起来，见到了那只暗夜里的蝴蝶。

美女与骷髅！

又是它——再度于凌晨造访，这回又要带她到哪个神秘所在？

小蝶跟着蝴蝶下床，走出寂静的女生寝室，楼道里那点红色的光闪烁着，难道“鬼美人”还有萤火虫的能力？

跟随蝴蝶走出寝室楼，漫步于黎明前的校园，走过空旷无人的小径，穿过学校花圃，迎面是红白相间的夹竹桃——又一次来到“幽灵小溪”。

尚小蝶已记不清这是第几次了，看着夜雾弥漫的一池绿水，想象某个人会从河底浮起。

身后有一阵阴冷的风，回头只见一个白色人影。影子越来越近，直到露出脸庞。

“白露？”

她叫出了室友的名字，虽然知道白露已死去快一周了。

黑夜里的白衣女子又走近几步，与尚小蝶面对着面。仔细端详幽灵苍白的脸——不，她看上去比白露更漂亮，眼神也更忧郁，她是谁？

小蝶念出了《诗经》里的一段话：“蒹葭苍苍，白露为霜。所谓伊人，在水一方。”

白露为霜！

不是白露，就是白霜。

对面的白衣女子给了她回应：“溯洄从之，道阻且长。溯游从之，宛在水中央。”

“你是白霜？”

小蝶叫出了这个只在视频里见过的、一年前就已化为幽灵的女子名字。

暗夜里的眼睛眨了一下：“是的，小蝶。”

“你也知道我的名字？”

白霜的嘴角迷人一笑：“我知道你的一切。”

她毕竟要大上几岁，刹那就将小蝶震慑住了：“你从哪里来？”

“蝴蝶公墓。”

“请带我去‘蝴蝶公墓’，请带我去发现秘密！”小蝶几乎是哀求的语气，“请你拯救我和庄秋水！”

白霜点点头：“请跟我来。”

说罢她转身沿着河岸向前走，穿过茂密的夹竹桃林，夜色正渐渐消退，白霜的脚步越来越快，可能是担心天快要亮了。小蝶沿着河岸走了许久，第一次感到“幽灵小溪”竟如此之长，不知不觉已走出S大范围。

“小溪”汇入一条更大的河，暗夜下河水缓缓流淌，四处是泥土的芬芳气味。两人沿着大河左拐，又走了很长的路，直到眼前出现高大的围墙。

子夜的墓地！

到处是散落碎裂的墓石，刻着暗淡的斯拉夫字母。她们走进一道幽深的门洞，头顶是蒙尘的玻璃，一弯新月如钩。门洞尽头是祭坛的照壁，夹竹桃在黑夜绽放，簇拥着一座巨大的坟冢。

“欢迎你来到蝴蝶公墓。”

墓碑刹那间倒下，坟墓上裂开一道大缝。

白霜指着墓穴口，柔声对小蝶说：“她在等你。”

这个“她”又是谁？

随即，白霜背上生出一对薄薄的翅膀，翩翩然飞上夜空，如蝴蝶融化在月光里。

尚小蝶闭上双眼，继续向前踏出一步，踩在坟墓的裂缝里。脚下一片虚空，整个人坠入无底深渊。她慌张地从坟墓里爬起来，身边有个巨大的棺木，棺材盖已经打开，里面躺着一个栩栩如生的女子——就是“她”。

伊莲娜！

是的，这个美丽的女子正躺在坟墓中，是梦境中的梦境，还是档案中的档案？就连小蝶自己也觉得虚幻了，此刻唯一真实的就是伊莲娜。

她就像睡着了一样，表情安详而甜美，嘴角还有某种微妙的笑意，柔和的眉毛配着鼻子，就连如雪如玉的皮肤下，也隐隐可见青色的毛细血管，还有那像被风吹散了一样铺开的头发——这是真正的亚麻色，一种最浅最浅的金色，也许她还有北欧人的血统——就像一朵颜色奇异的鲜花，绽开在她美丽的头顶。

永不凋谢……

尚小蝶忍不住伸出手，抚摩着伊莲娜的头发，竟真的如丝绸般光滑细腻，简直随时都可能融化掉。

突然，伊莲娜睁开了眼睛。

就在小蝶吓得要尖叫时，坟墓顶迅速合了起来，她被严严实实地关在了坟墓里。

坟墓里已黑暗到了极限，眼前一丝光线都没有。

一只冰凉的手，轻轻抓住了小蝶的脖子。

她尖叫着醒来——

头顶不是坟墓，而是寝室的天花板。窗外，晨曦已渐渐照亮了校园。

而在对面的床铺上，田巧儿厌恶地抬起头，又闭上眼睛继续睡觉了。

小蝶仍在女生寝室的上铺。

她艰难地支起身子，刚想要擦额头的汗，却感到手里抓着什么东西，低头看看却吓了一跳，原来手里正抓着一把头发。

——亚麻色的头发。

颤抖着摊开手心，这撮头发静静地躺着，在窗外射来的光线下，竟发出迷人耀眼的反光。

显然这不是自己的头发，更不是寝室里其他人的头发——室友只有曼丽染了部分红发，但绝对没有这种亚麻色。

她捡起一根发丝仔细看着，又长又细，光泽可人，对着光线看简直是半透明的。只有年轻女性才有这种头发，还带着一股淡淡的幽香，似乎随时都会活过来。

究竟是不是梦？

小蝶狠狠捏了自己一把，疼得几乎叫了出来——如果手里的头发不是梦的话，那么刚才所见的“白霜”，还有坟墓里的“伊莲娜”，也都不是梦了？！

低下头再看看这把亚麻色的秀发，这真是伊莲娜的头发吗？

赶紧把这缕头发包起来，就像水面上的波纹——

溯洄从之，道阻且长。溯游从之，宛在水中央。

6月16日上午9点20分

庄秋水又来到档案馆，这是跟表姐说好了的。

昨晚，收到来自尚小蝶的短信，说以后不要再见面了，心里七上八下的，不知该如何回应。只能低头看看台子上的卷宗，这是表姐千辛万苦找到的——1935年叶卡捷琳娜医院的血案。

由于这桩凶案相当复杂，当时的社会影响又非常大，卷宗足有几百页，全是密密麻麻的蝇头小楷，甚至夹杂许多外文。卷宗里有大量凶案现场照片，虽然已过去那么多年，这些黑白照片早已模糊不清，但那骇人的场面仍让人心惊肉跳——而"蝴蝶公墓"网站上的这些凶案照片，就是来源于此！

看着一张张死人的脸，好像他们随时会睁开眼睛，对庄秋水说出几个俄语单词。他赶快跳过这些照片，否则会成为一辈子的噩梦。怪不得后面的卷宗里，有一名年轻的办案警察，因为无法忍受现场的凶残景象，居然回家后就吞枪自杀了！

庄秋水还发现了本案唯一的证人——伊莲娜的口供记录。她是上海富商黎家没过门的媳妇，案发当天就被黎家派车接走了，此后警方只能到黎家对伊莲娜进行询问。家财万贯的黎家公子，请来最好的医生为伊莲娜治疗，两个月后才恢复了她的记忆。

伊莲娜恢复记忆后，警方立刻对她做了笔录，全部如实记录在卷宗里——

原来，惨遭不幸的叶卡捷琳娜医院，还隐藏着许多骇人听闻的秘密！

医院始建于1925年，原址是一座俄国东正教教堂，后来教堂毁于大火，只剩下一堵残破的高墙，还有教堂边的东正教墓地。1929年，卡申夫在丽江附近一个山谷发现了传说中的"鬼美人"蝴蝶，他捕捉了几对蝴蝶活体带回医院，从此沉迷于对蝴蝶的研究中。"鬼美人"翅膀上的鳞片有毒，饲养必须秘密而小心。卡申夫在医院后面辟出一个全封闭的小院，种植夹竹桃花。他用细网线做成天棚，把整个院子罩起来，每次进出都戴上特制的口罩和手套，穿着防护服保护全身。除卡申夫之外，只有伊莲娜进入过小院，"鬼美人"非常喜欢她，每当她"全副武装"穿着防护服进去，蝴蝶们就聚拢在她身边，把她当作它们的公主。"鬼美人"饲养极其成功，不断繁衍下一代。卡申夫神不知鬼不觉地封锁着消息，没有外人知道这个秘密。

医院里还有闹鬼传闻——有个年轻的女病人叫柳笆，她的父亲是白俄侨民，母亲是个中国人。柳笆患有严重的肺痨病，16岁就常住在医院了，案发遇害时仅有18岁。伊莲娜是柳笆唯一信赖的朋友，她发现柳笆有某种通灵的能力，也就是民间俗称的“阴阳眼”。

柳笆常说在半夜里，看到其他病房的某个病人的鬼魂闯入她的病房与她告别，第二天卡申夫院长才发现，那个病人果然已死于病床之上，而同屋的其他病人还浑然不知；还有一次，柳笆说有个瘦得只剩一把骨头的人，半夜走到她床边，说自己的妻子毒死了他，几个月后，白俄侨团破获一桩凶杀案，有个寡妇承认自己勾结奸夫毒杀了老公。而早在半年之前，受害者便已埋进了医院外的俄国墓地。柳笆这些不可思议的表现，使她成了医院里最孤独的人，没有一个病友敢和她说话，害怕自己也会被那些灵魂抓住，最后被送入窗外的墓地。

而柳笆最惊人的发现是：**医院外埋葬着一个吸血鬼！**

她几次说自己看到了吸血鬼，子夜0点后从墓地爬出来，穿着黑色的衣服，有一张俊俏白净的脸庞，步履轻盈地走过医院的走廊。他偶尔还会爬上外面的墙壁，到屋顶上长久地欣赏月光。伊莲娜也不太敢相信她的话，但有天中午柳笆带她来到墓地，发现了一块圆形的墓碑，上面还刻着死者的生卒年，居然是：**1428—1476**。

1428年出生，1476年死去？这个坟墓里竟埋葬着几百年前的吸血鬼？伊莲娜在口供里说，20世纪20年代有个罗马尼亚棺材运到这儿，因为罗马尼亚人与俄国人都信东正教，也可以埋在这个墓地。最后，伊莲娜也信了柳笆的话，晚上把自己关在房里不敢出门。

庄秋水的眼睛再也受不了了，这些蝇头小字仿佛变成了一个个黑色虫卵，随时都会孵出虫子来……

6月16日16点30分

今天是星期五，学生回家的日子。

尚小蝶收拾好东西，包括笛子和金铃子，还有那缕伊莲娜的头发，独自离开了学校。

天空已阴沉下来，她回到自家小区后门，这里种着一片夹竹桃林。

又是这些鲜艳的花朵，她深呼吸着绿叶与花蕾间的气息，回到12岁那年——还扎着羊角辫的她，为追逐一只黑色蝴蝶，一头钻进这片夹竹桃林。爸爸早就告诫过她，这些外表美丽的花朵，枝叶里蕴藏着毒液。树枝被她碰断，混浊的黏液从断枝流出，她这才慌不择路地乱跑，12岁娇小的身躯，在茂密的夹竹桃间穿梭。树丛下是另一个幽暗世界，她像森林中的小鹿逃避猎人的追捕……

忽然，衣兜里的金铃子响起来，打断了她的回忆。

上楼梯的步履异常沉重，她知道爸爸今天提前回家了，但她又害怕见到爸爸，在家门口停留两分钟，终于按响了门铃。

爸爸打开房门，看了她一眼便问："你找谁啊？"

没想到爸爸会这么说话，难道因为老师打过电话告状，气得不让女儿进门了吗？

"爸爸，是我啊！"

"你是——"

爸爸仔细盯着小蝶的脸，满眼都是狐疑的目光，忽而点头、忽而摇头，足足看了四五分钟。最后，他用充满怀疑的语气问道："你是小蝶？"

"当然啊，我是你的女儿，我叫尚小蝶！"

"我叫什么名字？"

没想到爸爸会问出如此愚蠢的问题，她简直要昏厥过去，立刻说出了爸爸的名字："爸爸，我只不过摘掉了眼镜，你就不认识我了？"

爸爸惊讶地点了点头："对，你是小蝶！你都变得我不认识了。"

小蝶总算回到了自己家，疲惫地在沙发上躺下："爸爸，我变难看了吗？"

"不不不！"爸爸连连摇头，"小蝶，你变漂亮了！老天啊，真是女大十八变，一个礼拜不见就完全变样了。刚才我开门的时候，还以为来了陌生人呢，心想这么好看的女孩，干吗敲我的门啊？"

"我真的变漂亮了吗？"

其实，尚小蝶完全没感到自己变漂亮了。

爸爸像是欣赏某个奇迹："你长高了，脸也瘦了许多！过去你脸上有雀斑和痘痘，现在已经少掉一大半了。对了，眼镜怎么摘掉了？你的眼睛又大又亮，也比过去好看了。"

"真的吗？"

小蝶立即照了照镜子，这几天脸上确实干净了许多。但因为天天都照镜子，所以也没感觉有太大的变化。而爸爸隔了一个星期才见到她，自然感到差别很大了。

本来爸爸还想好好教训女儿一顿，但看到女儿变化如此之大，也完全没有训她的心思了。他笑着说去超市买些好小菜，晚上父女俩好好吃一顿。

尚小蝶继续看着镜子里的自己，后退几步："你真的漂亮了吗？"

6月16日22点40分

"耶！"

庄秋水从沙发上跳了起来，千里之外的盖尔森基兴傲赴沙尔克体育场上，梅西为阿根廷队进了一个漂亮的球。比分令人瞠目结舌：阿根廷6：0塞黑。

这也是本周他唯一开心的瞬间。身为阿根廷球迷的庄秋水，坚信只有潘帕斯人才配得上世界杯冠军。

赢球的兴奋很快过去，他又想到了尚小蝶，还有那永远的禁区——蝴蝶公墓。

心里像压了块石头，特别是当他掉进"幽灵小溪"，又目睹河里捞上来的死人骨头——孟冰雨——去过"蝴蝶公墓"的下场！

如果他不会游泳呢？如果双脚被水草缠住了呢？恐惧地扑到镜子前，发觉自己这些天也变了，比过去更消瘦，显然是最近饭量大减又整夜失眠的结果。

镜子里嘴唇有些发紫，据说那是死人的特征。

妈妈回来了。

作为医院的护士长，经常这样早出晚归。余芬芳看到儿子的脸色不对，人也瘦了许多，急忙拉着儿子的手问："在学校发生什么事了？"

"没什么。"他从不想让父母为他担心。

"我知道你有心事！那个叫尚小蝶的女孩，后来怎么样了？"

“她没事了，第二天就退烧了。”

余芬芳已隐隐猜出儿子是因为小蝶的事情：“那女孩长得一点都不好看，她根本就不配你，我劝你趁早死了心！”

“妈妈，你完全误会了，而且，她现在也变了很多——”

他不敢说小蝶变漂亮了，怕引起妈妈更多的反感。

“不行，我不同意你和她交往！就算真是个美女，我也绝不允许！因为那女孩身上，有一股邪恶的东西——”余芬芳狠狠地说道，忽然眼前有些恍惚，一些碎片从脑子里呼啸而过，**“非常非常邪恶，而且极不干净！不能靠近她，绝对不能靠近她！”**

这段话让庄秋水听得目瞪口呆：“妈妈，你太让我失望了！你怎么会说这种话？小蝶到底犯了什么罪孽？”

余芬芳喘了口气：“很多事我都想彻底忘掉。但是，她让我想起了一段往事——”

脑子里的碎片飞得更快，不停地发出尖厉的叫声，如锯齿碾过记忆的身体，回到那雷电交加的雨夜。不，天上掉下来的不是雨点，而是一滴滴暗红色的血，混浊而黏稠……

1986年。

那年夏天，余芬芳的脸上还没有皱纹，庄秋水也才刚刚开始学说话。

现在，让我们称她为少妇余芬芳，在医院妇产科做助产士。两年前刚生完儿子，在休完漫长的产假和哺乳假后，她精神焕发地回到工作岗位上。

在即将分娩的几个孕妇里，有一个特别引人注目，余芬芳至今还记得那名字——祝蝶。

待产的孕妇大多体形臃肿，无论原本多么花容月貌，也都消失得无影无踪。但祝蝶仍然保持着美丽的面容，虽然体形已是标准的足月孕妇，可那张脸几乎能用完美来形容。她有一双大而明亮的眼睛，白皙的肤色近乎于半透明，头发还微微有些波浪，嘴唇竟还有些性感，很像当时流行的几个电影明星。就算挺着个大肚子走出去，依旧会吸引不少人的眼球。余芬芳见到祝蝶的时候，心里就隐隐有些不安，或许是因为她太漂亮，引起了同为女人的忌妒心？或者担心这么美丽的

事物，就像古老精美的越窑瓷器，很容易就会被打碎？

祝蝶的老公是个高大魁梧的男人，长得像电影《牧马人》里的朱时茂，据说还是在银行工作的，让周围的人很是羡慕。那个男人待她非常好，但她的性格却有些古怪，在医院里很少说话——其他孕妇都觉得她架子大，自以为是美女就瞧不起别人。但余芬芳细心观察，觉得祝蝶并不是故意摆架子，她的眼神常常流露出忧伤和恐惧。虽然，怀孕期的女人分娩之前，必然会产生紧张情绪，甚至会染上怀孕抑郁症，然而，余芬芳觉得祝蝶的恐惧并非因为怀孕本身，而是别的一些原因，但祝蝶从不肯把心事说出来。

祝蝶在医院里住了7天，最重要的日子终于来临了。那是个风雨交加的夜晚，医生决定为她接生。助产士余芬芳也做好了准备，心里却忐忑不安，早晨眼皮就一直在跳，再加上这吓人的天气——传说每逢这种雨夜，这家医院的太平间就会闹鬼。

余芬芳亲手把祝蝶推进产室，已经当妈妈的余芬芳很了解祝蝶的心情，在她耳边说了许多安慰的话。当时还未普及胎儿性别的预检，祝蝶夫妇也没去做过这类检查。余芬芳问她希望生男生女，祝蝶毫不犹豫地回答生女，好像她早已经确知似的。余芬芳又问她对女儿有什么期望，祝蝶摇了摇头说，活下来就可以了。余芬芳还没见到过这么悲观的孕妇，只能继续安慰鼓励着她。

终于开始分娩了。

起初还算很顺利，无论是预产期的时间还是白天的许多反应，都预兆着这将是一个顺产。羊水很快破裂，伴随着产妇的阵痛，胎儿向母体外的世界前进。余芬芳不停地指导着祝蝶，怎么运用呼吸、怎么减轻自己的疼痛，又怎么把胎儿顺产出来。

正当分娩进行到最关键的时刻，外面突然响起一声惊天动地的雷鸣，余芬芳也被吓得一哆嗦。

就在同一个瞬间，祝蝶开始大出血！

暗红色的血如黏液般流出，迅速把整张床单都浸湿了。医生手忙脚乱地指挥止血，余芬芳也被吓住了，那些暗红色的血带着一股腥臭味，气味几乎飘到外面的走廊里。在场所有的护士、医生都感到恶心，就连消毒口罩都挡不住——难以想象竟是从一个美丽如花的女子体内流出的。

身体里流出了那么多血，祝蝶的面色变得异常苍白，嘴唇也成了死人般的青紫色。她全身都在痉挛，呼吸急促而困难，看起来像要窒息。余芬芳手上全是鲜血，她只能换一副手套，紧紧抓着祝蝶的肩膀，对她耳语道："你要坚持住，医生会处理好一切的，你一定能挺过去的！"

然而，祝蝶自己都闻到了那股血腥味，她能感觉到混浊的血浆正从体内流出，也能听到医生近乎疯狂地大声指挥。她的眼睛始终盯着天花板，眼眶里似乎有热泪盈盈。余芬芳刹那也被感动了，她低头俯身抱着祝蝶的脖子，忍不住掉下了眼泪。

"我要死了。"

祝蝶轻轻地吐出气声，但余芬芳大声说："不，你不会死的！"

接下来，她仍在说着鼓励的话，但自己都不知道说了些什么。

又有个护士惨叫了一声，重重地晕倒在地。余芬芳回到医生旁边，她也惊呆了——在产妇体内流出的那些血浆里，竟有一堆半透明的小颗粒。这些颗粒就如鱼子般大小，一出来就被血液染红了。

余芬芳低头凑近了看，有几个颗粒爆裂了开来，爬出米虫般大的虫子——怪不得那个护士会晕倒。余芬芳的心脏也快裂开来了，她从没见过产妇会生出一堆虫卵！

没错，那一堆颗粒就是虫卵，虫子们正从卵中爬出来，然后快活地在血里游泳，吸收它们生命中的第一口营养。

医生也被吓呆了，手中的器械掉到地上，目瞪口呆地看着这惊奇的一幕。

余芬芳再回头看看祝蝶，却发现她双眼大睁着不动了。虽然呼吸还在，但瞳孔已经放大没有任何反应。含在祝蝶眼眶里的泪水终于溢出，两行热泪沿着脸颊滑落，打湿了余芬芳颤抖的手指。

祝蝶死了。

第一次——余芬芳第一次亲眼目睹产妇死在分娩台上，她捧着祝蝶的头，波浪般的长发从指间流过。

再回头看看产妇的肚子，依然胀得大大的，肚脐附近的皮肤还在抖动着。

是胎儿！是胎儿还在动！

余芬芳立即冲到医生旁边，用力摇了摇他的肩膀："快一点，把胎儿接生出来！”

妈妈死了，但胎儿还活着，只能剖开妈妈的肚子，把胎儿活生生地抢救出来。医生终于清醒过来，和余芬芳一同把死去的祝蝶抬上担架床。他们浑身是血地冲出产室，飞奔过狭窄的走廊，在外面焦急等候的丈夫吓傻了，他以为妻子还活着，伏在担架边和妻子的尸体说话。

余芬芳知道自己正和死神赛跑，她边跑边看着祝蝶的肚皮，那个生命正拼命地挣扎，随时都会被窒息在死亡的母体中。

几十米冲刺后，他们跑进一间空闲的手术室，把死去的母亲放到手术台上，余芬芳帮医生打开无影灯，医生拿出了手术工具消毒——死人是不需要麻醉的，便切开了祝蝶的肚皮。

他做过的剖宫产手术已经有上百个，但对死人实施剖宫还属空前绝后。小心翼翼打开母腹，终于看到了那可怜的孩子——就像个虫蛹蜷缩着，两只小手不停向上捣着，浑身覆盖着暗红色的黏稠鲜血。

医生颤抖着将孩子捧出来，这“血海”中的婴儿浑身发出红光，小小的躯体还不如个猫崽子。已经有其他护士赶了过来，端来热水和育婴箱等器物。余芬芳亲手剪断了脐带，擦干净孩子身上的血污，终于看清这是个女孩——祝蝶的预言没有错。

余芬芳的眼泪又掉了下来，真是个可怜的孩子，一出生就永远失去了母亲。

更可怜的是，这孩子长得像个怪胎！

她给孩子称了称体重，居然只有1.9公斤，等于三斤八两——只有早产儿才会这么小，必须送进育婴箱才能保命，但这孩子是足月生出来的啊。

这又瘦又小的孩子闭着眼睛，五官都扭曲到了一起，真是难看得够可以了。虽然新生儿大多肤色发红布满斑点，但这孩子的皮肤特别难看，说不清像哪一个人种。身上青一块紫一块的，简直就像个外星人。特别是胸口靠近肩膀的位置，有一大块明显的胎记，估计长大了会更厉害。

至此，余芬芳几乎可以下定论了：美丽的祝蝶生了一个小丑八怪女儿！

护士们看到这个小孩，没有一个不被吓得半死的，即便是接生了半辈子的老助产士，看到这小孩也直摇头说：“前世造孽啊，怎么会生出这么一个东西来！”

精疲力竭的医生走出手术室，迎面就被祝蝶的老公抓住了。医生不知道该怎

么解释，但又死活不让家属进去。他们在外面的走廊里扭打了起来，医生也疯了似的发泄出来，两个男人很快打得头破血流。

此刻，在寂静的手术室里，只剩下余芬芳一个活人。她回头看了看手术台，祝蝶依然孤独地横卧着，肚子被剖开一个大口，里面露出了各种器官，还有混浊发臭的血浆……

明亮的柔和无影灯下，祝蝶的脸庞依然美丽，天使般的鼻子和嘴唇，只是安静地永远不再说话。她的皮肤毫无血色，似乎浑身所有的血液都贡献给了产床和手术台。

她在死后成了母亲。

雷雨之夜。

余芬芳怔怔地看着祝蝶，看着她漂亮的脸蛋、残破的身体——突然，她再也控制不住自己，泪如雨下，泣不成声。

这是她最后一次做助产士。

虽然已过去了20年，但这幕恐怖的场景，余芬芳仍然记忆犹新。当年刚学走路的儿子，如今已长成了帅小伙，聆听着母亲对往事的回忆。

庄秋水听完已目瞪口呆了，许久才发出声音："这是……真的吗？"

"当然，每一个细节都是真的，虽然听起来不可思议。"余芬芳捂着胸口，唤醒痛苦的记忆令人筋疲力尽，"自从那次接生后，我主动要求调离妇产科，宁愿回到基层做普通护士，再也不干助产士了。那位医生也离开了我们医院，没过几年就得急病死了。至于那个孩子，一开始我们都以为她活不了，在育婴箱里几次差点死掉。不过算这孩子命大，最后竟活下来了，这大概也是祝蝶在天之灵对女儿的护佑吧。"

"她后来呢？"

余芬芳摇摇头："我都离开妇产科了，就更不会关心了。我希望永远都不要再见到她，我觉得她身上带有一股邪气，任何人沾上她都会倒大霉。就像她出生前后发生的那些事，全是超出我们常人想象的。总之，这个孩子的出生，是我一生中遇到过的最恐怖的事。"

"小时候，我常在半夜听到你说梦话，大概就是那件事情吧。"

"至少有10年的时间，我经常梦到那次接生，梦到祝蝶微笑着和我说话，感谢我救了她的女儿。同时，我也梦到了那个孩子，浑身都是污血，像个虫蛹。虽然接生只有几个小时，但这噩梦却会纠缠我大半辈子。"

庄秋水终于理解当年妈妈的噩梦了："这一切和尚小蝶有什么关系？"

"那天晚上在医院，我给那女孩换衣服时，发现她胸口有一块胎记——靠近肩膀的位置，看起来很大，是一种奇怪的图案，颜色又深又暗，非常丑陋。"

"难道说？"

"是的，我不会忘掉那个胎记的！20年来，她无数次出现在我的噩梦里，就是她！"

庄秋水的嘴唇变得更紫了："妈妈，你说尚小蝶就是当年你接生的那个孩子？"

"对！那天晚上，从看到她的第一眼起，我就心慌意乱起来，好像很久以前就见过她——那种感觉永远留在心里，无论她变成什么样子。从当年小猫一样的怪胎，变成20岁的大姑娘，我永远记得她的眼睛——她身上带着祝蝶的气味和灵魂！当我看到那个胎记，我更确信无疑，她就是20年前我亲手接生的那个孩子，是祝蝶死后生下的那个孩子！"

"所以，她叫尚小蝶？"庄秋水自言自语道，"但这不是她的罪过，生下来就没有了妈妈，她已经够可怜了！"

突然，余芬芳抓住儿子的肩膀，射出恐惧的目光："儿子，你一定要答应我，千万不要跟她来往！我早已经看出来了，你是因为她而心事重重，因为她而瘦了不少。"

"妈妈，我——"

"你哪根神经搭错了？她到底有什么好？长得那么难看，生下来就把她妈克死了。她从小长在残缺的家庭，整个人身上都透着邪气，谁碰上谁就会倒血霉！儿子啊，你脑子拎拎清楚好不好？你会把自己给毁了的！"

子夜0点，她的最后一句话声嘶力竭，几乎要把隔壁的老公吵醒了。

然而，庄秋水还是那副表情，装作若无其事地回答："说完了没有？我睡觉了。"

6月17日上午9点10分

尚小蝶梦见了妈妈。

妈妈躺在一张白色的床上，柔和的灯光照射着她的脸庞，四周却没有任何阴影。妈妈仍然是照片里的那张脸，年轻美丽、端庄动人，那双眼睛竟有些异域风情。她来到妈妈的身边，轻轻呼唤着妈妈。而妈妈也微笑地看着她，伸手抚摩女儿的鼻子、嘴唇、眉毛……

突然，鲜血从床底下流出来，洪水般四处漫延，整个屋子里都充满了血的气味，甚至把小蝶的脚踝都淹没了。她流着泪扑倒在妈妈身上，吻着妈妈的嘴唇。这时，她听到了妈妈的声音——

“妈妈永远爱你。”

从梦中醒来，睁开被泪水模糊的双眼，看着写字台上妈妈的相片。上午9点多，外面是阴天。小蝶爬起来喝了口水，温水经过喉咙进入身体，稍微好受了一些。但是，这永远都代替不了一样东西——母亲的乳汁。

她从没有吃过一口母乳，生出来只能喝米粥和牛奶。四五岁渐渐懂事时，还没有妈妈的概念！当看到别的孩子躺在妈妈怀中，别的爸爸与妻子、孩子共享天伦时，她便在笨拙的爸爸手中，抬起头茫然地看着爸爸，此刻爸爸的眼眶已然湿润。直到读小学才明白什么是妈妈，也渐渐知道了妈妈的死因——生她时的难产。小蝶觉得是自己杀死了妈妈，如果没有她来到这个世界上，妈妈一定还好好地活着吧。

那时她常对着镜子里的自己说：“凶手，你是凶手，杀死妈妈的凶手！”

后来爸爸还谈过几次女朋友，也跟小蝶说想再给她找个妈妈。但她执拗地拒绝那些女人，其中有几个还不错，温柔善良，真心愿意照顾小蝶。可在她心里，任何女人都比不上自己的妈妈——妈妈是独一无二的。

爸爸努力过好几次，最终还是放弃了，继续一个人带着女儿。没有妈妈的童年，就像没有泥土的树，她失去了许多孩子应有的欢乐，失去了自己生命中最重要的一部分。

尚小蝶曾经很喜欢熊天平的一首歌《火柴天堂》——

“每次点燃火柴微微光芒/看到希望看到梦想/看见天上的妈妈说话/她说你要勇敢你要坚强/不要害怕不要慌张/让你从此不必再流浪/妈妈牵着你的手回家/睡在温暖花开的天堂……”

继续，泪流满面。

她看着照片里的妈妈说——

“妈妈，我是你永远的宝贝，是你永恒的春天，我是你化身的蝶，我是小蝶。”

6月17日上午10点40分

庄秋水也醒了。

静静地躺在屋子里，想着昨晚妈妈说的那些话，对20年前往事的回忆，还有最严厉的警告……

从床上跳下来，看着镜子里的脸——苍白消瘦、嘴唇发紫，越来越有死人的预兆了？

原来小蝶是他的妈妈亲手接生的，这缘分倒真不浅。再仔细想想最近一周发生的事，他越来越看不清尚小蝶了，她那张脸似乎在不停变化，被“幽灵小溪”的薄雾掩盖。

手机收到一条短信，是陆双双发来的，请他晚上去酒吧看世界杯。庄秋水忐忑地回了一条短信，说自己最近比较累，想早点睡觉，晚上就不出来了。发完后有些内疚，他不想伤任何人的心，陆双双不会轻易放过他的。明天又该如何面对她们?

妈妈去医院上班了，爸爸起来和儿子一起吃早餐。自从几年前工厂倒闭，老爸就提前内退回家，他干了一辈子工人，离开工厂后失落了许多，人也一下子变老了。

爸爸严厉地问：“昨晚你妈回家后很不高兴，你哪里惹她生气了？你妈每天早出晚归工作，拼命挣钱供你读大学，你不要没良心哦。”

“我知道。”庄秋水低头吃着早餐，突然想到了什么，“爸爸，我想问问你工厂的事情。”

“工厂？那早就不是我的工厂啦，全都拆成了平地，还有什么好说的。”

“我是问工厂的过去，记得厂子后面有一片禁区，你还说绝对不能进去。”

爸爸迅速吃完了早餐：“是啊，就是那片围墙。现在连厂子都没了，告诉你也没啥关系。其实，那堵墙后面是墓地。1977年，我进厂时就听老师傅们说，那个墓地千万不能进，厂里也明文规定，严禁任何人进入墓地。后来才听说工厂闹鬼，特别是墓地附近的车间，常有半夜值班的说遇到了鬼。20世纪60年代，有两个年轻的工人因为好奇，大着胆子进了墓地，结果再也没出来过，厂长只能在中午太阳最旺的时候，亲自带领20个壮汉进入墓地——在一栋旧房子的门洞前，发现了那两个工人的尸体。”

“你害怕吗？”

爸爸苦笑了一下，回忆工厂里的岁月，是他如今做得最多的一件事：“年轻时，我也没感到过什么可怕，就是觉得夏天厂里的虫子特别多，经常随便走几步，就会踩死一只虫子，有时会钻到我的裤脚管里——直到十多年前的一天晚上，**我真的见到了鬼**。”

“什么？”最后一句话让庄秋水睁大了眼睛，“你见到鬼了？”

“对！那还是你读小学时，我偶尔会在厂里值夜班，防范有人进来偷原材料。那年冬天非常冷，半夜下起大雪，我实在冷得睡不着，就爬起来烧煤炉取暖。忽然，我看到值班室外掠过一个黑影，若在平时一定是看不到的，但那夜全都覆盖上了白雪，一个黑影经过特别显眼。我心想下着大雪的半夜，就算是贼也该歇息了——”

“难道是鬼？”庄秋水脱口而出。

“当时我就是这么想的！我拿了一根防身的铁棍，轻轻走出值班室。外面冻得要命，我一边走一边跳，用手电寻找雪地上的脚印。毕竟是在南方，地上的雪很容易就融化了，如果是鬼的话，自然也不可能有脚印。我快步向前走去，用手电扫视前头，雪夜里能看出去很远。绕过两个车间，手电终于照到了那个黑影。我飞奔着跑过去，不管是人是鬼都要看看。没想到那影子竟转到了围墙边，从一扇小门里进去了。”

“就是那个禁区？”

爸爸点了点头：“对，我亲眼看到那鬼影走进墓地，当时犹豫了一下，还是壮着胆子跟了进去。虽然是厂里严禁进入的地方，但我想我在保卫国家财产，万一什么东西被偷了呢？今晚由我值班，丢了东西是要负责任的，说不定还会怀疑我监守自盗，那就跳进黄浦江也洗不清了。要再说见到了鬼，就真成骗人的鬼话了。”

此刻，就像在听一个惊悚小说一般，庄秋水也把心提到了嗓子眼儿：“后来呢？”

“后来，我就跟着那个黑影。它也不快点跑掉，始终与我保持10米的距离。半夜里白雪覆盖的墓地，果然一片凄惨，我只能盯紧前面的家伙，一直跟到那栋老房子前，当中有个深深的门洞。墓地已经是禁区了，厂里胆子最大的人，也不过是站在墓地门口远看这房子。听解放前进厂的老师傅说，这墓地后面的房子，当年曾是个白俄医院。”

他焦急地催促着爸爸：“那黑影怎么了？”

“就在那个门洞口，它突然回过头来！我吓得倒在雪地上，只看到一张鬼似的面孔，两个眼球发出绿色的光，一只枯骨似的手伸出来——果然是鬼啊，我爬起来向回跑去，一口气跑出墓地，回到了值班室。我整晚都没睡，端着铁棍守了一夜。第二天清点仓库，还好一样都没有少。从此，就算扣奖金我也不半夜值班了。”

庄秋水也长出一口气：“爸爸，这个工厂在解放前就有了吧？”

“嗯，我们厂创建于20世纪40年代，属于旧上海一个民族资本家，老板姓黎，黎明的黎，当时叫‘黎记机器厂’。20世纪50年代搞了公私合营，老板全家移居香港了。”

庄秋水想起来了——在工厂后面的“蝴蝶公墓”里，墓碑上刻的俄文是“伊莲娜·LEE”，那个“LEE”就是坟墓主人的夫姓，也就是姓黎的中国商人。

他已推论出：白俄医生卡申夫死后，医院连同俄国人墓地都荒废了。富商黎家买下医院和墓地，还有周围的大片土地，盖起了“黎记机器厂”。同时，黎家又把俄国媳妇伊莲娜葬在医院里，并把墓地和医院都划为禁区，不准厂里的工人擅自进入。

老爸完全陷入回忆自言自语：“5年前，我们工厂被拆除前夕，当年的老板——黎家的后代还来厂里看过，是个五六十岁的香港老头。他也知道那片禁区，在保镖的陪同下进了墓地，听说还当场大哭了一场。”

“香港老头走进那老房子了吗？”

“没有，他在门洞前站了很久，但最后还是离开了。”

庄秋水也随爸爸长叹了一声：“大哭一场？是啊，每个人到那儿都需要大哭一场！”

但老爸并不知道，那墓地禁区里的旧医院，正是传说中的“蝴蝶公墓”。或许这么多年来，厂里所有的工人都不知道，“蝴蝶公墓”就在自己身边。

很多时候，费尽心机寻找了一辈子的东西，往往是唾手可得的。

那么，伊莲娜呢？

6月17日20点10分

吃好晚饭，尚小蝶小心地站到体重秤上，却发现指针只弹到46就不动了。

46公斤——92斤？

不可能！上周末在家里称体重，还有52公斤呢。一定是指针没归零吧，她跳下体重秤，重新校正了一下指针。

好，现在指针归零，应该最准确了。她又称了一次体重，指针依然停在46公斤上。

92斤，确定无疑！

小蝶静静地看着指针，指针随着她的颤抖而晃动，但始终徘徊在46上下，不动时正正好好46。

还是不敢相信自己的眼睛，走下体重秤，指针准确回到零位。她捂着嘴巴发不出声音，不知该高兴还是害怕——短短一周之内，就从52公斤降到46公斤，足足减掉了12斤肉。这要吃多少片减肥药、跳多少次减肥操才能办到啊！

她看着镜子里的自己，脸蛋瘦了不少，脖子也细了，还有头发——下午去了美容店，剪了个日韩风格的发型，发梢俏皮地卷在颈部，有点像《浪漫满屋》里的宋慧乔。

小蝶摸摸乌黑的发梢，戴上头套去洗澡。在浴室仔细看自己的身体，似乎每一寸肌肤都有变化，更白、更细腻、更有弹性，水流下光泽照人，应了那句“吹弹可破”的古语，就连每根手指都纤细如葱玉。

变化最大的是胸前的胎记，原本丑陋的形状分成了两瓣，颜色也更红、更亮了，夹杂着蓝色与金色，就像两片彩色的扇子。按理说胎记是终生不变的，怎么会变得那么快呢？就像人体彩绘。她用力搓了搓胸前，试试颜色会不会被擦掉，当然徒劳无功。

这胎记让她越来越害怕——本来难看的形状和颜色早就习惯了，但突然变成了这副样子，彩色的皮肤里隐隐有什么肮脏的东西，仿佛随时会生出一个怪物来，抑或恶兆？

换上睡衣回到房间，今晚正好有东方卫视的《加油！好男儿》，小蝶安静地坐下来看比赛。看完电视走到窗前，隔过玻璃看对面的楼房。在20米外的对面3楼，有个窗户几乎正对着她，却死气沉沉没有半点亮光。

几年前，那扇窗户每晚都亮着，她也几乎每晚都会眺望对面——总有个英俊的少年坐在窗前，或是埋头写作业，或是坐在电脑桌前上网，或是在夏夜仰望天上的星星。

尚小蝶知道他的名字，从初中到高中，他们都在同一所中学，但他比她高两个年级。每天清晨她都会在门口多等几分钟，直到他匆忙地从家里出来。然后他们就背着书包，一前一后走在小区里，总保持大约10米的距离。她只是默默地看着他，从不上前和他说话。甚至每当他回过头来时，她还会躲到一边。

他们坐同一班公交车上学、放学，那班公交车总是很空，一般都能坐到位子。但他们从未坐到一起，她总是相隔两三个乘客，悄悄地看着他。

校园里也常能见到他，她偷偷站在旁边，不知该进还是退。往往等到与他擦肩而过时，才想到要抬头让他看清自己的脸，然而他却早已走远，只把背影留给她。

曾经试过好几次，但就是没勇气和他说话。她知道自己长得不好看，从没男生注意过自己。同桌经常收到鲜花，她却连个破纸条都没收到过。至于那个男生，身边一定有很多女孩围着，也许从没意识到她的存在吧。

尽管，她就在他的身边，她就在他的对面——却从不在他的眼里。

尚小蝶从书包里拿出笛子，这也是妈妈留给她的唯一遗物。在初三和高一那两年，几乎每个夏天的晚上，她都会躲在这道窗帘后面，悄悄吹起这支古老的乐器。

她有一张邓丽君翻唱古诗词的CD，像《独上西楼》《胭脂泪》《一剪梅》《人面桃花》。她自己记谱用笛子吹出来，气流被笛管压缩，还原成音符飞进空中，传出去很远很远。透过窗帘的缝隙，可以看到对面窗户的男生。他也在窗边倾听，台灯照着他的额头，他闭着眼睛一言不发。笛声连同一个女孩的倾诉，正穿过两栋楼之间的距离，传递到他心底。

然而，他还是不知道她是谁。

高一前夕的暑期，小蝶随学校去了“东方绿舟”。在那萤火虫的夏夜，只因为这个男生，她悄悄跟着他来到草地。在一群少男少女里，她藏在最不起眼的角落。最后，他自告奋勇站起来，向大家说起了“蝴蝶公墓”——这也是她第一次听到这四个字。这个故事被一个女生的哭泣打断，大家纷纷离开时，尚小蝶本想要留下的，但犹豫许久还是跟别人走了，只留下他一个人站在星空下。

后来，听说他考入了S大，不久搬家离开了对面那栋楼。或许就因为这个缘故，尚小蝶才在高考第一志愿里填写了S大。

至于他的名字，你是否已猜到？

——庄秋水。

6月18日上午8点50分

这里不是蝴蝶公墓——明亮的天光照遍房间，尚小蝶正躺在自己的床上。

仍然保持蜷缩侧卧的姿态，像一只超大号的白色蚕蛹，皮肤上痒痒的，像什么东西出来了。她看了看自己的手臂，竟覆盖了一层灰白色，赶紧用力擦一擦，手指上沾了层薄薄的细丝，就像阳光下的尘埃。她才发现几乎每个毛孔，都在分泌白色的东西。有些像脸上的粉刺，但更白更细，像蜘蛛的丝——突然想到一个可怕的词：**蜘蛛女！**

不，不要！小蝶急忙跑进卫生间，打开莲蓬头又洗了个澡，把身上那些灰白的东西都洗干净了，皮肤竟如婴儿般红润。

爸爸出来做早餐，小蝶不敢把身体的变化告诉爸爸。忽然，她发现爸爸好像矮了很多，以往只能仰着头和爸爸说话，现在只要微微抬头就行了：“爸爸，你的背是不是弯了？”

“胡说，我直着呢。”爸爸挺直腰板看着女儿，“不，是你长高了！”

赶快拉着小蝶量身高，居然是1米68——半个月前还只有1米60！

长高了8厘米？父女俩都不敢相信自己的眼睛，168公分，92斤，标准的美女身材。

情不自禁地摸着双腿关节，想到前几天晚上的彻骨疼痛，或许那就是骨头生长的过程？

爸爸后退几步，终于享受到欣赏女儿美貌的机会，他为这一刻等了20年——

当他刚成为父亲时，正为失去妻子而痛哭，从护士手里接过刚抢救过来的女儿。他以为女儿应该和妈妈一样漂亮，是个可人的小天使，却没想到竟像怪胎般丑陋。在育婴房所有的婴儿里，他的女儿最难看，其他父母看到她，都纷纷皱起眉头。他甚至怀疑会不会是护士抱错了？他要求医院仔细核查，但医生确定别的孩子可能会抱错，但她绝不可能抱错——因为人人都知道这孩子长得非常怪异。

他把女儿抱回家，期望她会慢慢变好，最后像她妈妈那样如花似玉。但他等到女儿会走路时，那胎记反而越来越明显。女儿读小学时又长了一脸雀斑，除了那双眼睛，怎么看都没她妈妈的影子。小蝶进入青春期后，他算彻底死了心，女儿估计一辈子难看了，将来找老公都成了大问题！

此刻，压抑20年的奢望终成现实，他难掩心底的兴奋："小蝶，爸爸好高兴，你长得越来越像你妈妈了！"

"真的吗？"尚小蝶摸了摸自己的脸，像妈妈那样？这是她过去想都不敢想的事。

"当然。"爸爸也伸手轻抚她的脸颊，仿佛在摸一件绝美的艺术品，"过去你只有眼睛像妈妈，但现在无论是脸的轮廓、皮肤、鼻子、嘴唇，还是身材都像她，眼睛也越来越好看了，我好像又看到了你妈妈，看到她在你的身上复活。"

"妈妈在我身上复活？"

她又在心底默念了一遍，20年前就已死去的美丽灵魂，正在她的心底微笑。

小蝶抓住爸爸的手："告诉我妈妈的过去好吗？到现在为止，除了妈妈的名字和照片外，我对妈妈一无所知。"

爸爸的嘴唇有些发抖："你妈妈除了美丽之外，还非常聪明、温柔、善良，是个完美的妻子和母亲。对不起，多年来我一直没告诉你，你妈妈是个孤儿！所以你没有外公、外婆、舅舅、阿姨。她考上了S大，真有缘分啊，她的女儿也读了同一所大学。你妈妈学生物，毕业后分配进了昆虫研究所。”

终于，她说出了憋在心头好几天的问题：“在认识爸爸你以前，妈妈谈过男朋友吗？”

爸爸的表情明显变了，似乎想要回避：“小蝶，怎么问这种问题？”

“谈过——是不是？”女儿紧盯着他的眼睛，既执着又可怜。

爸爸难以面对她，紧张地起身徘徊几步：“你已经知道了？这是我们家的秘密：你妈妈在认识我前，曾经结过一次婚——但她只是领了结婚证，没有真正结婚。因为在婚礼前一天，那个男人神秘死去了。一年后你妈妈离开昆虫研究所，我才经人介绍认识了她。”

“既然领过结婚证，那男人就等于是她的丈夫了——这么说，妈妈还做过寡妇！”

爸爸苦笑一下：“可以这样说吧，这也是我身边所有人反对我和你妈妈结婚的原因。刚认识时，我不知道她的过去。后来她主动告诉了我，当时我也非常惊讶。但这不是她的错，我非常爱你妈妈。虽然我也反复几次打算断绝与你妈妈的关系——但我做不到，一天都不能不见到她。一年后我与她结婚，顶着周围所有人的压力，甚至与你爷爷、奶奶彻底闹翻。”

“怪不得家里没有你们的结婚照。”

“根本就没举行婚礼，领好结婚证就过日子，不久我们就有了你。你妈妈既温柔又善良，是个难得的好妻子。但她就是不喜欢笑，冷静而沉默，她的眼神总很奇怪，说不清什么感觉。但我知道她很坚强，很勇敢，才会赋予你以生命——”

他本想说“因为你的出生就是一个奇迹”，但话到嘴边又咽回去了。

小蝶还不满足：“妈妈还说过其他事情吗？比如那个神秘死去的男人。”

“不。”爸爸显然不愿意去提妈妈的“前夫”，“她连那个人的名字都没说过，只知道是昆虫研究所的同事，其他的我一概不知。”

尚小蝶还有最后一个酝酿了很久的问题：“妈妈提到过‘**蝴蝶公墓**’吗？”

爸爸立刻沉默了，脸上看不出一丝表情，半晌后只吐出一个字：

“没。”

6月18日16点50分

爸爸将尚小蝶送到公交车站。

他年轻时也是个帅哥，如今却未老先衰。虽然小蝶深爱着素未谋面的妈妈，但生命是爸爸、妈妈一同给予的，而担负起妈妈的责任将她抚养大的，是身边这个高大辛苦的男人。爸爸很伟大，可过去她从未想过这一点。她恨爸爸不能带给她完整的家庭，却又讨厌爸爸可能要再娶的女人。爸爸为她牺牲了一切……她第一次感到自己同样也亏欠着父亲。

公交车来了，爸爸将书包交到女儿手里。

上车前小蝶在他耳边轻声说：

“爸爸，我爱你。”

然后她跑上公交车，再回头看车站，车子已经启动，爸爸的身影渐渐远去，如雕塑般站在原地。很可惜，她没能看到爸爸的眼泪。

独自坐在车子的最后一排，她也有了想哭的感觉。这些天身体和心一样难过，除了关节和骨骼的疼痛外，胸口也总是隐隐作痛。不知回到学校后，同学们会怎么看她现在的样子？也会有人认不出来吗？

小蝶索性拿出MP3，戴上耳机安静地听着。耳中传来周杰伦的声音——

“繁华如三千东流水/我只取一瓢爱了解/只恋你化身的蝶/你发如雪凄美了离别/我焚香感动了谁/邀明月让回忆皎洁/爱在月光下完美……”

原来是《发如雪》，一直很喜欢方文山的歌词，尤其是刚才这一段。小蝶禁不住哼出了“**只恋你化身的蝶**”。

反复听着这首歌，直到公交车在S大门口停下。

小蝶背着书包跳下车，正好又看到那个人。她微微停了一下，让所有的迟疑都见鬼去吧：“喂，庄秋水！”

庄秋水回头瞪大了眼睛：“你怎么又变了？”

“我变了吗？”她摘下耳机，摸了摸自己的脸，发型的改变确实让人焕然一新，但她摇摇头，“我没变！”

“自从去过‘蝴蝶公墓’，每天看到你都是不同的样子。”

他盯着她摘去镜片的迷人双眼，又看着她长高了的婀娜身材，同时耳边响起妈妈的警告——**“非常非常邪恶，而且极不干净！不能靠近她，绝对不能靠近她！”**为这句话他与妈妈吵过架，但此刻看到尚小蝶，再回想起“蝴蝶公墓”，他就像动物掉在陷阱里一般茫然失措。

他只能转移话题：“哦，有件事要告诉你。上午，我查过‘蝴蝶公墓’网站的IP地址了。它的服务器挂在一个大网站底下，地址的申请人叫白霜。”

“居然真是她？”

其实她早已有这种思想准备，可白霜不是早就死了吗？不——前几日凌晨，白霜还出现在她面前。

“‘蝴蝶公墓’网站的创建时间是2005年4月。”

“也就是白霜出事前一个月！可能她在去年4月就去过那里了，但为什么在一个月后，又一次去那个地方，还在半夜拦下孟冰雨他们的车呢？”

“我也感到很奇怪，网站里那么多内容从哪儿来的？也许白霜也去过档案馆，查到了许多珍贵资料。但一年多来总该有人维护啊？难道她的幽灵还在网络的服务器里？”

“你害怕了？”

庄秋水心底又响起妈妈的警告，还有20年前的故事——那浑身血污、长满斑点的小怪胎，正亭亭玉立地站在他面前。

“是的，我害怕，非常害怕，害怕‘蝴蝶公墓’，也害怕你尚小蝶！”

最后一句话让小蝶措手不及，她双脚微微晃了晃说：“对不起。”

然而，庄秋水鼓足勇气看着她的眼睛说：**“知道吗？你真的变漂亮了！”**

小蝶不敢听这句话，兔子一样转身跑开了。但她的心却仍像乌龟般慢慢爬行，并不时回头看看走过的路和经过的人。

6月18日20点10分

尚小蝶来到学校剧场。

10分钟前，她在寝室接到孙子楚的电话，关照她务必来参加排练。这是最后一次彩排，明晚就要面对全校公演。台下坐了几十个学生，所有舞美、灯光就和公演一样。

她一进来就被孙子楚看到了，他眯起眼睛盯着这个美女学生，疑惑地问：“喂，同学，你确定没有走错吗？”

她羞涩地摇了摇头：“我没走错，我叫尚小蝶。”

“你就是尚小蝶？”

他记得她身材没有这么高，还戴着一副厚厚的眼镜，留着个最老土的傻瓜头，脸上还有些雀斑和粉刺……

天哪，好像换了一个人！孙子楚赞叹道：“哎，让你去跑龙套实在太浪费了！”

小蝶别扭地走进后台，穿上戏服成了魏晋时代的小仙女，可能为竹林七贤跳过舞，抑或服侍过不为五斗米折腰的陶渊明，才让他有了桃花源的灵感。

忽然身后走过另一个古装女子，小蝶惊慌地转过头，看到了陆双双的眼睛。

“你怎么又来了？”双双冷冷地问道，“是啊，今晚的男主角是庄秋水。”

“请不要误会，我和秋水之间没什么的。如果有不开心的话，也请原谅我好吗？双双，不管你怎么想，也不管你怎么对我，我始终把你当作最好的朋友。”

“最好的朋友？还好意思说得出口。说实话，过去你长得一点也不好看，没有人会喜欢你。我因为可怜你，才把你当作好朋友。但现在你变成了另一个人，我必须承认，你已经比我漂亮多了！”

小蝶低头捂住自己的脸，眼鼻都被泪水塞住了：“对不起。”

“真虚伪！”陆双双没有饶恕她，又劈头盖脸地大骂了她一通，怒气冲天地走出更衣室。

原来美丽未必全是幸福，有时也会带来泪水。

“尚小蝶！你还在里面磨蹭什么？”孙子楚在外头吼了起来。

小蝶来不及擦眼泪，赶快冲上舞台，迎面站着“梁山伯”——青色书生服的庄秋水，他一把就抓住了小蝶。她不敢看庄秋水的眼睛，只能转头看着台下。

座位上的男生一阵骚动，互相问哪儿来的漂亮女孩？居然只是跑龙套？曼丽和她男友也来了，那男生凝视着舞台上的小蝶：“真漂亮啊！”曼丽马上狠狠捏了他的大腿。

第一幕是男女主角上场。田巧儿的发挥完全失常，总把眼角余光瞟向尚小蝶。孙子楚不时打断他们，几次把田巧儿拉到旁边大说一通。

第二幕剧本做了修改，跑龙套的小蝶上场了。她步履蹒跚地走了几圈，没想到却赢得台下一片喝彩。

第三幕“十八相送”。最后，在“祝英台”说“我家有个小九妹”时，台词全都忘光了，只能乱说了一通韩剧式的话，搞得台下一片讥笑，孙子楚已忍耐很久，终于大喝一声打断了田巧儿的“表演”，整个剧场立时鸦雀无声。

“你到后台去换衣服吧。”

“干什么？”

孙子楚冷静地说：“从今天起，你不再是祝英台了，你只能做一个观众。”

“不——”田巧儿这才意识到，导演居然要把她换掉了，她大声哀求，“对不起，我今天心情很不好，影响了我的发挥。但我保证会好好表演的，明天一定会演好的。”

“没有明天了！从第一天起，我就对你很不满意，你的表演太虚伪做作了，我给过你很多次机会，也希望你能演好这个角色——但我错了，你天生就不是演戏的料。”

“别，孙老师，求求你了！”

孙子楚也有些犹豫，该不该说这些很重的话？但最好让她断了表演的念头，免得将来误人子弟：“好了，回寝室去吧，别再指望上舞台了。”

她面色铁青地看看庄秋水和尚小蝶，再瞪着台下那些看笑话的家伙。这是“校花”最难堪的时刻，羞耻像刀一样刻在脸上，又深深地刺进心窝。就在她转身向后台走去时，听到孙子楚大声说：“尚小蝶，现在由你顶替她演祝英台！”

田巧儿愤怒地回过头来，小蝶尴尬地躲避她的目光。尚小蝶完全傻了，没想到“祝英台”居然落到了自己头上，她仿佛正面临一项恐怖的任务，赶紧摇头说：“我不会演戏。”

“谁都不是天生的演员，我也不需要专业表演，只要用心去表现角色。你的气质非常好，放在古代就是天生的祝英台。”孙子楚以异常强烈的肯定语气，走近她跟前鼓励道，“尚小蝶，你可以演好的，我相信你！去后台换衣服吧。”

她不能抗拒孙子楚，只能像机器人一样接受指令走向后台。庄秋水和陆双双都惊讶地看着舞台上巨大的变化——这才是真正的戏剧性。

尚小蝶来到更衣室前，正好碰到田巧儿冲出来。她低头闪到一边，田巧儿狠狠地说："恭喜你现在是祝英台了！"

"我也没有想到，我——"

"别说了！一切都是你处心积虑谋划的吧，上次来参加排练就居心叵测，这回干脆是烧香的赶走了和尚，算你厉害！"田巧儿冲出后台，回头狠狠地说，**"我会报复的，走着瞧！"**

下一幕是"楼台会"，祝英台要恢复女儿装了。小蝶看着这套"祝英台"的小姐服，犹豫一下还是穿了起来，她不敢看镜子里的"祝英台"，便迅速跑回到舞台上。

看台下一阵骚动，几个胆大的男生打起呼哨——眼前的古装女子太美了，她的眼神、她的脸庞、她的身段，还有漂亮的古代小姐衣裙，粉红色里透着俏皮，活脱脱就是一个祝英台再世！

第四幕："楼台会"。梁山伯偷偷来找祝英台，他们在楼台秘密相会。孙子楚先让尚小蝶背几段台词，又让人在旁边准备了提示板。庄秋水来到小蝶跟前，自从认识她的两周来，几乎每天都发现她在变化，从一个不起眼的灰姑娘变成人人瞩目的美丽公主，现在又成了1000多年前的祝英台。眼前的人真是尚小蝶吗？她就是祝英台？抑或是灵魂附体？既然英台已近在眼前，那么他也应该变成山伯了。

尚小蝶把台词倒背如流，似乎这身戏服里蕴含某种力量，让她瞬间已不再是自己，或变成了前世的那个自己，而她的肢体语言和表情，也仿佛不是表演，而就是她自己的倾诉。

她在向"梁山伯"倾诉，也是在向庄秋水倾诉。

台下响起一片掌声，孙子楚许久才回过味来，努力抑制激动的心情——这种感觉他寻找了多年，此刻终于应验。

第五幕："婚变"。舞台被分割成两部分，同时展现祝英台出嫁和梁山伯之死。"马文才"再度上场，"银心"也上来服侍小姐。尽管双双心里极不乐意，也只能咬牙坚持。

第六幕是大结局"化蝶"，也是大家最熟悉的段落。祝英台出嫁路经梁山伯之墓，坟墓突然裂开，她纵身跳入墓中，然后墓里飞出一对蝴蝶。

小蝶成了舞台上最耀眼的明星，所有人都被她倾倒，台下掌声响成了一片。

孙子楚也恢复了自信，忘了自己老师的身份，与每个演员击掌相庆，预祝明晚表演成功。

在后台换好衣服以后，庄秋水就在舞台旁边等着小蝶，却看到孙子楚从斜刺里出来。

孙子楚拦在她身前说：“你表演得很棒！谢谢你。”

“哦，我也不知道。”小蝶羞涩地低下头，挨批评似的回答，“好像不是我在表演。”

“这说明你有明星的气质，明晚一定要好好演，你会成功的。”就当她转身要走时，孙子楚又说了一句，“我批过你的考卷了。”

小蝶一下子紧张了：“我……我没有不及格吧？”

“怎么会呢？你考得非常好，全班最高的92分！”

她不敢相信自己的耳朵，考试前完全没复习，答题时也纯粹凭感觉，选择题几乎就是猜谜，能有60分就谢天谢地了。

孙子楚继续说：“论述题里有一道‘**庄周梦蝶**’，你答得相当好！”

她这才想了起来，好像还写有《蝴蝶秘谱》和“鬼美人”——糟糕，怎么会把这个写到考卷上？这种歪门邪道的东西，不被倒扣分才怪呢。她只能解释道：“我在图书馆偶然看到一篇论文，是关于《蝴蝶秘谱》的研究，作者叫白霜。”

躲在后面的庄秋水已悄然离开了剧场。

“白霜？那个读中文的硕士生？3年前我给她上过课的，聪明又古怪的女生，可惜去年车祸死了。”

小蝶不敢说“我知道”，只能唯唯诺诺地点点头。

“你说庄周梦蝶是梦到了‘鬼美人’？”孙子楚诡异地笑起来，“我还是第一次听到这个说法，真是很有想象力！我很佩服你，呵呵！”

“这不是想象！”她也不知哪根神经搭错了，像是在反击孙子楚。

“那你有什么根据？是‘鬼美人’吗？你见过它？”

“我见过，就在——”小蝶的脑子突然一片空白，居然愚蠢地说了出来，**“蝴蝶公墓！”**

孙子楚被“蝴蝶公墓”震慑住了，呆呆地站着，表情异常复杂。

这时小蝶清醒了过来，后悔地摇头：“不，我什么都没说过，什么都没说过……”

尚小蝶飞快地跑出去，孙子楚目送着她消失，心底仍然在默念着那四个字——**蝴蝶公墓**。

6月18日21点50分

尚小蝶奔回了寝室。

3个室友都在屋里，但表情都很怪。田巧儿冷笑着坐在铺上，昨日的校花今夜仿佛成了巫婆；宋优并没有缺胳膊断腿，只是额头上擦着红药水，悠闲地跷着二郎腿，装模作样地拿起一本英语书；只有曼丽表情紧张，看着小蝶进来就有些害怕，退缩到床铺一角。

当小蝶走过宋优身边时，耳边吹过一道凉风，像刀子割碎了她的肉。她发现上铺有些零乱，立即爬上去仔细检查一遍，拿出带回来的笛子，还有她的金铃子，目光在塑料盒子上定住了，金铃子已变成了一团肉酱!

这可怜的小虫子刚魂归西天，体内的黏液四溅，明显是被人活活拍死的!

一股愤怒与悲伤之气立时直冲她的头顶，又散发到整个房间里。

“是谁干的？！”

她轻轻地问道，不像在责问嫌疑犯，倒像在哀悼受害者。

对面铺上的田巧儿，正以挑衅似的目光看着她。是的，她刚说过会报复小蝶的。

宋优也冷冷地盯着她，同时发出冷笑。宋优一直都讨厌金铃子，嫌这虫子早上打扰她睡懒觉，常因此与小蝶吵架。

现在，她们的愿望都满足了，她们确实报复了尚小蝶。

眼泪掉了下来，坠落在金铃子残破的尸体上，一些细细的残肢漂浮起来。

这小虫子朝朝暮暮都陪伴着她，经常被揣在衣袋里到处走，它是最最贴近尚小蝶的一个生命——或者，是尚小蝶生命的一部分。

她一边掉着眼泪，一边扫视着她的室友，幽幽地说：

“你们都会遭报应的！”

3个室友面面相觑，只能装聋作哑当什么事都没发生。

尚小蝶摇着头冲出寝室，但很快又折了回来，拿起铺上的笛子，还有死去的金铃子再度离去。

黑夜的女生寝室，寂静像幽灵笼罩着3个女生。

在小蝶离开好儿分钟后，曼丽才第一个说话了："她真的生气了。"

"哼，我也早就生气了！"宋优装出一副满不在乎的样子，"这个小虫子，每天早上都搞得我睡不好觉，我早就想弄死它了。现在终于能够安静了，多好啊。"

曼丽还在担心："可毕竟是个生命，再说小蝶这么喜欢它。我们是不是太过分了？"

"是尚小蝶自己活该！"说话的是田巧儿，"谁让她太嚣张了？活该她倒霉！"

她说完爬下铺，匆匆上厕所去了。

楼道里只亮着几盏幽幽的灯，田巧儿摸索着进厕所，脑袋一阵发涨。她刚经历了这辈子最倒霉的一夜，明天要成为全班的笑柄了吧？更恐惧的是，"校花"大概也会被尚小蝶夺走吧？一切都是尚小蝶的罪过！天知道她是怎么变漂亮的！到底是做了整容手术？还是其他什么原因？真和"蝴蝶公墓"有关？

胡思乱想着上完厕所，忽然小腿痒痒的。田巧儿搔了搔，异样的感觉又传到大腿。不对，有什么东西在爬。她吓得浑身发抖，又不敢在厕所喊出来。手上还有什么在爬，借助走廊里微弱的光芒，才看清那是一只小蟑螂！她急忙把蟑螂甩在地上，但还有很多六条腿的小家伙，不亦乐乎地抱着美女大腿。突然，几只大蟑螂飞到了她头上。于是，惨叫声惊动了整个寝室楼。

宋优和曼丽也听到了叫声，却不敢走出去，害怕黑暗的楼道里藏着什么。那凄凉的叫声越来越近，一直冲破了寝室房门，她们都吓得跳到了床铺上。田巧儿冲了进来，拼命扑打身上的蟑螂。曼丽和宋优一起帮忙，手忙脚乱地赶走了这些小家伙。

当她们惊魂未定地喘气时，曼丽轻声说："这就是尚小蝶说的报应吗？"

6月18日22点10分

月光明媚。

尚小蝶一手抓着妈妈留下来的笛子，一手捧着金铃子的盒子（棺材），飞奔在夜晚的校园里。路灯下树影婆娑，没人注意到这个女生的眼泪融化在撩人的夜风中。她不知道自己要去哪里，只知道离寝室越远越好。她要带着心爱的虫子的尸体，宛如玛格丽特带着爱人的头颅，去黑夜的深处埋葬。

忽然，发现周围已没有半个人影，就连灯光也看不见，只有满地的花盆和葡萄架。原来是学校的花圃，再往前就是“幽灵小溪”。

故事从这里开始，但不会在这里结束——除了金铃子的生命。

摸着夜路走向绿色的小河，就算那真有无数幽灵，她也不会再害怕。穿过夜色中的夹竹桃，花朵在黑暗中孤独绽放，多年来无人赏识她们的艳美，似乎只为等待今晚尚小蝶的光临。

走到荒草萋萋的河岸，月光洒在绿色的河面上，倒也有奇异的光影。一周前，她被一只“鬼美人”蝴蝶指引到此，并在草丛里发现了孟冰雨的书包，从此踏上了前往“蝴蝶公墓”的路途，改变了自己的身体和灵魂。不到一周前，她又与庄秋水一同坠入这冰凉的河里，几乎淹死在混浊幽深的河底，却发现了那具一年前的死尸。

如今，她又一次来到“幽灵小溪”边，只为埋葬她生命的另一部分。

小蝶跪在草地上，双手挖开一小块泥土，把金铃子埋了进去，让它在这条暗绿色的小河边安息吧。或许，过几天它就会分解成泥土和颗粒，与草地下的河水融为一体。

深呼吸一口，从草地上站起来，将笛子吹孔放到唇边，缓缓吐出气流。

夜半笛声。

气流旋转着冲出音孔，变作五颜六色的音符，迅即响遍整个河岸。又掠过混浊的绿色水面，穿过摇曳的夹竹桃花，直上三万尺，抵达月明星稀的云霄。

吸气——呼气——吸气——呼气——

心和笛管一同颤抖，为刚埋葬的金铃子而哀悼。许多幽灵也浮出水面，或悲伤、或痛苦、或后悔，全都被笛声所惊醒，又被旋律所沉醉。它们聚拢在小蝶身边，一个个手拉着手、肩靠着肩。有多少河底沉冤未申？又有多少载殉难痴情未诉？今夜又将有一个冤魂埋进大地，成为它们中的一员。

尚小蝶的笛声，不但惊动了“幽灵小溪”里的居民，也悠悠扬扬飘出很远，像当年的夏夜跨越无数建筑，穿破所有茂密的树丛，一直递送到某个人的心底。

那个人确实听到了——数百米之外，他正忧郁地徘徊在S大足球场边，忽然隐隐听到夜空里传来的声音。

瞬间，庄秋水的心被勾了一下，停下脚步侧耳倾听。那声音虽然微弱，传递到心里却异常清晰。

排练结束后，眼前一直浮现着舞台上的“祝英台”——尚小蝶穿汉服的样子太美了。不知孙子楚又跟她说了什么，她回寝室了吗……越想越烦躁，索性半夜来到足球场，绕着球场慢跑。

他已捕捉到方向，循着声音向前走去。他仔细琢磨旋律，是中国竹笛的声音，在夜里传出去很远——这曲子听起来是那么熟悉，曾伴他度过了两年的暑假。

离声音越来越近，那是勾起庄秋水魂魄的声音，阔别几年再度袭来——刘家昌作曲的《独上西楼》，被邓丽君的声音演绎过的李后主的词。高二、高三的暑假，几乎每个傍晚都会听到这支曲子，从对面大楼某个窗户传来。他趴在窗口凝望对面，始终找不到那吹笛子的人。只能静静倾听仲夏夜里奇妙的旋律，带着一些相思，又是满怀的愁绪，不知吹给哪双耳朵听？笛声成为他每晚必听的节目，他也从这些笛声里，认识了许多好听的曲子。唯独不认识的，是对面隐藏在黑暗中的人。

后来庄秋水搬家了，再也没听到过这笛声。一度很怀念夏夜的伴奏，冥冥中又有种预感，似乎还会与这声音再相逢。

是的，他正与往事重逢。

笛声已越来越近，变成了又一首邓丽君的歌《在水一方》：**“绿草苍苍/白雾茫茫/有位佳人/在水一方。”**同样也是当年对面楼房传来的笛声。

庄秋水来到学校花圃，再往前就是“幽灵小溪”，笛声正从前方弥漫的河雾中传来。

莫非是幽灵在吹笛子？

但他已无法抗拒这声音的诱惑，即便沉没到河底也要看清那个人的面目！

继续循着声音找下去，穿过一片黑暗中的夹竹桃花，他看到了月光下的女子。

吹笛子的“祝英台”？

他轻轻走到她身后，月光从河面上折射过来，眼睛在黑夜里被微微灼伤。

笛声幽幽。

“祝英台”转过头来，看到了“梁山伯”的眼睛。

骤然间笛声中断，“幽灵小溪”又恢复了死寂，只有夹竹桃仍然静静地开放。

他也看到了她的眼睛。

他已等待了她3年，在茫茫人海寻找了她3年。他不知道她的名字，不知道她长什么样，只知道她曾在他的对面，每夜吹响那诱人的笛声。

原来……原来……她居然就是……

那个名字在喉咙酝酿着，却无法说出口。他只能傻傻地看着她的眼睛，这双曾隐藏在对面大楼窗帘后的眼睛。

某一首歌从心底悠悠传来：**“若不是你渴望眼睛/若不是我救赎心情/在千山万水人海相遇/喔原来你也在这里……”**

“原来你也在这里！”尚小蝶喃喃地说出这句话。

庄秋水点点头，接过她手中的笛子，他是她忠实的听众，她是他的尚小蝶。

“是的，我也在这里。谢谢你，我终于知道你是谁了……”

他总算说出了话，嘴角刚笑一下，立时变成了眼泪。

记忆的迷宫一旦打开，所有的宝藏都跳了出来——那个为他吹笛子的少女，每天清晨跟在他后面去上学的少女，每次坐公交车都与他保持距离的少女，每当走过校园都会擦肩而过的少女——他当然记得她，记得这个被所有人遗忘的她。

只是到今天才明白，这个少女曾经——或者依然暗恋着他。

也许是前世的注定，从她的出生就定下了缘分——是他的妈妈亲手接生了她，又是阴差阳错的安排，她从小就是他的邻居，悄悄暗恋他又不为人知，为他吹奏笛声又隐藏在帘后。如今，他们共同走进了“蝴蝶公墓”，又由这支笛子牵线，相会在子夜的“幽灵小溪”。

夹竹桃也为他们的重逢而怒放，至于诅咒是否来临已不再重要。

眼泪，轻轻坠落在肩头，湿热渗入最深最深的心窝。

“幽灵小溪”泛起微微涟漪……

月光明媚。

生命的第四层

蝶

6月19日上午7点40分

她飞起来了。

晨曦里弥漫着清香，四周开遍奇花异草，天空却是深深的山谷。她的身体很轻很轻，全身腾空在花朵上，背后生出一对硕大的翅膀。她发现自己竟多了一双手，从两肋间生出来。现在她有四只手、两条腿，背后有对翅膀，头发变成长长的触须，眼睛化成无数个小小的眼泡。全身的美丽都集中在翅膀上，那鲜艳的斑纹上闪烁着鳞片，宛如舞会中央的女王。身下停留着残破的蛹壳，她已是破茧的飞龙，翱翔在林泉鸟鸣的山谷间。大自然为她歌唱、为她倾倒，宇宙浓缩成了一枝桃花。她已忘了是做梦变成蝴蝶，还是蝴蝶做梦变成了她。

尚小蝶睁开眼睛。

这回却不是蜷缩如蛹的姿势，而是双手张开展翅欲飞，身体似乎轻了很多，离天花板越来越近。她宁愿自己本就是蝴蝶。而这20年来的人生，不过是蝴蝶做的一场梦。

上午8点的寝室，3个室友在熟睡。她的心还停留在昨天子夜，“幽灵小溪”边的笛声唤来了他——庄秋水终于明白了，当年一直暗恋着他的人，就是眼前的尚小蝶。

喜悦还是悲伤？或是带着泪花的笑容？刹那间感受到了很多很多，但彼时彼刻所有的话都是多余的，目光已能沟通一切。后来，庄秋水与她离开小河，一直送到寝室楼下才道别。

虽然，她的外表已完全变成另一个人，但心还是半个月前的那个尚小蝶，那个每夜在窗帘后吹笛子的尚小蝶，那个每天跟在他身后上学的尚小蝶。

她是上帝恩赐给他的礼物。

尚小蝶悄悄爬下铺，推开房门去洗漱间了。

星期一，洗漱间里只有她一个人。刷牙时抬起头，脸庞刹那凝固在镜子上，看着自己惊讶而瞪大的眼睛——所有的雀斑和粉刺都没了，整张脸变得更光滑干净，竟如琥珀般发出半透明的光泽。她摸摸自己的鼻子，还有眼睑和睫毛，都和过去不一样了。

抹掉嘴上的牙膏沫，小蝶微微晃动脸庞，看着镜中美丽的女子，轻声问道：“你是谁？”

一个名字从心底升起。

是的，她早已熟悉了这张脸，在写字台上陪伴了她多年，那张镶嵌在相框里的年轻的脸。

爸爸说得没错，她越来越像妈妈——就是这张妈妈当年的照片，如今已Photoshop成了彩色，复制粘贴在尚小蝶的脸上。

“妈妈……妈妈……”

她轻抚着镜子，似乎妈妈就躲在镜子后面。

尚小蝶突然抽泣起来：“一切都是你安排的吗？二十多年前，你也去过那个地方是不是？你想要获得重生，想要重回这个人世！”

瞬间，眼前的镜子变成了一堵墙，周围全都陷入傍晚的昏暗，身边已再不是女生寝室楼，而是那神秘禁区的门洞之内——时光倒流了7天，她又一次闯入“蝴蝶公墓”，在野草与荒风之间，一堵高墙正凄凉矗立。

她痴情地抚摩着这堵墙，冰凉而粗糙的墙壁上，布满了古老的缝隙。就像抵达长途跋涉的终点，悲喜交集，泪流满面。于是，她按照耶路撒冷“哭墙”的习惯，在一张白纸上写下了心底的愿望——

丑小鸭变成白天鹅。

她将心愿卷成一张纸条，塞进了这堵“哭墙”的墙缝里。

然后，尚小蝶走进了“蝴蝶公墓”……

在经历了梦与死的挣扎后，她又从美丽女子的墓碑前醒来，被庄秋水救出了墓地。

现在，已过去了整整7天，塞进“哭墙”的心愿终于实现——

丑小鸭变成了白天鹅。

那堵古老的高墙又变成镜子，映照出一个美丽女子的脸庞。

她回到了女生寝室楼，早上寂静的洗漱间里，但人生从此已彻底改变。

胸口剧烈起伏，浑身的毛孔依然不舒服，尚小蝶擦干眼泪跑向浴室。仰起头任凭水流冲刷脸庞，这张全新的脸已不可能再融化，水花高高弹起，绽开在缭绕的蒸气间。

双腿、腰肢、手臂、脖子都与过去不同，甚至骨头也长了8厘米。这是“哭墙”愿望的最终实现？还是某个更大灾难来临前的厄兆？只有热水麻醉着她的身体，只当是做了一个既美丽又恐惧的梦。

洗了半个多小时，前天精心修剪的发型也给洗掉了。小蝶光着身子来到更衣室，看着那锈迹斑斑的落地镜。

忽然，一只蝴蝶飞到了她胸前。

她用手拍了拍胸口，但蝴蝶仍然一动不动地停着。

会不会给拍死了？她又低头仔细看了看，才发现那根本不是一只活着的蝴蝶，而是她胸前的那块胎记。

从尚小蝶出生那天起，这块胎记就陪伴着她，它丑陋的颜色与形状曾让接生的护士认为她是个怪胎。从小就不敢让别人看到这块胎记，每当被旁人发现就会羞愧难当。仿佛这丑陋的印记是她的原罪，或是前世欠下的天大罪孽，终于在现世得到了报应。

但最近这7天来，胸前这块耻辱的胎记，也随身体其他部分一同变化。如今蜕变为漂亮的蝴蝶，展开一双鲜艳夺目的翅膀，停在她雪白粉嫩的酥胸肌肤上。

蝴蝶胎记。

或许，这块胎记本来就是一只蝴蝶。

6月19日上午9点30分

尚小蝶准时踏进课堂。

上课的仍然是孙子楚，而学生们开始骚动起来，纷纷交头接耳道：“喂，这个人是尚小蝶吗？我怎么不记得她长这个样啊？”

（咋舌音）“是啊，怎么变成大美女了？哎呀，真是当今世上难得一见的美女！”

“天哪，田巧儿也没她这样漂亮啊！”

“绝对可以去参加选美了。”

“《红楼梦》选秀请她去就成了。”

“太奇怪了！一个礼拜前她还是个恐龙，现在摇身一变成美眉了？不会……不会是去做整容手术了吧？”

她立时成了整个教室的焦点，所有学生都回头看她，也包括陆双双、田巧儿、宋优和曼丽，每个人都有不同的表情。有人惊讶、有人爱慕、有人崇拜、有人尖叫，也有人不屑、有人忌妒、有人骂娘——“整容的小妖精！”

“肃静！”孙子楚把目光从她身上收回来，拍着台子说，“开始上课！”

小蝶坐在不起眼的角落里，但仍然有许多目光盯着她，她只能尽量把头低下来，不去听别人的闲话和议论。

孙子楚在讲台上侃侃而谈，从早期的牛郎织女、七仙女董永说起，接着到最有名的那个故事：“最早出于初唐梁载言的《十道四蕃志》。晚唐的《宣室志》记载了故事全貌，名为《义妇冢》。”

他用文言文念出“梁祝”最古老的版本——

英台，上虞祝氏女，伪为男装游学，与会稽梁山伯者同肄业。祝先归，二年，山伯访之，方知其为女子，告其父母求聘，而祝已字马氏子矣。山伯后为鄞令，病死，葬鄮城西。祝适马氏，舟过墓所，风涛不能进。问知有山伯墓。祝登号恸，地忽自裂陷，祝氏遂并埋焉。晋丞相谢安奏表其墓曰：义妇冢。

尚小蝶却想到了白霜那篇文章，《蝴蝶秘谱》是魏晋时代文人必读之秘籍，而“梁祝”故事又发生在那时，甚至惊动了大名鼎鼎“东山再起”的谢安。说不定梁祝同窗求学时，他们都读过《蝴蝶秘谱》。而正是这本“鬼美人”的千古奇书，凑合起了梁祝间绝唱的爱情？所以，在后世的梁祝故事里，人们才会在结尾安排坟墓裂开，两人魂魄化作一对翩翩的蝴蝶！

梁山伯与祝英台化身的蝴蝶，是去自由的天地间，寻找最浪漫的庄周，寻找“蝴蝶公墓”去了吧。

下课后，本想去找陆双双说话。但双双飞快地冲了出去，显然在躲避尚小蝶。其他同学经过小蝶身边都会停下来，几个男生还主动与她说话，她只是害羞地敷衍几句。

有个胆大的女生，悄悄在她耳边问："WOW，你能不能把你整容医生的电话告诉我，我也要像你这样去做一下。"

小蝶哭笑不得地逃出教室，迎面过来一个男生，篮球场上的小胖子——那天玩"真心话大冒险"游戏，被迫给她打电话说"我爱你"的家伙。这小子恬不知耻地走到她面前说："小蝶，还记得上次我给你打电话吗？当时我说的完全是心里话。"

看到他那副认真的表情，小蝶心底更加不屑："谢谢你上次的电话，还是这辈子第一次有人对我说那三个字——但是，也让我说句心里话：我讨厌你！很讨厌！明白了吗？"

还没等对方的脸沉下来，她就蹦蹦跳跳地离开了。周围还站着几个男生，纷纷给小蝶让开一条道，敬畏地看着她走过。

忽然，她有些渴望庄秋水的臂弯，今晚他要变成"梁山伯"，在舞台上和她的"祝英台"演对手戏。

正好看到墙上的考试成绩。虽然孙子楚说她考了92分，但其他几门课考试时脑子都一团空白，只能祈祷不开红灯了。

然而，尚小蝶万万没想到，她所有功课都在90分以上，竟是全班的第一名。

不会搞错名字了吧？宋优的成绩写到她身上去了？这时宋优也过来了，她向来都是考第一名的，这次分数却全部落到了小蝶后面。

两人一起去找老师证实，结果没错——老师也很意外，平时小蝶一直在中游徘徊，这次却突飞猛进成了第一，而宋优则屈居第二了。

宋优再也沉不住气："WOW，你已经代替巧儿成为'校花'了，还想代替我成为高才生第一名吗？"

"我，我不是故意的。"

"你用了某种阴险手段吧——为什么样样都要第一？第一对你有什么好处？昨晚你已经报复了田巧儿，今晚又想报复谁？人不能太嚣张，你会付出代价的！"

尚小蝶怔怔地站在原地，品味着最后几个字：**代价**？

6月19日中午12点50分

中午，田巧儿来到食堂。

清晨做了个噩梦，无数蟑螂和虫子爬过来，密密麻麻地钻进衣服，钻进她的毛孔里。领头的就是那只金铃子，爬到她耳朵里不停鸣叫，直至耳膜震破，鲜血顺着粉腮流下……

上午在教室，发现所有的目光都转向了小蝶，她心里又酸又气，但碍于面子又不敢发作。她害怕这花容月貌很快会逝去，“校花”的皇冠被自己最瞧不起的人取而代之。

正当她出神时，同病相怜的陆双双，独自端着餐盘走过来问：“巧儿，你恨尚小蝶吗？”

“是的，你也是吗？”田巧儿嘴唇都有些发抖了，“你的庄秋水也被她抢走了——怪不得昨晚排练时，庄秋水看她的眼神就不对。这个尚小蝶真不简单。不过男生都是一副德行，看到漂亮女孩就喜新厌旧了！”

双双无奈地摇头：“我把她当最好的朋友，没有我的话，她在这个学校连说话的人都没有！她现在却恩将仇报，抢走了我的男朋友，没想到她是这种卑鄙的小人。”

“但最奇怪的是，上个礼拜她还那么难看，现在却突然变得漂亮了？”

“难道……是因为……**蝴蝶公墓？**”

“蝴蝶公墓？”田巧儿几乎要抓住双双的肩膀，她想起昨晚发现的笔记簿。

哎呀！双双意识到自己说漏嘴了。不过，既然已和尚小蝶闹翻了，那也无所谓了：“我告诉你——尚小蝶去过‘蝴蝶公墓’！”

“真的假的？”田巧儿嘴唇颤抖，“不是传说那个地方是不能去的吗？”

“是啊，还是我让庄秋水把她救出来的。”

“庄秋水也去过‘蝴蝶公墓’？”

双双也感到了紧张，停顿片刻说：“尚小蝶从那里出来以后，脸上就有了变化，第二天雀斑和粉刺就开始减少了。”

“My god！你是说‘蝴蝶公墓’让她变漂亮了？”

“我不知道，但确实是去过那里之后，她的身体才开始有变化的。至少有一点可以肯定，她没做过整容！”

田巧儿低头不语了良久，目光渐渐锐利起来：“我曾经听白露说过，‘蝴蝶公墓’还藏着另一个秘密——**许愿墙**。”

“许愿墙？”其实双双早就听说过这个了。

“只要把心愿写在纸条上塞到‘蝴蝶公墓’的墙缝里，你的愿望不久就会实现！”

“难道尚小蝶也把愿望写进了墙里？”

田巧儿冷冷地点头：“我想这是唯一的解释！”

“那就是巫术了？太可怕了……那她还会报复我们吗？”

“今晚等着瞧吧！”

6月19日18点50分

下午，孙子楚把所有演员和灯光、舞美、道具等人喊到剧场，按照新的人选和方案，重新排练了一遍。小蝶也反复温习了所有段落，台词都能倒背如流。

公演就在今晚，她在食堂匆匆吃完晚饭，先赶回寝室拿点东西，写字台上几束鲜花跳入眼帘，全是热烈的红色。寝室里只有曼丽一个人，她噘着嘴说：“WOW，这些都是你的！”

“给我的鲜花？”小蝶从小到大还没收到过花呢！她像做梦一样摸了摸玫瑰花瓣，浓郁的香味直入鼻间，“谁送的啊？”

“好几个人呢，有我们班的男生，还有其他系的帅哥。”曼丽酸酸地抱怨道，“下午接连不断地送过来，我都成你的收发员了！”

花里夹着男生们写的字条，莫不是献殷勤之类的话。那些男生平时从不正眼瞧她，有的直到今天才记住她的名字。手机响了起来，原来是文学社团的学长，邀请她明晚参加社团聚会。虽然加入文学社快一年了，但从未请她参加过活动，今晚却唐突地打来电话，真是受宠若惊——她苦笑一下回绝了邀请，学长不停地说遗憾，直到小蝶挂断电话。

然后，她匆匆奔向学校剧场。

还有半个钟头，舞台剧《化蝶》就要正式公演。看台里坐进好几百人，各个系、各年级的学生，老师和学校领导，甚至有外请的专业导演和作家，搞得孙子楚也很紧张。

后台的化妆间，尚小蝶穿着一套书生服——妆已经化上去了，果然英姿飒爽，若不细看还真以为是俊俏的男生。最后看了一遍台词，捂着心口走出化妆间。

她深深吸了口气，有什么东西植入心里，渐渐覆盖了全身。踏上灯光明亮的舞台，面对台下黑压压的观众时，所有紧张一下子消失了。她的心变得透彻而淡定，似乎台下的人都不存在，就连舞台也变成了空旷的田野，山花正在四周开放，时间回到了公元5世纪——她是祝英台。

台下的目光也都聚集在了她身上。学生们纷纷交头接耳，互相询问这是哪个专业的学生？会不会是外请的专业演员？就连学校领导也频频点头，赞叹这演员太合适了！

第一幕，"梁山伯"与"祝英台"在山野中相遇。"梁山伯"见义勇为，救下了"祝英台"主仆二人。两人共赴书院读书。观众们与其说是在看戏，不如说是在看美女"祝英台"。

第二幕"寒窗苦读"。舞美把书院布置得很好，小蝶坐进这古代的课堂，好像又回到了大教室。"四九"和"银心"也都坐在主人们身边。

第三幕"十八相送"。在一群跑龙套的女孩子衬托下，"祝英台"和"梁山伯"一同离开书院。一路上互相倾诉衷肠。"梁山伯"当然不是白痴，早就知道了"祝英台"的女儿身，巧妙地打着机锋。这一幕台词最为有趣，小蝶背得很熟，与庄秋水两人妙语连珠，惹得台下不时响起掌声。

第四幕"楼台会"。尚小蝶已换回女装，活脱脱一个柔媚的祝英台小姐。在舞台上亭亭玉立，云鬓美目，顾盼流连，惹得台下一片惊叹！就连走路的姿势、手上的兰花指，还有含苞欲放的眼神，都酷似壁画里的古代佳人。台词也半文半白，更接近昆曲唱词，由小蝶嘴里说出来，好像古人穿梭时空，就连声调都变成了唐宋的平水韵。台下的老教授们不住称赞。

第五幕是凄惨的"婚变"。"祝英台"在舞台左边准备出嫁，"梁山伯"却在舞台右边奄奄一息。"马文才"来到"祝英台"身边，只看到新嫁娘幽怨的表情。而“四九”伤心地服侍着“梁山伯”，直至主人吐血而死。

最后一幕“化蝶”。“祝英台”戴着凤冠、披着霞帔，坐上出嫁的大花轿，路过一座荒凉的坟山。舞美用硬纸板做了一个简易坟墓，花轿突然在坟墓边停住，轿夫怎么走都动不了。新娘从轿里出来，缓缓走向孤独的坟墓。纸板做的墓碑上刻着“梁山伯之墓”。她痴痴地站在坟墓前，侧对着台下的观众，念出了哭坟的台词。

当那悲伤的旋律在舞台间响起，小蝶感到周遭灯光渐渐变暗，剧场的屋顶也变得透明了。她看到了昏暗的天空，狂风在高天上呼啸，脚下竟长出了枯黄的野草。再回头身后已没有了观众，只有荒凉原野上的一座孤坟。

“梁山伯”的坟墓，她深爱着的人的坟墓，她的青春与梦想的坟墓，一对翩翩蝴蝶的坟墓……

于是，她的眼泪，如最后的哀歌，珍珠般滑落下来。这既是“祝英台”的眼泪，也是尚小蝶的眼泪。既是伊莲娜的眼泪，也是祝蝶的眼泪。既是自己的眼泪，也是情人的眼泪。

偌大的剧场里鸦雀无声，所有观众的眼睛都盯着“祝英台”，穿着红色的新娘衣裳，面对“梁山伯”的坟墓泪眼涟涟。

此刻，所有的台词都已是多余。后台的孙子楚按下音响按钮，剧场里响起一首莫文蔚的歌《如果没有你》——

“hey我真的好想你/现在窗外面又开始下着雨/眼睛干干的有想哭的心情/不知道你现在到底在哪里/hey我真的好想你/太多的情绪没适当的表情/最想说的话我该从何说起/你是否也像我一样在想你/如果没有你没有过去/我不会有伤心/但是有如果还是要爱你/如果没有你我在哪里/又有什么可惜/反正一切来不及/反正没有了自己/hey我真的好想你/不知道你现在到底在哪里……”

幽怨婉转的歌声，伴着舞台上“祝英台”的眼泪，淹没了整个剧场。每个观众的心都浸泡在泪海中，点滴的记忆于脑海中浮现。童年的眼泪、少年的初恋、青年的失恋、中年的别恋、老年的昏恋……千百人的情绪与心灵，汇聚成一个巨大的网。

今夜，尚小蝶征服了所有人。

她的眼泪、她的眼神、她的忧伤，也征服了她自己。当音响里的歌声停止后，她自己也禁不住唱了起来——这是在“幽灵小溪”的水底听到过的歌，“蝴蝶公墓”墓碑上的美丽女子唱过的歌，无数次在她凌晨梦境中造访的歌，那是伊莲娜的歌。

孙子楚在后台打开最后一个按钮，“梁山伯”的坟墓从当中裂开，里面将要飞出一对纸做的蝴蝶。

坟墓打开的瞬间，全场人鸦雀无声地盯着台上——蝴蝶终于出现，如幽灵翩翩飞出坟墓。

然而，这两只蝴蝶并不是纸做的，而是两只真正活着的蝴蝶。

台下的观众感到很新奇，居然在舞台上弄出了两只真蝴蝶，纷纷热烈地鼓起掌来。后台的孙子楚则看傻了，从哪里出来的真蝴蝶？

离蝴蝶最近的人是尚小蝶，它们围绕着她上下翻飞，好像她就是山谷里的鲜花。两只蝴蝶的翅膀扑得很大，美丽的女子与森白的骷髅交相出现——**鬼美人！**

就连尚小蝶都感到不可思议了，这对蝴蝶居然是“鬼美人”！它们从“梁山伯”的坟墓里飞出，环绕着即将跃入坟墓的“祝英台”。

且不论是否真有梁祝的传奇，但这两只蝴蝶却是真真切切的——难道它们是从1500多年前飞来的？从梁山伯与祝英台的坟墓中飞来的？

最后，“鬼美人”停在了尚小蝶的脸颊上。

两只硕大鲜艳的蝴蝶，占据了这张美丽的脸庞，宛如画上了一层人体彩绘。

蝴蝶的亲吻让她昏昏欲仙，似乎整个身体又轻又飘，即将飞上月空云霄。

她看着台下的芸芸众生道——

“欢迎大家光临蝴蝶公墓！”

通过隐藏在衣服里的麦克风，这句话被播放到了整个剧场，钻进了所有人的耳膜和心窝。

刹那间，数百人的心跳同时加快，肾上腺素飞快地分泌释放，全是因为那四个字——

蝴蝶公墓。

剧场又一次死寂下来，只有尚小蝶一个人孤独地站着，陪伴着两只“鬼美人”。

后台的孙子楚也惊呆了，同样被吓到的还有庄秋水。台词里根本就没有“蝴蝶公墓”，不知道小蝶为何突然说起，孙子楚禁不住冲到舞台边，再看台下领导的面色，一个个都阴沉了下来，这下他这个导演要倒霉了。

尚小蝶还未从戏里出来，怔怔地走向台边，脸上还停留着那对蝴蝶。

孙子楚冲上去说："你怎么了？快把那蝴蝶赶走！"

突然，她脚下被什么东西绊倒了，整个人立即失去重心，从一米多高的台上摔了下来。

许多人尖叫起来，庄秋水也跳下了舞台。小蝶的头没有摔破，只是在地上痛苦地蜷缩着，鲜血正从鼻孔里汩汩地流出。

庄秋水着急地抱起小蝶，狠狠地回头望去——陆双双颤抖着后退了几步，原来绊倒小蝶的人就是她！

双双不知道自己是故意还是无意的，只是当小蝶走过她身边的时候，她的脚已经不听使唤，便偷偷伸出去绊倒了小蝶。

当她要逃回后台时，一群黑乎乎的大蟑螂飞到了她的脸上。双双尖叫着倒在地上，浑身上下扭起来，用力拍打着脸上的虫子。演员们都吓得四散逃窜，大蟑螂成群结队，像蝗虫一样密密麻麻飞过舞台。

剧场大乱起来，座位下爬出许多小蟑螂，女生们吓得纷纷尖叫；成千上万的苍蝇从天花板飞下，如乌云般遮盖了整个剧场；全校园的蚂蚁都把家搬来剧场了。老师们也难以控制局面，他们脱下衣服拍打着虫子，但面对黑压压的一大片简直是飞蛾扑火——飞蛾也来了，它们成群结队堵住出口，向许多人身上叮去。

庄秋水始终保护着小蝶，尽管身边布满了蟑螂与飞蛾，小蝶身上却一个虫子都没有，那对"鬼美人"也不知飞到哪儿去了。小蝶的伤势并不严重，只是出了些鼻血，很快就止住了，她躺在庄秋水怀里睁开眼睛，看到剧场里骚乱的局势，艰难地说："不，怎么会这样？"

庄秋水也不回答，只是抱着小蝶低头不语，在四处乱跑的人群中保护着她。

突然，剧场里所有灯都灭了，整个世界陷入一团漆黑，更多人尖叫起来，仿佛世界末日提前来到。有的人躲在黑暗中打手机求救，更有人索性钻进座位底下，好像屋顶要塌下来了。

救援的人终于来到，他们打开剧场大门，电工迅速启用备用电路，重新让剧场明亮起来。几分钟后，大部分人都逃出了剧场。

孙子楚惊魂未定地从后台爬起来，那些蟑螂、蛾子、臭虫都不见了。他蹒跚地走在舞台上，看着满目狼藉的剧场，心如刀割。公演几乎要完美地成功了，却不想最后发生了意外，捅出了这样大的娄子——这下他要完蛋了！

对了，尚小蝶到哪儿去了？她有没有摔伤？他前前后后找着小蝶，直到整个剧场里只剩下他一个人，宛如空空荡荡的坟墓，主人已化作蝴蝶逍遥远去……

6月19日21点50分

尚小蝶已回到了寝室。

十几分钟前，庄秋水保护她离开舞台，转到后台一个没人的角落，悄悄打开剧场后门——慌乱中谁也没想到这道后门，他扶着小蝶冲出剧场，逃离阿鼻地狱。

他一路上不敢说话，尽管心里有无数个疑问——那两只“鬼美人”是如何出现的？小蝶最后为何又说出了“蝴蝶公墓”？那么多昆虫又是从哪儿跑出来的？

来到寝室楼下，小蝶已经可以不用搀扶了。她意识到自己身上还穿着戏服，这身漂亮的古代红嫁衣，在黑夜里特别引人注目。

她摇着头说：“我想单独待一会儿。”

“不，我很担心你现在的样子。”

“我知道，刚才发生的事情，我全都看到了。”穿着新娘衣裳的小蝶抬起头，仿佛面对自己的新郎，“现在，请暂时离开我——你在我身边会有危险，因为你也去过蝴蝶公墓。”

虽然心底也充满着恐惧，但他仍坦然问道：“我不久就会死吗？”

小蝶没有回答，只是低下头沉默不语，此刻已没有必要再自欺欺人。

“好吧，照顾好自己，明天早上我来找你。”

庄秋水放开了她的肩膀，缓缓向后退去，月色下面孔越来越模糊。

“保重！”

小蝶嘴唇颤抖着点头，直到他的身影完全没入黑暗中。

回到寝室，3个室友还没回来。她脱下漂亮的红嫁衣，独自躺在上铺，眼睛看着虚空的天花板。刚才剧场里发生的事，似乎已投射到头顶，如电影幕墙又播映一遍……

这是恐怖片还是灾难片？

那么多人受到惊吓，他们都是无辜的学生和老师，他们与尚小蝶没关系，与“蝴蝶公墓”也没关系，为什么要让他们来承受？整桩事情怎么会发展到这一步？天哪，自己究竟做了些什么？

是的，她的愿望已经实现了，塞在“蝴蝶公墓”墙缝里的愿望——丑小鸭变成白天鹅。

然而，她也失去了很多。

她失去了自己最好的朋友、失去了室友的信任，最重要的是，她所深爱的人——庄秋水随时都可能因她而死。

凡是要在“蝴蝶公墓”里实现的心愿，都必须以生命做代价偿还吗？

美丽就像双刃的魔咒，正如刚才剧场里发生的一切，她身边所有的人都遭到了不幸。

不，这不是她想要的结果。

小蝶又一次打开笔记本电脑，上线登录“蝴蝶公墓”网站——第六度进入这神秘地带。

开头的“鬼美人”照旧鲜艳，穿过首页见识了“蝴蝶公墓地图”，又通过“黄泉九路”的路牌，进入神秘的地下甬道，打开大门欣赏伊莲娜和她的唱片，之后就是令人毛骨悚然的血案现场图片。

最后一张照片，是个忧郁的混血少女，她面色苍白地躺在地上。小蝶紧紧盯着屏幕，忽然感觉图片里有些异样。

照片里的少女睁开了眼睛。

天哪，难道这是GIF格式的图片？或者是一个Flash动画？

那少女不但睁开了眼睛，而且从地板上站了起来，张开嘴唇吐出一句清晰的话——

“尚小蝶，请跟我来。”

这声音并不是从电脑里传出的，而是来自小蝶身前两米处，幽幽的声响在房间内传递着。

尚小蝶放下笔记本电脑，才发现眼前正站着一个影子，再定睛一看正是照片里的少女。

她来了。

而手中的电脑也不见了，身下并不是温暖的床铺，而是冰凉的木地板。眼前是一条深深的走廊，散发着一股奇怪的气味。

这是哪里？

小蝶迷惑着向前走了几步，一直到混血少女的跟前，睁大着眼睛问：“你是谁？”

“柳芭。”

这是个俄国女孩的名字，说不清是中文还是俄文，少女抓住了她的手，竟是如此冰凉。

少女的脸白得吓人，如果不是死尸，至少也是严重的肺病患者。柳芭用流利的中国话说：“请跟我来。”

尚小蝶的手根本无法挣脱，半只胳膊都被冻僵了，被少女拉着走向走廊另一头。少女推开前面一道门，迎面出现一座狭窄的小桥，绿色的栏杆小巧玲珑，头顶一片月光倾泻而下。她仰起头看到了玻璃天棚，底下正是深深的门洞。

她记得这个地方——门洞里的“过街天桥”，这里是她造访过的“蝴蝶公墓”！

这栋古老房子的楼上，七十多年前的叶卡捷琳娜医院。

随着少女柳芭走上“天桥”，脚下的木板倒还算坚固，她战战兢兢地走过门洞，月光竟隐隐也有些血色。

穿过“天桥”，对面仍是黑暗的走廊，柳芭轻轻打开一扇房门，里面露出幽暗的烛光。她跟着柳芭走进房间里，这屋子装饰得温馨而洁净，一看就是年轻女子的闺房。

窗边正亭亭玉立着一个美人，她转身用半透明的眼睛注视着小蝶，微微点头致意。

亚麻色的头发。

尚小蝶看得清清楚楚，对方有一头亚麻色的头发，如瀑布般垂在香肩上。

就是这双眼睛，这张脸，这头秀发，这个女子。

她才是“蝴蝶公墓”的主人——**伊莲娜**。

不会再看错了，在网站里看过她的照片，在梦境中几度与她相对，还有那最后的墓碑。

此刻，这七十多年前的美丽女子，就活生生地站在她眼前。

“你是伊莲娜？”

小蝶终于忍不住问了出来。

“是的，欢迎你，尚小蝶。”

她以字正腔圆的国语回答她，红唇里露出一口雪白的牙齿。

“我怎么会到这里来的？这是一场梦吗？”

“也许，从‘鬼美人’造访你的那个清晨起，就是一场漫长的梦。”

“什么意思？”

尚小蝶本能地哆嗦了一下，却被伊莲娜冰凉的手搂住，亚麻色的长发在她鬓边摆动。美丽的俄罗斯女郎在她耳边道：“我知道你是从70年后来的。”

“这是哪里？是什么时候？”

少女柳笆微笑着说：“1935年9月18日——不，是19日凌晨。”

1935年9月19日。

“我‘穿越’了？”小蝶恐惧地摇摇头，“不，我还要回去，很多人都在等着我——还有我的庄秋水——我必须救他，救他……”

伊莲娜幽幽地说：“可怜的女孩，要救他只有一个办法。”

“什么？”

“回到蝴蝶公墓。”

这句话如超声波直接点入了尚小蝶的脑子。

回到蝴蝶公墓……回到蝴蝶公墓……回到蝴蝶公墓……

突然，柳笆神秘兮兮地说：“今夜，他将复活。”

“你说谁？”

“嘘——”牙齿间发出哆嗦的碰撞声，伊莲娜低声吟道，“他来了……”

房间里立刻鸦雀无声，3个女孩全都缩在了房间角落里。

1秒钟，10秒钟，60秒钟，那个声音渐渐从走廊里传来——“笃、笃、笃”……

接着，门外响起骇人的惨叫声，似乎还有鲜血喷溅之声。

这可怕的声音持续了几分钟，然后响起了利斧劈开房门声。

柳笆浑身战栗了起来，也紧紧靠在了小蝶身边。

因为铁刃劈开的正是她们的门。

终于，魔鬼闯进了房间。

她看到了他的脸。

6月20日上午7点20分

尚小蝶重新睁开眼睛。

1935年9月19日凌晨的“蝴蝶公墓”，变成了2006年6月20日清晨的S大女生寝室。

她还活着。

不知何时笔记本电脑已关了，耳边仍不停地回响着那句话——

回到蝴蝶公墓。

是的，这是她目前唯一的出路。

她确信这不是梦，而是真实经历的事。因为她看到自己的衣服上正染着一大片血迹。

小蝶把衣服脱下来，仔细检查自己的身体。全身没有一处伤口，肌肤如雪般完好无损。

那么，这些血迹是从哪儿来的？

柳笆——是这个混血少女的血？她已经死于70年那场凶案了吧。

请不要大惊小怪，在《蝴蝶公墓》的故事里，一切皆有可能！

尚小蝶从铺上爬下来，屋里只有她一个人，3个室友整晚都没回来，大概不敢与小蝶共处一室吧。

换上一身干净的运动装，把头发扎成马尾。她做好了一切准备工作，背包里放着手电筒、蛋糕、饼干和好几瓶水。

她要回到“蝴蝶公墓”。

走出房门时，又回头看了一眼寝室，不知能否再回到这里？

再见，朋友们。

清晨的楼道寂静一片，悄悄走出寝室楼，绿叶覆盖的小径上布满露水，她像远足的探险者，告别了S大校门。

坐上一辆公交车，路上颠簸了几十分钟，顺便把早餐也吃好了。她关掉了手机，这样不用担心庄秋水找她。路上又转了一班公交车，上午8点15分，她来到了经纬三路。

又赴黄泉路。

仰头看看天空，竟阴沉得像黄昏，乌云压在头顶，随时可能下雨。路边没多少行人，只有一辆辆大卡车轰鸣着开过。

一个多礼拜前，尚小蝶刚来过这里，路线早已牢记于心中，她很快找到了坐标——“黄泉九路”的路牌。然后向前笔直而去，驾轻就熟地穿过几条马路。

然而，她总觉得身后似乎有个影子，或有奇怪的脚步声响起，回头看看却什么都没有。

走到苏州河边，工厂侧门就在右手了。

1999号。

弯腰钻进铁栅栏，废弃的工厂依然寂静无声，烟囱孤独地矗立着，要被头顶的乌云压垮。阴凉的河风吹过荒草，看起来竟如黄绿色的波浪。

但她并没有注意到，在身后几十米处，还隐藏着一双眼睛。

小蝶穿着阿迪运动鞋，踩在布满瓦砾的野草垫上。再度回到这被遗忘的角落，感觉却与第一次截然不同。上次造访是神秘的探险，这一次却是为了解除魔咒——假设真的存在魔咒并可以解除的话。

视线尽头是高高的围墙，小蝶径直穿过野草地。小破门依然虚掩着，门里是几十年来的工厂禁区。虽然已是第二次，但她仍异常小心，踏进小门眺望了一下——

墓地。

依然是这片荒凉的墓地，满眼都是残破的墓碑，十字架断裂倒在地上，几处坟冢破开露出棺木。这是流亡的白俄人墓地，他们出生在遥远的欧亚平原，最终只能埋骨在这东方的异国他乡。这么多年无人前来祭扫，就连灵魂也被圈在这神秘禁区，连同枯骨永留地狱。

小蝶快步穿过墓地，来到最里面的那座坟墓，墓碑断裂倒在地上。她已知道这墓碑后埋的人——伊万·尼古拉耶维奇·卡申夫。

“卡申夫鬼美人凤蝶”就是以他的名字命名的，后面这座古老的房子，也曾是卡申夫工作过的地方。站在幽深的门洞前，像面对着远古的洞窟，另一个世界的风，呼啸着直扑到尚小蝶脸上。

最后的禁区——耳边又一次响起那些警告，但如今对她都已不起作用。

屏着呼吸走入门洞，头顶射下清澈的天光，在中央的玻璃天棚底下，是那绿色的“过街天桥”。栏杆上并没有任何人影，她继续向前，穿过门洞来到天井。

又一次来到这堵高墙前，高墙几乎要倾倒在她身上。心底莫名激动，就如上一次朝圣般的感觉。

这是她的耶路撒冷“哭墙”，让人在泪流满面之后，实现心底愿望的墙。

她快步冲上去抚摩墙壁，寻找上次塞进墙缝里的字条。然而，她再也找不到自己写的字条了，这堵墙壁像个贪婪的饕餮，吞噬了所有人的愿望。

是的，字条里的心愿不是已经实现了吗？从丑小鸭变成了白天鹅，再度拜访算是祈祷还愿吗？

不！小蝶剧烈地摇摇头，后退几步大声喊道：“我不会感谢你的！”

她的声音在空旷的废墟里回荡着，似乎连墓地里的死人都被惊醒了。

为了挽回庄秋水的生命，为了偿还她所亏欠的所有人，她宁愿失去已得到的一切。

这时，从某个地方传来了回声——

“你在地底潜伏/我在人间等候/你吐丝作茧自缚/我望眼欲穿孤独……”

又是那熟悉的旋律，伊莲娜动人的《蝴蝶公墓》单曲，穿越70年的光阴，自后面那栋老房子飘来……

是谁在歌唱？

歌声仍然在继续，她战栗着注视老房子。目光落到左边的小门上，旁边写着两个粗糙的汉字“女宿”。既然当年这房子是医院，“女宿”大概就是女病人的住处吧。

仅仅这两个奇特的汉字，就足以吸引她上去看看。她小心地走到门口，里面是几乎悬空的楼梯，看来快要腐烂掉了。栏杆上积满了多年的灰尘，台阶的灰尘却不多，好像还有其他人走过的样子。小蝶轻轻走上楼梯，最近体重轻了不少，这楼梯应该可以承受吧？

楼梯每踏一步都传来回声，伴着上面走廊里的歌声，她来到二楼的木地板上，迎面是道长长的走廊，这就是当年的女病房吗？不知道从哪儿投下了天光，照亮了两边紧闭的房门。

是哪里传出来的声音？她忽然高声喊道：

“伊莲娜！”

回答她的仍然只有歌声。

她一步步向前走去，走廊两头都沉浸在黑暗里，不知藏了什么。尚小蝶推开身边的房门——

陈旧腐烂的气味扑鼻而来，是多年前的药水味，几乎把眼泪都熏了下来。她躲在门外捂着鼻子，等到气味散掉一些，才敢小心地走进去。这房间空空如也，只有地板上散落着一些小东西。在布满灰尘的地上，有一盏破碎的煤油灯，还有些奇怪的玻璃瓶子，里面的液体早已挥发殆尽。

古老的歌声并未停止。窗户正对着墓地，站在窗边俯瞰墓园，可以想象当年病人们的绝望——病中的每天都面对坟墓，似乎自己随时也会被送进去。

从医院到坟墓——卡申夫真是一条龙服务了！

离开这间屋子，她打开第二扇房门。仍然是一间空房子，窗户面对着底下的坟墓，地板上什么东西都没留下，只有厚如地毯的灰尘。

突然，墙壁显出某种暗红色的印记，看上去就像孟冰雨书包的颜色——不，那是血迹！

许多年前留下来的血迹，呈喷射状飞溅到墙壁上。或许已过去许多年了，但那血迹就像油画颜料一样，深深渗入了墙体，永难磨灭。

墙角还能看到模糊的“血手印”，人的五根手指和手掌依稀可辨，这是死亡前最后的呼号。小蝶立即蒙起耳朵，整个屋子响起了那种声音，鲜血的喷溅、肉体的撕裂，还有最后的呻吟与诅咒……

幽灵们似乎正从墙壁里钻出来，带着鲜血扑向门前的小蝶——她赶紧退出了房间，转身逃进对面的房门。

突然，《蝴蝶公墓》的歌声戛然而止！

这间屋子里没有灰尘，也没有腐臭的气味，相反却闻到了一股淡淡的幽香。窗户正好对着厚重的“哭墙”。脚下的地板还算干净，屋里放着一张钢丝床，上面铺着一张草席子。还有一张古老的写字台、宽大的衣橱、椅子等老家具。

这正是昨晚她到过的房间！

伊莲娜的房间。

当她走到写字台跟前时，身后响起了奇怪的动静。心又一次提到了嗓子眼儿，尚小蝶飞快地转回头来，终于见到了那个鬼影。

鬼影就站在门口。

一身黑色的衣裙包裹着身体，看起来又瘦又小，宛如从地底爬出来的。小蝶的嘴唇颤抖起来，她第一次看到了那张脸。

头发被黑色的罩子盖着，额头布满深深的皱纹；脸上是深深的眼窝，两只眼珠居然是半透明的，如野兽般放射出精厉的目光；鼻子几乎是鹰钩状，脸颊瘦得只剩下一张皮，就像活动的骷髅；那张嘴唇也全是皱纹，裂成许多道缝隙，仿佛已被她自己吞噬了下去。

天哪，这是一张欧洲老妇人的脸。

刹那间，墓碑上的照片浮现脑中。尚小蝶激动地向她走去，难道是——

6月20日上午9点50分

在档案馆清冷的阅览室里，庄秋水困惑地揉了揉眼睛。

刚才给尚小蝶打了一个电话，却被告知“您拨打的用户已关机”。早上通过很多人找过小蝶，但都说没看到过她。

半个钟头前，档案馆的表姐打来电话，说凶案的卷宗里又有新的发现。庄秋水暂时搁下对小蝶的担心，匆匆赶到了档案馆。

1935年的惨案又有新的发现，其实是伊莲娜的口供几次反复。因为警长并不关心吸血鬼的故事，他最想知道的是：案发当晚究竟发生了什么？而伊莲娜几次推翻了自己说过的话，让警长甚为恼火，更怀疑伊莲娜作案的可能。

直到第七次记录，伊莲娜才道出了卡申夫的另一个秘密——他极力反对养女嫁给中国人，是出于不可告人的原因：他已离不开伊莲娜，从她美丽纯洁的少女时代起，卡申夫就变态地暗恋上了她，不仅垂涎于她的美貌，还希望永远占有这贵族之女，将她牢牢控制于股掌之中。卡申夫强迫她留在自己身边，把她囚禁在医院里。伊莲娜誓死不从，进行了激烈的反抗，终于从医院里逃出来。她和黎家公子私奔到法租界，举行了订婚仪式。木已成舟，卡申夫只能痛苦地默认，但要求伊莲娜在出嫁前，必须住在养父身边。

就在案发那天半夜，卡申夫突然发狂了，冲进伊莲娜的房间，告诉了养女一个秘密：就在昨天清晨，**卡申夫趁她熟睡的时候，给她注射了一种特殊的血清，这种血清里含有大量病毒，是卡申夫在实验室调配而成的，原料就是“鬼美人”蝴蝶**。

伊莲娜目瞪口呆，因为她深知“鬼美人”的毒性！而卡申夫在苏俄内战期间，就曾用红军的俘虏做过活体试验。丧心病狂的卡申夫，还要对养女施行不轨。伊莲娜拼命反抗，逃到其他病房。卡申夫拿起手术刀，刺死了一个病人，随后兽性大发逢人就杀，造成了这一夜的惨案。伊莲娜趁乱逃出来，藏在女厕所的角落，侥幸躲过了这场劫难。

至于卡申夫的死因，伊莲娜有自己的推理——真正杀死卡申夫的，就是以他的名字命名的“卡申夫鬼美人凤蝶”。她与“鬼美人”共同生活多年，了解这些蝴蝶的习性，只有“鬼美人”才能这样杀死一个人。这种蝴蝶绝非一般昆虫，而是社会性的动物，智商之高超乎想象。它们原来栖息在山谷中，是一切昆虫的首领，可以指挥任何虫子，是真正的“昆虫之王”。卡申夫常拿“鬼美人”做残酷的实验，蝴蝶们对他只有仇恨。

也许在案发的当晚，卡申夫在实验中犯了某个小错误，便被蝴蝶抓住机会，偷偷逃出实验室；发狂后的卡申夫先意图占有养女，然后就成了杀人恶魔，将18个无辜的病人全部杀害；最后他自己也死于蝴蝶的攻击，真是玩火者必自焚！只可惜那些病人为他陪葬了。

庄秋水又捏了一把汗，原来这“鬼美人”蝴蝶还这么厉害，上次看到它没有实施攻击，已算自己命大了吧？

表姐给他买了盒饭，就地解决了午餐。他又给小蝶打电话，但依然关机。情急之下只能打给陆双双，她却冷冷地回答：“我没见到过她，但你可以再去‘蝴蝶公墓’找她啊！”

午后，心烦意乱的庄秋水继续看档案。

根据1935年警方的调查报告，他们并不相信伊莲娜的话。警长认为她的口供荒诞不经，完全是推卸责任，隐瞒事实。尤其是关于吸血鬼的说法，更是坠入了怪力乱神的深渊。警长带人重新勘查了墓地，确实发现了刻着"1428—1476"的墓碑，警长命人挖开这个坟墓，发现棺材里居然躺着一具没有腐烂的尸体！他看上去和活人没有区别，有一张苍白英俊的脸，躺在坟墓中就像睡着了一样。警长自己也吓得毛骨悚然，难道这就是传说中白天躺在棺材里，晚上跑出来骗姑娘的吸血鬼？

在场的人都被吓坏了，凶案的灵异说法也迅速传遍全城。但警长仍不依不饶，又仔细检查了医院，却没有发现伊莲娜所说的"鬼美人"蝴蝶。本案的调查从此陷入困境，虽有伊莲娜的翔实供词，但仅有她一个人证不足以有效。

一年多后，嫁入豪门的伊莲娜难产而死，只留下了一个可怜的女婴。根据伊莲娜的遗书，丈夫将她葬在医院的后院。黎家买下医院包括墓地，以及周围大片农田和荒地，20世纪40年代在原址建起了一家机器厂。

本案唯一的目击证人死了，从此再无真相大白的可能。不久，警长本人也神秘死去，据说其喉咙里生出一个虫卵，导致气管堵塞窒息而死。1935年叶卡捷琳娜医院的惊天血案，就这样渐渐被人遗忘，尘封在档案馆的卷宗里，变成永远都难以解释的谜。

而伊莲娜静静地躺在坟墓里，直至它变成"蝴蝶公墓"……

6月20日上午9点55分

尚小蝶面对着鬼魂。

"蝴蝶公墓"的旧医院房子二楼，她站在神秘的屋子里，门口是个欧洲老妇人——裹着一身黑色的长纱，形容佝偻恐怖，宛如黑森林里的巫婆。

心底颤得厉害，她快步向门口走去，刚想问"你是谁"，老妇人就如魅影般飘了出去。

小蝶紧跟在后面，冲进昏暗的走廊，只见老妇人的脚全被黑袍盖着，看不出走路的样子。但老妇人移动异常迅速，小蝶大步奔过去竟还没追到。

忽然，走廊里亮起一道光线，面前出现了一座栏杆桥，头顶是玻璃天棚——

原来回到了门洞里，那道悬在半空的“过街天桥”。

老妇人飞快地穿过“天桥”，隐没在对面的黑暗之中。尚小蝶也踏上了这条“空中走廊”，脚下的木板嘎嘎作响，她只能伸手扶着左右的栏杆。

对面依然是条走廊，但几乎没有一丝光线。她掏出手电照了照里面，刚走几步就发现了分岔，迷宫般错综复杂。

大概这就是“男宿”了吧，再也看不到老妇人的鬼影，前头的走廊又黑又乱，地板上还有几个大洞，恐怕再往前走就要迷路了。

小蝶只能又退回来，走过“天桥”时低头看看下面，幽深的门洞如同地道。光线穿过布满尘埃的玻璃顶棚，瀑布般倾泻在她的头顶，仿佛刹那穿梭了时光。

她一步步向后退去，一直回到有钢丝床的那间屋子。

身上的背包让人气喘吁吁，索性脱下放到地上。她疲倦地坐在一张靠背椅子上——这椅子看起来也是古董。

写字台上有个墨水盒，还有支很老的钢笔，估计是很值钱的老牌子。她打开墨水盒摇了摇，发现里面的蓝墨水还没有干，钢笔居然还能写字。

尚小蝶缓缓拉开写字台的抽屉。第一个抽屉里全是杂物，看起来都是许多年前的东西，比如生锈的铁发夹、几乎掰不开的别针，还有完全叫不出名称的东西。

第二个抽屉里有本旧相册，黑色的皮质封面散发出一股淡淡的霉味。将相册放到台子上轻轻翻开，里面嵌着几张黑白照片。开头是个十几岁女孩的肖像照，略微卷曲的淡色头发，大而明亮的眼睛，配着薄薄的嘴唇，竟有些像少女版的妮可·基德曼。

下面一张是外景，刚才照片里的少女，正站在一道深深的门洞前，摆着妩媚动人的姿势，嘴角露出浅浅的笑。照片里作为背景的门洞，正是小蝶所处的这栋房子，大概是几十年前的医院吧。

第三张照片，却是在门洞里的“天桥”上拍的，少女和一个中年男子并排靠着栏杆，表情甜美宛如父女。那中年男子有着乌黑卷发，生着一张东欧人面孔，玻璃天棚射下的光线让他的眼神有些诡异——他就是医院的主人卡申夫？他和照片里的少女又是什么关系呢？

相册第二页，少女已成长为妙龄女郎，小蝶知道她的名字——伊莲娜。

翻过一页，照片的背景变成舞台，伊莲娜穿着一件蝴蝶图案的长袍在舞台中央翩翩起舞，嘴唇半张着像在唱歌，这就是《蝴蝶夫人》的剧照？

再下一页，照片变成了一对男女的合影。女的仍然是年轻美丽的伊莲娜，男的却是一个中国青年，穿着一身传统的长衫，戴着一副斯文的眼镜，有点徐志摩的派头。这也是相册的最后一页，后面就再也没有照片了。

把相册放回到抽屉里，她拉开了第三个抽屉。然而，这个抽屉里却什么都没有。

她又拉开了第四个抽屉，里面依然是空空如也。

接着，尚小蝶拉开了第五个，也是最后一个抽屉——

一阵黑色的烟雾喷涌而出，眼前幻化出一张美丽的脸庞，随即她闭上眼睛倒在了地上。

6月20日14点30分

S大女生寝室楼。

曼丽回来了，昨晚她也在学校剧场，和宋优一起看舞台剧。田巧儿却没有来，本来她应该是女主角，却突然被人替换，无论是谁都受不了。曼丽没想到尚小蝶演得那么好，最后却说出了“蝴蝶公墓”。又不知谁绊了她一下，成千上万的虫子飞出来，剧场里天下大乱。后来连灯光都灭了——蟑螂飞进剧场配电间，在变压器里烧成灰烬，整个剧场电路短路。曼丽和宋优吓得趴在座位下，耳边全是尖叫声，好不容易恢复灯光，才跟着大家逃出来。

她们整晚都不敢回寝室，断定是尚小蝶引来了虫子——可怕的蟑螂都是她的工具，或施展了某种特别的巫术，总之要报复身边所有的人。是啊，过去小蝶长得不好看，大家都忽视她、欺负她；现在她变得漂亮了，有了各种各样的本领，她身边的人都要倒霉了吧。

但此刻尚小蝶早已没有踪影。

突然，有人拍了拍她的肩膀，曼丽吓得几乎摔倒。幸好有几只手托住了她。原来是她的室友宋优和田巧儿，还有小蝶曾经的好友——陆双双。

“哎呀，是你们啊，可把我给吓死了，还以为是尚小蝶呢！她去哪儿了？”

田巧儿冷冷地回答："她去'蝴蝶公墓'了！"

"啊，你说什么？"

"早上我回寝室拿些东西，正好看到尚小蝶走出来，身上还背着个大包，好像出门旅游的样子。我悄悄跟在她后面，看到她走出学校坐上一辆公交车。她是从前门上去的，我低着头从后门上去，躲在最后排的角落里。"

"你居然跟踪尚小蝶？"

田巧儿嘴角微微翘了一下，此刻她丝毫都不漂亮了："我跟着她换了一辆公交车。我隐藏得非常巧妙，还戴着墨镜和帽子，她始终没发现我。她在偏僻的经纬三路下车，我隔了老远跟着她，看她拐进一个叫'海角灯泡厂'的大门，里面是片荒地，只有个路牌叫'黄泉九路'。然后她笔直向前走，一直走到苏州河边，那里有个破工厂的边门，但我没敢走进去，就先跑回来了。"

这时陆双双补充道："那地方一定是'蝴蝶公墓'！尚小蝶从那儿出来后，还会来报复我们的。"

昨晚正是她绊倒了小蝶，心里既愧疚又害怕。忌妒心真是害死人——当看到小蝶与庄秋水眉目传情时，妒火熊熊燃烧起来，竟难以控制自己。双双辗转反侧了一夜，中午遇到田巧儿和宋优，便跟着她们来到这里。

曼丽着急地问："那我们到底该怎么办呢？"

"唯一的办法——**去蝴蝶公墓！**"

双双缓缓说出了最后四个字。

"什么？"曼丽张大了嘴巴，连连摇头，"不行，你们没听过传说吗？去那儿不是送死吗？"

"你知道WOW为什么会变漂亮？因为她去过'蝴蝶公墓'，并在那里许愿让自己变得美丽！虽然听起来不可思议，但尚小蝶突然变漂亮却是事实。"宋优已考虑很久，踱着步说，"这是唯一的可能性！"

田巧儿说："现在我已经发现了'蝴蝶公墓'，我们要像小蝶那样许下心愿——你不想实现愿望吗？"

但曼丽还是感到害怕："会不会有危险呢？"

"尚小蝶现在不是活得好好的吗？关于死人什么的应该都是谣传吧？也许是那些已经去过'蝴蝶公墓'并实现了自己愿望的人，为了保护他们的秘密而四处散步的谣言吧。”

“那么孟冰雨呢？她不是淹死在‘幽灵小溪’里了吗？还有白露她是不是也去过呢？”

“或许只是个意外？白露去没去过还不知道呢，”田巧儿抓着曼丽的手，“放心吧，不会有事的，否则尚小蝶也不敢去那儿。”

宋优淡淡地说：“曼丽，你现在也可以退出，机会由你自己选择。”

寝室忽然寂静了下来，曼丽怔怔地看着她们，觉得自己快要疯了。

6月20日19点30分

黑夜。

眼皮被一层烟雾覆盖着，全身漂浮在黑色的海面上，那数千尺深的神秘海底，正隐隐传来悠悠的歌声——

“你在地底潜伏/我在人间等候/你吐丝作茧自缚/我望眼欲穿孤独/任沧海换了桑田/石烂海枯/一场梦做了三千年/唯有誓言永远不变/相约在蝴蝶公墓……”

尚小蝶睁开眼睛，窗外是夜色中的高墙，只能见到一堆模糊的轮廓。心底默问自己在哪里？是自家柔软的席梦思还是S大女生寝室的上铺？抑或“蝴蝶公墓”的坟冢之内？

身下感觉是张粗糙的草席，席子下面则是硬邦邦的钢丝。她还穿着白天的衣服，头下是一副竹枕子，仰天对着黑暗的屋顶。

在伊莲娜动人的歌声里，一对深深的眼窝出现，接着是布满皱纹的脸，正对着尚小蝶的眼睛。

啊！又是那个鬼魂，全身穿着黑色的衣裙，70岁欧洲老妇人的脸。

尚小蝶吓得闭上眼睛，但她感到有只手抚摩着她的脸，那粗糙而冰凉的指尖，似乎随时都会撕裂她的皮肤。

这个老妇人是谁？为何长着一张如此特别的脸？难道她也是**“鬼美人”**？

带着心底种种疑问，小蝶又一次睁开了双眼。老妇人就坐在她身边，轻抚着她的头发。前方隐隐有烛光闪烁，那是古老的写字台——对，自己还在这间屋子里。

“你醒了。”

老妇人终于说话了，她说的是许多年前的方言，听起来模糊而亲切。

小蝶点了点头，颤抖着问：“这是哪里？”

“伊莲娜的房间。”

“这是什么歌？”

“蝴蝶公墓。”

她艰难地爬起来问：“是谁在唱歌？”

老妇人的手指向房间的一个角落，那里有台黑色的东西，歌声正是从这里发出的。尚小蝶缓缓走到那个角落，奇怪白天怎么没发现它呢。

这是一台使用干电池的老式唱片机，是20世纪30年代出产的古董级音响。唱片机仍然旋转着，一张不知什么年代的黑胶木唱片正放出奇异的歌声。

原来是它在唱歌。

小蝶想起来了，伊莲娜在1935年出过一张唱片《蝴蝶公墓》。想必这就是当年留下来的珍贵唱片！

老妇人深陷的眼睛眨了眨：“伊莲娜在这所医院长大，后来嫁给一个中国商人的儿子。1936年，伊莲娜生下一个女婴。虽然女儿活了下来，母亲却难产死去。伊莲娜的丈夫后来新娶了妻子，生了儿子继承家业，20世纪50年代去香港定居了。”

“伊莲娜的女儿现在还在吗？”

老妇人拉下裹着额头的黑布，露出满头的白发：“伊莲娜的女儿，在20多年后结婚了，同样也生了一个女儿，取名叫祝蝶。”

祝蝶——这个名字宛如利刃刺入尚小蝶的心窝：“这是我妈妈的名字！”

老妇人微微点点头：“我知道，你长得很像你妈妈。”

“天哪，你怎么知道的？”

幽暗摇曳的烛火中，老妇人半透明的眼球里透出幽灵似的悲伤。

尚小蝶牙齿哆嗦着问道——

“你到底是谁？”

6月20日19点50分

“蝴蝶公墓”楼上。

尚小蝶面对着老妇人的眼睛，有团绿色的火焰正在眸中燃烧。

终于，老妇人干瘪的嘴唇嚅动了一下，宛如黑夜潜伏的野兽，一生的悲惨娓娓道来——

伊莲娜死后留下一个混血女儿。1950年，父亲带着后娶的妻儿及万贯家财去了香港。女儿留在上海的亲戚家，她少女时代并不漂亮，身上有丑陋的胎记，人们都叫她“鬼妹妹”。但她知道母亲是个美丽的女子，常以泪洗面怀念素未谋面的母亲。

18岁那年的清明节，她偷偷去看母亲的坟墓，发现了一群奇异的蝴蝶——鬼美人。从此“女大十八变”，她在半个月内出落成了混血美女，常在街上被当作外国人，被人们围拢着赞叹美貌。正是中苏关系“蜜月期”，因为一半的俄罗斯血统，她被保送去莫斯科留学。在苏联的大学毕业后，她回到上海工作，遇到心爱的男子结婚，这是1960年的事。

然而，那年适逢中苏关系恶化，俄罗斯血统为她惹来了灾祸。因为在苏联留过学，加上父亲又是个资本家，她被污蔑为苏联间谍。最让她伤心的是，在她怀孕7个月时，丈夫为了自己的前途，竟狠心地与她离婚，划清界限永不再来往。

1960年寒冷的冬天，她孤独地在医院分娩，生产过程中突然大出血，幸好那天医院接受献血，她及时得到了大量输血，终于侥幸保住了一条命，艰难地剖腹生下了一名女婴。

她的皮肤上长出了奇怪的斑纹，浑身就像贴满蝴蝶标本一样。医生将她误诊为麻风病，强行送往南方某省的麻风村。刚出生的女儿被迫与母亲分离，送给一户没有儿女的夫妇收养。她留给女儿的只有一样东西——“祝蝶”的姓名。

她来到偏僻山区的荒凉村落——麻风村。这里居住着来自各地的麻风病人，有些人早已痊愈，却只能继续待下去，因为没有地方愿收容他们。这里与世隔绝，交通不便，没人能自己出去。上面定期运送食物和药品，病人们自己种植红薯和蔬菜，麻风村居然也如桃花源一样，无论外面的世界如何变化，他们永远过着单纯的生活。

村里有个年逾古稀的老中医，发现她并没得麻风病，而是另一种奇怪的病，令他想起古代医书上记载的“蝶毒”。老中医每天采集毒胡蜂，用文火熬成汤药给她喝下。这古老的“以毒攻毒”用了整整20年，直到老中医寿终正寝，她身上的蝴蝶斑纹才全部褪尽，那些奇怪的症状也不见了。由于长期服用蜂毒中药，使她养成了极强的病毒免疫能力——就算被最毒的毒蛇咬到也一点事都没有，简直成了百毒不侵之身。

20世纪80年代，麻风村解除封锁，而她生命中最美好的20年已蹉跎在了这荒山野村。她回到阔别多年的家乡，但已没有身份，户口也早被注销。虽然有个同父异母的弟弟在香港，还是个亿万富翁，但她对父亲和弟弟都有怨恨，宁愿独自悄悄地死去。

几经周折后，她找到了自己的女儿——祝蝶。

这时祝蝶刚结婚，是个貌美如花的新娘，女婿在银行工作。然而，她不敢与女儿相认，只是偶尔经过女儿家门口，从远处眺望美丽的祝蝶。她是从麻风村出来的，没有户口和身份证，几乎身无分文，如何才能让女儿相信呢？虽然，她没有得过麻风病，但人们对麻风村还有歧视，就算回到女儿身边，女婿也会嫌弃她的，其他人也会看不起祝蝶，甚至不敢与她说话，女儿将终身背上沉重的阴影。

她不想连累女儿，宁肯自己无家可归。她回到伊莲娜的坟墓边——这座工厂的禁区内。小时候就知道这里有“鬼美人”，但经过20年“以毒攻毒”，她早已不再怕任何毒物。她住进“蝴蝶公墓”里的这栋房子，这也是她母亲从小长大的地方，曾经的叶卡捷琳娜医院。后来，她听说女儿因难产而死，唯一欣慰的是有了外孙女，名字叫——尚小蝶。

20年来，她一直住在这栋破旧的楼房里，每天凌晨偷偷跑出工厂，去外面的荒地捡垃圾，到废品回收站换钱，晚上悄悄回来过夜，多年来竟也攒下一笔收入。这是工厂的禁区，没人敢踏入此地，也没人知道她的存在，就算偶尔被半夜值班的工人看到，因为那张欧洲老太婆的脸，反而加剧了厂里闹鬼的传闻。

这里是“鬼美人”秘密的栖息地，每当傍晚会出现许多奇异的蝴蝶，它们早已在此繁衍了数十代。所以，与其说这是“蝴蝶公墓”，不如说是“蝴蝶天堂”。

在这与世隔绝的“蝴蝶谷”中，她一直与“鬼美人”们和平共处。她从来不会伤害这些蝴蝶，而蝴蝶们对她也非常友好。

直到今年夏天的傍晚，她又一次看到了一个女孩大胆地闯入——这是宿命中的注定，她们必将在彼时彼地重逢。

是的，尚小蝶来到了她面前。

听完这老妇人讲述的故事后，小蝶目瞪口呆了半晌，眼眶里早已噙满了泪水，终于缓缓滑落下来。

“你是我的外婆？”

老妇人点了点头，深深的眼窝里，盈出了两滴热泪。

现在一切都明白了：眼前这个欧洲面孔的老妇人，是伊莲娜与中国男人生下的混血儿，也是自己的亲生外婆。只是由于命运的捉弄，就连妈妈也从未见到过她。

尚小蝶是“蝴蝶公墓”的主人——**伊莲娜**的曾外孙女。

她身上有八分之一的俄罗斯贵族血统。

此刻再也没有忌讳，她颤抖着扑在外婆怀中，轻声呢喃着：“如果……如果……妈妈知道了……该多好啊……”

“蝴蝶公墓”这荒凉的夜晚，竟突然变得温情脉脉。20年来自己心里的委屈，还有九泉之下妈妈的遗憾，全都化作放肆的眼泪，打湿了三尺之下的黄土。

在外婆的怀抱中，尚小蝶又一次沉睡了过去。

6月21日子夜0点01分

“蝴蝶公墓”二楼。

尚小蝶悠悠地醒过来，眼皮上有烛火在跳舞，那蝴蝶花纹的长袍还在摇摆，半透明的眼球离她越来越近，似乎要轻吻她的嘴唇。

她从席子上跳起来，双眼兀自瞪大，却再也看不到那个人。

依然在这间屋子里，窗外一团漆黑。写字台上燃着根蜡烛，外婆不知去哪里了。

小蝶在房间里走了几步，脚下的木地板发出闷闷的声音。这是当年伊莲娜的闺房，如今外婆隐居的小屋。

真是奇特的经历，第二次闯入“蝴蝶公墓”，居然平生第一次见到了外婆。原来她注定与这里有缘——墓碑上的伊莲娜，竟是自己的曾外祖母！

又想起昨晚神奇的经历，就是在这个房间里，她见到了年轻时候的伊莲娜，她们甚至紧紧地抱在一起——伊莲娜知道她就是自己的曾外孙女吗？

或许，所谓的“蝴蝶公墓”，都是因她们家族而起，也将因她们家族而灭亡吧。

肚子饿了，从早上起就没吃过东西。她在写字台下找到背包，里面装了矿泉水和蛋糕。看着烛光照耀的房间，她想起了达·芬奇的名画《最后的晚餐》——不，应该是《最后的消夜》！

吃好收拾完，她走到房间门口，对着黑暗中的走廊喊了一声：“外婆？”

声音在破楼传出很远，又柔柔地弹回来。尚小蝶回过头，一片鲜艳的东西扎进了视线。

一只蝴蝶！

子夜的天使“鬼美人”，悄然飞进窗户，停在写字台的烛光下。

小蝶越来越喜欢这个小东西，她蹑手蹑脚地走近写字台，弯腰坐在蝴蝶面前。它居然老老实实没动，只是翅膀上的美女与骷髅依次交替。

她伸出手想要抚摩“鬼美人”，它却知趣地扑扇起来，摇摇摆摆飞到门口。她快步追了上去，顺便抓起一支手电筒。

来到黑暗虚空的走廊，手电光束照出前面几米。蝴蝶如幽灵一闪而过，又隐入了阴影中。她继续向前追去，没走几步已来到“过街天桥”，扶着摇摇欲坠的栏杆，门洞里寂静得如同地狱。她仰头看看天棚，一轮弯月正模糊地挂在头顶。月光被蒙尘的玻璃稀释，轻轻柔柔地落到眼底。

像身处黑夜的峡谷，中间只有一道吊桥相连。她伫立在桥上，等待一个心上人儿到来。

“鬼美人”却不见了。

忽然，对面传来一种奇怪的声音，像什么东西碰撞了一下。端着手电穿过“天桥”，进入对面楼道。那声音还在继续，宛如“蝴蝶公墓”的梦呓，抑或墓地夜行的吸血鬼。

转过几道回廊，依靠手电打出的光束，她已完全分不清方向，就连回去的路也不见了。

地板上积着厚厚的灰尘，如精灵在光束中跳舞。尚小蝶又向前几步，推开沉重的房门，发现自己已彻底迷路。

但那声音还在继续，好像与她对应着，她大声叫起来："喂！有人吗？"

几秒钟后听到了自己的回声，她又向前跨了一步，突然脚下的地板断裂开来——或许是年久失修木头腐烂，总之她整个人都掉了下去。

身体一下子又虚空了，在半空中自由落体的刹那，她想到了黑暗中飞翔的蝴蝶。

耳边呼啸过尘埃与木屑的声音，破碎的木板打在她的身上，从二楼一直摔到了底楼。

然而，小蝶并没有摔在地板上，而是落到了一个活动的物体上。

同时有一只手抓住了她的腰，接着听到一声男人的大喊，便随他一同倒在了地上。

幸好她压在了那人身上，那人就好像遭到了"轰炸"，倒在地上喘不过气来。手电筒也不知道到哪儿去了，黑暗中她滚到了一边，伸手摸了摸那个人的脸。突然，听到一个熟悉的声音："小蝶，是你吗？"

居然是庄秋水！

"是我！"

她激动地抓住他的脸，一双有力的手也揽住了她的腰。虽然在密不透光充满灰尘的屋子里，他们彼此看不见对方的脸，但能隐隐发现闪烁的目光，还有心跳的脉搏和温度。

又一次近距离面对，交换彼此口中的呼吸，泪水又充盈着她的眼眶了。在这黑夜的"蝴蝶公墓"，他们第二次以特殊的方式相逢。

不管是在地狱还是天堂，两两相对已经足够。

庄秋水忽然咳嗽了一下，这里的灰尘太多，实在吃不消。两人艰难地站起来，蒙住嘴巴和鼻子，向黑暗深处摸索。推开一道腐朽的房门，月光就洒在窗台上。旁边还开着一道小门，他们快步冲出门去，走出封闭的屋子，抬头就是神秘的夜空。

总算可以大口呼吸了，就像浮出"幽灵小溪"的感觉，庄秋水又把她搂在怀中："我就知道你在这儿！"

小蝶激动地点点头："你是来救我的吧？"

他不置可否地苦笑了一下，现在需要被拯救的人——是庄秋水自己。

下午，从档案馆出来已经5点了。他尽快回到学校，依然没有尚小蝶的消息。再给她打电话，仍然是关机。

那个预感越来越强烈——她已回到"蝴蝶公墓"！

自从上次从"蝴蝶公墓"出来，庄秋水已发誓再也不去那里，何况这些天从档案里又知道了70年前的惨案，那可怕的地方当真是地狱的入口！

然而，如果尚小蝶真的在那里呢？

为了小蝶，他必须要去那里，也为了拯救自己。

也许，"蝴蝶公墓"最后的谜，今夜就能够解开！

事到如今还有什么好害怕的？踌躇到晚上10点，他终于下定了决心，带上手电筒和矿泉水，拦了一辆出租车赶往经纬九路。

但司机死活不肯去，说那地方晚上很不安全，而且根本就没生意，还得空车开回市区。庄秋水只能先付100块钱，又拿出学生证证明自己是在校大学生，绝非半夜劫道的抢匪。好说歹说司机才答应，载着他疾驰向传说中的"黄泉路"。

深夜赶到苏州河边的工厂，虽然小时候来过很多次，但半夜造访还是头一回。他也准备了手电筒，穿过午夜空旷的草地。大着胆子走过墓地，真的有鬼火在燃烧——人骨的磷质在夏夜的物理反应吧。

走进"蝴蝶公墓"的门洞，打着手电筒进入旁边一道小门。在黑暗曲折的楼道里，手电筒突然灭掉了，他如无头苍蝇般乱转，直到头顶的木板碎裂，"天上掉下个林妹妹"——他要寻找的尚小蝶，就这么摔在了他身上。

此刻，如水的月光覆盖着他们，背后就是那堵巍峨的许愿墙。

"今夜，我不想离开这里。"

她的眼睛里闪烁着什么，似乎希望他也能留下来。

"既然我已经来过这里，也不会再害怕什么——只要与你在一起。"

听到庄秋水的最后一句话，小蝶嘴唇颤抖着微微翘起，这是她一个月来最甜蜜的微笑。

于是，她拉着他的手，走进了写着"女宿"的那道门。

虽然胳膊和后背还很疼，庄秋水还是感到很兴奋，黑暗中踏上古老的楼梯，眼前是个精灵般女孩的身影。

尽管没有光线照明，尚小蝶还是凭感觉摸到了房门，开门进去果然有烛光闪烁。

庄秋水惊讶地看着这个房间，才明白这里多年来一直有人居住，他指着钢丝床上的草席问："你就睡在这里？"

"是啊。"

她无力地坐到席子上，姿态竟万分妩媚。

庄秋水忽然有些心动，但立刻别过头去："已经凌晨了，你自己先睡吧，我再到四周去看看。"

她依然在看他，美丽的眼睛迷离诱人，让庄秋水的心跳迅速提升。他不断地深呼吸，控制自己的脉搏，柔声道："请闭上眼睛吧，我的蝴蝶公主。"

尚小蝶听话地闭上眼睛，古老黑暗的房子里，只有庄秋水的背影在烛光下。

恐惧与幸福，两种潮水同时包围了她，缓缓侵入她的心底。

这是他们在"蝴蝶公墓"的最后一夜。

6月21日上午8点30分

早上。

乌云再度占据天空，经纬三路的公交车站，下来4个女大学生——田巧儿、宋优、曼丽，还有陆双双。

"这就是传说中的'黄泉路'？"

宋优紧张地环视四周，只见到破旧的工厂和即将建设的工地。路边没多少行人，一辆辆卡车呼啸着驶过。

昨天已研究了整整一晚，今天做好了一切准备，个个装扮得像野外探险，踏上了前往"蝴蝶公墓"的旅程。

现在，田巧儿拿出指南针比画了一下，确认了东方。昨天跟踪的路线还很清楚，为了避免迷路，她还用手机拍了几张照片标记。很快她们就找到了"海角灯泡厂"的大门，田巧儿按照记忆带着大家进去，果然看到了"黄泉九路"的路牌。

曼丽突然慌张地说："算了，我们别往前走了，光看这路名就吓死人了。"

"傻丫头，我们都已经到了这一步，难道要前功尽弃吗？"

田巧儿笔直向前面走去，宋优和陆双双紧跟在后面，曼丽也只能硬着头皮走过去。

又走了很长一段路，宋优突然插了一句："如果'蝴蝶公墓'真能许愿的话，你们会许下什么愿望呢？"

田巧儿先回答了："这个我早就想过了，我想今年能够得到拍广告片的机会，明年拍电视连续剧，后年就去香港拍电影！"

"好俗啊。"曼丽哧哧地笑了起来，然后又一本正经地说，"我的愿望，第一是让贫穷的孩子不再失学，第二是让巴勒斯坦难民有家住，第三是让伊拉克不再打内战——"

"第四是世界和平！"宋优帮她说出了下面的话，"哎呀，曼丽啊，你能不能正经一点，说出你的真心话吧！"

曼丽的声音又低沉了下来："好吧，我说实话。最近爸爸公司生意不好，欠了银行几百万的债。爸爸压力很大，身体也很不好，我希望爸爸的公司能尽快好起来，身体恢复健康。"

"好，我相信你。"宋优拍了拍她的肩膀，"该我来说愿望了——我一直想去美国读书，希望明年能得到哈佛的奖学金！"

3个同寝室的女生都把愿望说完了，只剩下陆双双还没有开口了。

双双忽然停下来，看着眼前的黄泉路说："我的愿望很简单——让庄秋水回到我身边。"

她继续阔步向前走去。

目标：蝴蝶公墓。

6月21日上午8点50分

"蝴蝶公墓"二楼的房间。

尚小蝶在柔光中睁开眼睛。身下依然是钢丝床的草席，头顶是黑暗的天花板，窗外矗立着巍峨的高墙。

“秋水！”

她紧张地喊出来，害怕这只是一场梦，子夜意外相遇的庄秋水，不过是庄周梦见的蝴蝶。

房间里空荡荡的，没有她的庄秋水回应。走到写字台前，蜡烛已经不见了。真是一场梦？痴痴地走出门外，昏暗的走廊里什么都看不清。外婆还没回来吗？

小蝶走到“过街天桥”上，幽深的门洞里寂静无声，她大声喊了一下：“喂！有人吗？”

等待了几秒钟，除了自己的回声外，还听到了庄秋水的声音：“我在这儿！”

声音是从对面传来的。她的心里一阵兴奋，原来那不是梦，他依然在她的身边。

飞快地跑过“天桥”，冲进黑暗杂乱的走廊。突然，身边一道房门打开，露出了庄秋水的脸。

小蝶走进房间，这是间办公室的样子。有张古老气派的办公桌，一个庞大的书架，但上面一本书都没有，还有个典雅的壁炉，里面积满了垃圾和灰尘，当年的冬天一定很暖和。

庄秋水的眼圈还有些发红，他靠在办公桌上说：“我看到你睡着以后，就拿着蜡烛，出去检查其他房间，希望能找到有用的线索，于是找到这里过了一夜。”

他指了指窗边的竹躺椅，已经被他擦干净了，夏天人们常睡在这上面。

小蝶皱了皱眉头：“你看到外婆了吗？”

“外婆？”

“一个长着欧美人面孔的老太婆——昨天我才第一次见到她。”

随后，她用10分钟的时间，把外婆的故事原原本本地告诉了庄秋水。

庄秋水听完后目瞪口呆，一切的往事都串联了起来：“你是伊莲娜的后代？”

“应该算是曾外孙女吧。”

“上天的注定？”他激动地搓着双手走来走去，“伊莲娜的女儿就是你的外婆——而你的外婆和你的妈妈，还有你自己——你没有注意到吗？在你们祖孙三代人的身上，有显著的共同点！”

“什么共同点？”

“你外婆少女时不漂亮，你过去也和现在完全不一样，我相信你的妈妈曾经也是如此——而你们变得漂亮，都有一个共同的契机，那就是来到了‘蝴蝶公墓’！对，你妈妈也一定来过‘蝴蝶公墓’，否则她曾经的男友，也是宁教授过去的同事，又怎么会得到‘鬼美人’标本呢？”

小蝶的嘴唇在颤抖：“你是说这些都是遗传造成的？”

“没错！一切都拜卡申夫这恶魔所赐。根据档案记录，他给伊莲娜注射过带有‘鬼美人’病毒的血清，导致她难产而死，这种病毒是可以遗传到下一代身上的——你的外婆和你的妈妈，包括你自己，身上都带有伊莲娜的病毒基因——**你们并不是普通的凡人，而是人类与蝴蝶基因的混合体！**”

“一半是人，一半是蝴蝶——‘半蝶人’？”

“半蝶人？”庄秋水眯起眼睛想了想，“这个词真是太贴切了！对，伊莲娜的后代都是‘半蝶人’。尚小蝶，你也是一个‘半蝶人’。”

小蝶靠在庄秋水身上，声音柔得如同丝绸：“我喜欢这个特别的名字。”

庄秋水轻轻抓住她的手，管她是“半蝶人”还是“半兽人”！他低下头想了片刻，许多疑问都想通了：“这就是卡申夫的院长办公室，他曾潜心研究‘鬼美人’多年。发现这种蝴蝶翅膀的鳞片里含有一种特殊的病毒，可以融化在空气中。”

她仰起头看看墙壁，似乎还能看到那张邪恶的脸，接着颤抖着问：“这么说我们都已经中毒了？”

“‘蝴蝶公墓’是‘鬼美人’的栖息地，这里的空气也是有毒的。凡进入‘蝴蝶公墓’的人，大量呼吸这种空气就会中毒！严重中毒会伤害人的大脑，产生各种奇异的幻视与幻听，损害人的中枢神经。虽然‘鬼美人’不主动攻击人类或其他动物，但只要人们胆敢伤害它们，或伤害它们认为要保护的人，它们就会果断地实施攻击——”

“卡申夫就是死于‘鬼美人’的突然袭击？”

“嗯，就像有毒的胡蜂对人的攻击，也会造成惨不忍睹的伤害。我终于明白了孟冰雨的死因——她捕获了‘鬼美人’的活体，所以遭到‘鬼美人’的攻击。也许是她捕获的蝴蝶脱逃了，也许是其他蝴蝶来救同伴。”

小蝶霎时也想到了：“地点就在‘幽灵小溪’，现在可以想象，她当时在拼命地挣扎、反抗，书包掉到了草地上。当她退到河边时，一只鞋子又掉在了岸上，最后整个人落水。”

眼前幻化出那幅可怕的场景，一年后孟冰雨化作白骨，被水草缠绕在深深的河底。

“要错就错在70年前，根本就不该有这个‘蝴蝶公墓’！”庄秋水的语气又软了下来，“也错在孟冰雨太想得到‘鬼美人’了——25万美元，对任何人都是很大的诱惑。”

“白霜的死也是同样的原因吧？”

她想起故事开头看到的那个视频，白霜居然自称“鬼美人”，接着镜头里出现了许多黑色的小东西，大概就是一些特别的虫子。

“也许她破坏了‘蝴蝶公墓’，或伤害到了‘鬼美人’。蝴蝶们对她实施了报复，所以她脸上有血迹和伤痕。至于汽车里出现的小虫子，其实都早已潜伏在她衣服里了，一旦受到刺激就会跑出来，酿成了车祸惨剧！”

“她的妹妹白露呢？我亲眼看到她的喉咙里，有一个巨大的虫卵。”

“那是‘鬼美人’的虫卵，也许白露吸入了不干净的空气，里面含有肉眼看不到的虫卵。这种虫卵一旦进入人体，就能迅速生长变大，孵化成虫之日，就是宿主窒息死亡之时。”

还有小蝶的出生，那也是庄秋水妈妈一辈子的噩梦——尚小蝶的妈妈祝蝶，23年前想必也进入过“蝴蝶公墓”，与她的男友一起发现了“鬼美人”，后来男友神秘死去。两年后祝蝶嫁给了尚小蝶的爸爸，“鬼美人”虫卵在她体内潜伏。随着尚小蝶的出生，虫卵孵化而出，导致祝蝶难产而死！

对，小蝶在母亲的腹中，就与“鬼美人”虫卵一起长大。包括蝴蝶在内的大多数昆虫，幼虫期都异常难看，但是，蝴蝶会在蛹的阶段之后，羽化为大自然最漂亮的生命——正如小蝶现在的变化。而进入“蝴蝶公墓”，大量吸入带有“鬼美人”病毒的空气，就是她从丑陋的虫子变成美丽蝴蝶的催化剂！

从丑小鸭变成白天鹅，一切都因为“鬼美人”。

这就是尚小蝶身体的秘密，庄秋水抚摩着她的脸。眼前这个美丽的女子，是与“鬼美人”共同孵化出来的。

她是蝴蝶的姐妹，蝴蝶的公主，蝴蝶的女王。

或者，她就是半个蝴蝶。

半蝶人！

“最后一个问题——那天清晨，‘鬼美人’怎么飞到我寝室里来的？”她想起了这个故事最开头的疑问。

“也许，你身上有种吸引它们的气味。‘半蝶人’的遗传基因与常人不同，有某种常人闻不到的气味，但蝴蝶却可以闻到。”

小蝶苦笑了一下：“所以我从小就与虫子有缘吧。”

“这不是靠近苏州河吗？而‘幽灵小溪’正是苏州河的一条支流，‘鬼美人’很容易就能沿着苏州河飞进隐蔽的‘幽灵小溪’，再找到你的寝室。”

全部说完，他声音都有些哑了，小蝶真想现在就给他端杯热咖啡来。但庄秋水还是要说：“你是半蝶人，但我不是——可我早已经中毒了。”

尚小蝶受不了他的眼神，靠在他肩头：“不！我会保护你的！不管付出什么代价！”

突然，庄秋水说：“听——下面有动静！”

6月21日上午9点10分

田巧儿、宋优、曼丽、陆双双。

迎面就是苏州河了，田巧儿指着旁边的小门说：“昨天上午，尚小蝶就是从这儿进去的。”

门牌是“**经纬九路1999号**”。

陆双双第一个钻进栅栏，其他3个女生也跟着进去了。

“啊，就像是垃圾场！”

她们看着眼前荒凉的景象，不禁一个个哆嗦起来。田巧儿冲在最前面，大踏步向野草丛中走去。宋优担心地问：“草里会不会有蛇呢？”

“放心吧，不会有蛇的。”其实，双双说这句话时，心里也完全没底。

4个女生排成一条长队，依次穿过野草中的小径，乌云覆盖着漫长的旅程，每个人都提心吊胆，却还要装出一往无前的架势。

终于，她们看到了一道长长的围墙。

"啊，已经走到头了，我们是找错地方了吧？"曼丽害怕地看看四周，"我们还是回去吧，我担心这种地方会有强盗出没呢。"

"别怕，我们有四个人呢。"

田巧儿沿着墙根走了几百米，忽然发现了那道小门，赶紧把大家都叫过来。

还是她第一个走进了门里，迎面却看到了一排排墓碑。当4个人都走进墓地时，她们全吓得面无血色。宋优尖叫了起来："蝴蝶公墓？"

"镇定！"

陆双双走到了最前面，和田巧儿手拉着手，宋优和曼丽则颤抖着跟在后头。

战战兢兢地通过墓地，来到最后的禁区——叶卡捷琳娜医院的门洞。

4个女生背后都已布满了冷汗。面对着幽深未知的门洞，曼丽终于忍受不了了："不，我不能再进去了，我要回家了！"

双双安慰她说："我们就快要到了。"

"如果里面真是'蝴蝶公墓'的话，那我就更不敢进去了！"曼丽后退着摇着头，"进去的人都会死的！"

后退的她正好踩到了卡申夫的墓碑，整个人摔倒在了地上。宋优急忙把她扶起来，而曼丽已经大声哭了出来。

田巧儿轻蔑地说："你哭吧，一个人留在墓地里好了，我们可要进去喽！"

听到要一个人留在墓地，曼丽就害怕得不行了，而且她一个人也完全不认识路，根本不可能走出去的。

于是，她只能乖乖地跟在田巧儿身后，抓住她的背包带往前走，生怕随时会走丢了。

陆双双仰起头看着门洞，心里也在盘问自己：真是"蝴蝶公墓"吗？

徘徊了几分钟，4个女生还是走进了门洞。

某个声音似乎从地下传来——

欢迎光临"蝴蝶公墓"。

6月21日上午9点40分

尚小蝶也听到了！

在叶卡捷琳娜医院二楼的院长办公室里，庄秋水和她一同侧耳倾听，果然有某种声音从外面传来。

难道外婆回来了？小蝶走出房间，回到“过街天桥”上，庄秋水也跟在后面出来了。

这时下面传来一声尖叫：“有鬼啊！”

小蝶低头再向“天桥”下面看去，天棚洒下模糊的光线，照出门洞里的4个人影。

“他们是谁？”

庄秋水也紧张地扑在栏杆上，脚下的木板发出“嘎嘎”的声音，似乎难以承受两个人的重量。

下面4个人影也在颤抖，好不容易缓缓走近几步，以为“天桥”上是鬼影吧。

突然，小蝶喊出了一个名字：“双双！”

门洞里的陆双双睁大眼睛，又走近几步惊呼道：“天哪，上面的人是尚小蝶！”

庄秋水心里也是一紧，她们怎么会来了？

4个女生围拢在“天桥”下面，仰望着桥上的尚小蝶和庄秋水。当双双发现那男子竟是庄秋水时，心里的恐惧刹那变成了愤怒，自言自语道：“看来这里果然是‘蝴蝶公墓’，你们居然到这儿来偷情了！”

“别过来！”庄秋水对她们大喊着，“这儿很危险，赶快离开！”

田巧儿看着他们，愤愤地摇头：“不能让你们独占这个好地方，人人都有机会进入‘蝴蝶公墓’许愿。”

“你们错了，这里根本是不能许愿的。”

庄秋水把头探出“天桥”，声嘶力竭地向下面喊。

“谁信你的鬼话！”宋优向上面喊道，“这儿又不是你的地盘，我们进去了！”

说着她领头就往里面冲，田巧儿和双双紧随其后，曼丽则在原地犹豫了一下。

小蝶大声地说：“曼丽，别进去！”

曼丽仰着头看着他们，又看了看前面的田巧儿，却见到了鄙视的眼神，于是她低下头说：“不，我不是胆小鬼。”

然后，曼丽也穿过了天桥。

“不！”

小蝶和庄秋水在“天桥”上转了一个方向，只见4个女生已穿过门洞，走进了“蝴蝶公墓”的天井。

“一定要拦住她们！”

两人越过“天桥”，冲到对面“女宿”昏暗的走廊，跑下古老的木板楼梯。

此刻，小蝶的4个同学不但找到了“蝴蝶公墓”，还来到传说中的“许愿墙”前。巨大而沧桑的高墙撼人心魄，仿佛能迎面压倒她们。

宋优摸着斑驳的墙体，几乎贴着墙缝说：“这里能许下心愿吗？”

忽然，墙上多了一只蝴蝶，美女与骷髅正在翅膀上交替着——**鬼美人**。

曼丽睁大了眼睛赞叹道：“天哪，这蝴蝶真的好奇怪。”

“我在‘幽灵小溪’边见过它。”

双双伸手去抓蝴蝶，“鬼美人”轻巧地闪了过去，摇摇摆摆飞向旁边的那扇小铁门。

她们跟着蝴蝶走到门口，身后传来小蝶的叫声：“不要，不要进那扇门！”

然而，小蝶的警告更激起了她们的好奇心，双双第一个推门进去，其他3个女生也跟在后面。

终于，最后的大门为她们打开，满目都是鲜艳的夹竹桃花——中间却是一座坟墓。

“蝴蝶公墓？”

田巧儿颤抖着说出了最重要的这句话。

时间刹那凝固了，这孤独的墓冢，竟如万花丛中的小屋，是否有蝴蝶仙子寄居其中？

这就是“蝴蝶公墓”：城市最隐秘的禁区，传说中“鬼美人”的家园，庄周最浪漫、最恐惧的梦境，梁山伯与祝英台的归宿地……

她们都被震慑住了，走到孤独的墓碑前，看着那幅镶嵌着的黑白照片——

“啊，真漂亮的外国女人！”曼丽几乎伸手去抚摩陶瓷相片了，“底下刻的是什么字？”

宋优仔细看着说：“奇怪，好像是俄文字母。”

“不要碰它！”

尚小蝶也冲进门里，对4个同学大喊道——这是伊莲娜的坟墓，她的外曾祖母的坟墓，绝不容许别人随意触摸。

“看，那只蝴蝶又出来了！”

陆双双指着坟墓上方，一只“鬼美人”正翩翩飞舞，似乎在挑衅着她们。双双大胆地走到墓边，伸手要抓那只蝴蝶。

“鬼美人”立时飞进了坟墓——原来在长满青草的坟墓顶端，隐藏着一个圆形的洞穴。

双双趴在洞口往下看了看，惊呼道：“里面有许多蝴蝶呢！”

这就是最终许愿的地方吧？她竟伸手去掏洞里的蝴蝶——最最致命的一刻。

“不！”

后面的尚小蝶冲上来要拉她，却被田巧儿和宋优拼命拦住了。这时，庄秋水也冲了上来，再也顾不得怜香惜玉了，用力地推开了田巧儿，又把双双从坟墓上拉了回来。

正在他们打成一团时，坟墓里传出奇怪的响声——就像海底女妖的歌声，或梦中幽灵的呻吟，透过圆形穹顶的共鸣，从墓顶的洞穴里穿越而出……

所有人都安静下来，目瞪口呆地看着“蝴蝶公墓”，听着那来自地狱的声音越来越响——难道坟墓里的人复活了？

尚小蝶紧捏着拳头，指甲深深掐破了皮肤，庄秋水也后退了几步，他们静静地看着坟墓出口，等待一个叫伊莲娜的女子出现。

在生命中最长的几秒钟后，他们没等到香消玉殒的俄罗斯美人，却等来了不计其数的“鬼美人”。

蝴蝶——成千上万的蝴蝶，如同喷发出活火山口的熔岩，从坟墓顶端的洞口飞了出来。

须臾之间，它们发出鼓噪的声音，猛烈拍打着各自的翅膀，来自地狱的怒吼震耳欲聋，几乎能震碎所有的玻璃。在高墙与夹竹桃的狭窄空间内，天上密密麻麻地布满了“鬼美人”，它们鲜艳夺目的身体上下翻飞，简直如蝗灾般铺天盖地！

鬼美人在尖叫……鬼美人在狂欢……鬼美人在复仇……鬼美人……鬼……美……人……

乌云越来越密集，已把整个天际覆盖。上午10点的天空，竟暗得如同傍晚6点。

或许，一场滂沱大雨即将倾泻下来！

成千上万的蝴蝶聚集成密集的阵形，几乎把最后的昏暗光线都遮住了——他们已经全部被包围了，整个“蝴蝶公墓”就像陷入了黑夜。

小蝶呆坐在地上，似乎正置身于黑暗的影院，眼前展开一幅巨大的环幕电影。千万只蝴蝶聚集成幕布，暗绿色的“幽灵小溪”从这幅银幕上浮起，绽开无数朵夹竹桃花，孟冰雨的书包孤独地躺在草地中，无数彩色的光影波浪般起伏，齐声唱出“世界末日”的歌谣，奏响地狱最后一支交响曲。

这景象把大家都吓呆了：田巧儿双膝跪在地上，惊慌失措地祈祷上天宽恕；双双则拼命挥舞着双手，可笑地想要保护自己的脸；宋优的眼镜被震碎了，她像瞎子一样在地上摸着；而曼丽早就吓得瘫软在地上了，她哭泣着抱紧小蝶的腿说：“WOW，你救救我们吧，只有你能救我们！”

突然，电影进入了第二幕，“鬼美人”露出凶恶的面目，再也见不到美女的那面翅膀，放眼望去全是森严的骷髅。

宋优和双双都发出了尖叫声，然而再后悔也来不及了。年轻的一男五女只能聚拢在一起，等待那最后时刻的到来。

庄秋水勇敢地伸出双手，挡在大家的最前面，他终于明白这座坟墓里的秘密！

这既是伊莲娜地底长眠的所在，也是“鬼美人”最后的老巢。自从这个地方荒废了以后，为了保护死去的伊莲娜，蝴蝶们栖息在她的坟墓中，许多年来一直秘密地繁衍。由于它们的神秘与毒性，使此地成为传说中最恐怖的“蝴蝶公墓”，也是城市里所有昆虫的指挥部。

但眼前的“鬼美人”实在太多了，它们平时都隐居在坟墓里，偶尔秘密地飞出去觅食，过着与世无争的生活。现在，他们破坏了蝴蝶的安宁，居然窥探到“鬼美人”的老巢来了，而且可能伤害坟墓里的伊莲娜！

蝴蝶们真的愤怒了，公墓火山的爆发已不可遏制。就像被捅了马蜂窝的马蜂，它们全体出动保卫家园，也要保卫它们心爱的伊莲娜。

要是那么多“鬼美人”开始攻击的话，他们没有一个人能逃脱，全都将在这里死得很惨——也许“半蝶人”尚小蝶可以除外。

这时曼丽又惨叫了一声，原来旁边多了个黑色的鬼影子，走近一看却是欧美面孔的老太婆。

“外婆！”

尚小蝶冲到了老妇人身边，昨天才相认的祖孙两人紧紧抱在一起。

其实，外婆从未见过如此的场面，她也被满天的“鬼美人”惊呆了，她双手护着小蝶，要用自己的身体保护外孙女。

但小蝶挣脱了外婆，飞奔到庄秋水的前面。

“你干什么？”

庄秋水伸手要拽她回来，但小蝶兔子似的跑得更快，一直跑到了坟墓跟前。

瞬间，一大群“鬼美人”把她包围了起来。

天空全是蝴蝶的翅膀，再往上是黑压压的乌云，白昼几乎变成了子夜，远方似乎亮起几点星光，注定这将是最浪漫也最恐怖的“夜晚”。

一首歌仿佛从天外传来——

“打开传说中蝴蝶公墓/今夜灯火无比灿烂/你身着七彩蝶衣/走遍茫茫尘世翩翩飞舞/打开传说中蝴蝶公墓/但愿时间就此凝固/你我用翅膀祝福/走遍前生今世梦魂几度。”

是的，今“夜”她才是这儿的主宰。

她是这座城市的“蝴蝶公主”。

她是“鬼美人”最圣洁的女王。

她是拯救人们的最后希望。

在蝴蝶组成的围墙里，她痴痴地看着心爱的庄秋水，看着苍老白发的外婆，看着曾经最好的朋友陆双双，看着自己的室友田巧儿、宋优、曼丽。

她不愿、不能，也不肯看到他们遭到伤害！

无论是爱着她的外婆和庄秋水，还是恨着她的那四个女生——所有的人都是无辜的，所有的蝴蝶也是无辜的。

而此时此刻，她来到“蝴蝶公墓”的目的，就是为了拯救他们，拯救蝴蝶。

即便毁灭了自己。

她回头看着墓碑上的照片，伊莲娜正风情万种地对她微笑，一如歌剧院舞台上的蝴蝶夫人。

歌声在继续，她已做出了抉择。

尚小蝶绕到“蝴蝶公墓”旁边，抓着上面的青草爬了上去。

“不要啊！”

庄秋水拨开眼前凶猛的蝴蝶，奋不顾身地冲过去，陆双双和田巧儿也都彻底惊呆了。

然而，小蝶已坐在了坟墓顶端，蝴蝶的洞穴口上。

地狱的大门前，千万只“鬼美人”围绕着她，仿佛给她穿上了一件鲜艳的“蝶衣”。

坐在高高的“蝴蝶公墓”上，她送给庄秋水一个微笑，无比甜美温柔，这是她一辈子最美丽的瞬间。

随后，她把双脚也放入蝴蝶洞穴中，在美丽的蝴蝶陪伴下，纵身跳进了坟墓。

尚小蝶跳进了“蝴蝶公墓”……

尾声

蝴蝶公墓。

黑暗的坟墓，古老的地宫，恒久的梦。

呼吸，再呼吸，深呼吸，鼻中全是“鬼美人”的气味。

庄秋水睁开了眼睛。

他也在“蝴蝶公墓”里，躺在一片柔软的泥土上，多年来埋葬了无数的蝴蝶遗体。

终于确定自己还活着，头顶射下一线微弱的光芒，正好照到他的眼皮上。艰难地转动脖子，他看到了身边的尚小蝶。

她死了……

蝴蝶公主正安静地躺在那儿，就像棺木里永恒的美人，神圣的微光笼罩着她，皮肤上有许多红色的斑点，衣服也碎成了一丝丝的。

这时庄秋水才发现，自己也变得衣衫褴褛，身上同样布满了红色斑点。抬起手臂仔细看了看，确定这是被蝴蝶蜇咬的。

再抬头看看坟墓，圆形穹顶上布满了蝴蝶。它们就像秋叶似的，一层层贴着坟墓内壁，密密麻麻，成千上万。

没错，他已在“鬼美人”的巢穴里了，这地下的坟墓如此巨大，足够容纳这么多蝴蝶栖息。每只蝴蝶寿命即将终结之时，就会飞到墓底的泥土上等待死亡。他脚下的这些泥土，便是由无数蝴蝶尸体积累而成的——名副其实的“蝴蝶公墓”。

他怎么会在这儿的?

庄秋水低头想了起来——当无数“鬼美人”将他们包围时，尚小蝶竟然跳进了坟墓里。

于是，奇迹发生了。

所有的蝴蝶都发出奇怪的声音，它们像是得到某种指令的召唤，竟然在短短一分钟之内，全部飞回到了“蝴蝶公墓”中。

这时连一只“鬼美人”都没有了，头顶重现了天空，只有空气中仍弥漫着刺鼻的气味。

他们全体得救！

是尚小蝶拯救了大家，但她自己却还在坟墓里。

陆双双、田巧儿、宋优、曼丽，她们都坐在地上，既感动又羞愧，霎时泪流满面。

外婆也几乎昏厥了过去。

只有庄秋水爬到坟墓上，他必须把小蝶救出来！他在墓顶的洞穴口大声呼号着，最后自己也跳进了坟墓。

然后，他感到一片黑暗，进而失去了知觉……

现在已是傍晚时分，他找到了尚小蝶。在深深的“蝴蝶公墓”底下，他跪坐在美丽的女子前。

庄秋水俯下身子，悲伤的泪水滑出眼眶，落在她的眉角，渗入她的眼睛。

他吻了她的唇。

冰凉的嘴唇仿佛蝴蝶的翅膀。

忽然，一只“鬼美人”从墓顶翩然而下，挥舞着美女与骷髅的翅膀，停在她紧闭的眼皮上。蝴蝶细长的触角，轻轻敲打着她的眼皮，金色的尘埃自脸上扬起。

一滴热热的眼泪。

从尚小蝶的眼睛里流出……

蔡　骏

2006年10月11日初稿

2006年10月25日二稿

2006年11月10日三稿

2006年11月29日定稿

2007年2月25日修订

尚小蝶的故事已经说完了

但不要走开

请翻到下一页

我们一起走出蝴蝶公墓

你将看到白霜的故事

走出蝴蝶公墓

God's right hand is gentle, but terrible is his left hand.

——泰戈尔

一

现在，与你说话的人是本书的作者——我。

刚才你看到哪儿了？尚小蝶跳入了“蝴蝶公墓”，所有的“鬼美人”也回到了坟墓中。随后庄秋水也跳了下去，醒来后发现尚小蝶已经死了，然后他深情地吻了小蝶，看到她眼里流出了泪珠——

尚小蝶究竟是死还是活？

暂且搁下不表，在此我要告诉大家的是，为了这本新书《蝴蝶公墓》，最近两个月我终日扑在电脑上。与我过去所有作品有很大不同，本书一切围绕着尚小蝶与蝴蝶——这些天常有昆虫造访我身边，晚上差点爬进我的耳朵，甚至有只硕大的蜘蛛在我电脑旁结起了网。昨晚在我20楼的房间里，飞进一只惊人的灰白蛾子，我能感到它整夜都徘徊在床边，清晨却又神秘消失。

今夜，我还坐在电脑屏幕前，小说已进入最后阶段，这是创作最辛苦也最舒畅的时刻。

也许你已猜中——女主角怎能轻易死掉？尚小蝶又活了过来，在“蝴蝶公墓”最底下，她和庄秋水的眼泪融合在一起，双倍的咸涩，双倍的感动。他们发现头顶垂下一根绳子，原来外婆一直守候在外面，他们顺着绳子爬出了坟墓。

小蝶在医院睡了3天，醒来后居然平安无事。可做如下解释：她只身跳入“蝴

蝶公墓”，转移了所有蝴蝶的注意，都回到坟墓保护伊莲娜——便拯救了其他人的生命。小蝶在墓底昏迷后，所有蝴蝶叮在她身上。但坟墓是它们的巢穴，无法施以真正凶猛的进攻。庄秋水下去也是同样道理。蝴蝶聚集在两人身上，无数毒液通过皮肤进入他们的血管。如果10只“鬼美人”就足以致人死亡，那么成千上万有毒的蝴蝶，反而救了他们一命，这就是“以毒攻毒”的道理。大量毒素互相产生反作用，消除了体内原有的病毒。尚小蝶和庄秋水因祸得福，在“蝴蝶公墓”中获得重生。至于陆双双、田巧儿、宋优和曼丽，医生运用“以毒攻毒”的治疗方法，最后也消除了她们吸入的毒素。

然而，这并非最终的解释，因为我已临时改变主意，还有一个更精彩的结局等着你们。

正当我要写下这个结局时，挂在网上的QQ叫了起来，有个陌生的号码要加我为好友。这种情况我总是立即拒绝的，但那个号码却吸引了我：999999999，总共有9个“9”！

这号码让我无法拒绝，只能接受了对方的请求。随即“999999999”对我说话了：“喂，小说写得辛苦吗？”

“你怎么知道我在写小说？”

对方的QQ头像是个女孩。我点开她的资料，年龄23岁，地点是上海，其余全是空白。

“我就知道嘛，我还知道你正在写《蝴蝶公墓》。”

听到这儿我心头一惊，这个书名可是绝对保密的，目前为止只有我的出版商知道，难道已经泄密了？

“你究竟是谁？”

“白霜。”

这名字让我完全傻了，因为“白霜”是我小说里的一个人物，这个名字来自《诗经》中的“白露为霜”。但白霜并非女主人公，出场时间仅仅几分钟，却是全书的第一个美女——

在小说开头的神秘视频里，一男两女驾车迷了路，载上个雨夜拦车的白衣女子。她有张漂亮的脸，眉目、鼻子都很标致，乌黑长发，如雪白衣，貌似蒲松龄老先生笔下的人物。她自称“**鬼美人**”，来自一个叫“**蝴蝶公墓**”的地方。随后发生了两死一伤的严重车祸。这个神秘的“鬼美人”，送到医院不久后就死了，临死前抓住护士的手说：**“蝴蝶公墓……千万……千万……不要去……”**

“鬼美人”真名叫**白霜**，是S大的中文系研究生。她因为去过“蝴蝶公墓”，遭到了“鬼美人”蝴蝶的袭击，才会半夜在荒郊野外拦车，最终酿成了车祸惨剧。

现在让我不可思议的是，天下竟有这么巧合的事？与小说中人物同名同姓的人，半夜里上QQ找到了小说作者？

不可能，她既然知道《蝴蝶公墓》的书名，就说明早有准备，一定是小说内容泄密了！

我是个容易焦虑的人，立即紧张不安起来，给出版商打了个电话，质问对方为何泄露了小说内容，但出版商的语气很无辜，表示绝没向任何人泄露过，否则愿意赔偿给我双倍的版税。

不得不相信他，既然没有泄密，会不会是黑客入侵我的电脑了呢？比如木马程序，就很容易窃取任何电脑上的信息。

我马上打了一行字：“你究竟是谁？干吗要窃取我的信息？”

“我就是白霜！”

“这种鬼把戏就别演了！你是不是哪个出版商，想要骗我的稿子？”

“唉，我何必要骗你？你知道自己的弱点吗？就是太敏感！”

这句话倒真的让我无语了，只能把口气柔和下来：“你找我干什么？”

“只想和你聊聊天，因为我很孤独。”

真够恶心的，怎么和那些骚扰短信一样呢！我摇摇头写道：“孤独？那你现在在哪里呢？”

“我在蝴蝶公墓里。”

“拜托！我没那么容易被吓住的。”

“我没有骗你，你想知道蝴蝶公墓是什么样子吗？”

还没等我反应过来，电脑屏幕就变了，从QQ的对话页面，变成了动态的视频画面——居然还是三维的！

我立即摸了摸鼠标和键盘，但电脑一点反应都没有，下面也没有出现播放器界面。而屏幕上已有了一片荒凉的旷野，烟囱孤零零直指天空，凉风如波浪拂过野草。这画面实在太逼真了，就算高清晰的电影胶片也不及它。一切仿佛就近在眼前，黑暗的屋子里只剩下野草，眼前是一堵高高的围墙。

双脚不自觉地往前踏了一步，我竟然走进那堵围墙。画面变成一片凄惨的墓地，数百个十字架矗立在风中，地下的棺材从土中隐约可见。再往前是一道深深的门洞，此刻我就站在门洞前。电脑与屋子全都不见了，子夜也变成了黄昏，我如起点中文网的小说般“穿越”到了另一个时空——我自己小说里的世界。

这就是我小说中所描绘的场景！几乎同我的想象以及文字完全相符，简直就是我脑电波的再现，抑或我往昔的无数个梦境。我不由自主地挪动脚步走进门洞，头顶落下一片清亮的光芒，穿过悬空的“天桥”，走进“蝴蝶公墓”外那堵高墙……

“不！”我大声叫了起来，脚下是瓦砾与泥土，头顶是诡异的暮色，“你到底是谁？你给我出来！”

忽然，一只手搭在我的肩膀上。

心跳立时更快了，冰凉的风钻入我的衣领，迅速抚遍全身每一个毛孔。我镇定了一下情绪，缓缓回过头来——乌黑的眼睛，悲伤的目光直射着我。

这是一张白皙的脸，被黑发遮住了两边，白色衣裙覆盖着全身。只有一双鲜艳的嘴唇，还带着终南山古墓派的呼吸。

不用说，我知道了她的名字——白霜。

是的，她就是我小说里的人物，正与我想象中的形象分毫不差。深夜在“黄泉路”边拦车的白衣女子，坐上车后自称是“鬼美人”，来自“蝴蝶公墓”，眨眼间车祸发生香消玉殒。

她在小说里出场仅有几分钟，若拍成电影只有几个镜头，能算“女五号”就不错了！

但此刻的她却如此真实、如此迷人，站在我跟前与我交换着呼吸。是幻影还是想象？我禁不住伸手要试探一下。

我碰到了她，碰到了她的脸，苍白的脸还有一丝温度，细腻光滑的皮肤让我指尖颤抖。

眼睛会说谎，耳朵会说谎，甚至心也会说谎，但触觉不会说谎，皮肤不会说谎。

对，她是真实的人，她的名字叫白霜。

“欢迎你来到‘蝴蝶公墓’！”

她的红唇嚅动着说出这句话，飘荡在这空旷无人的神秘区域。

“现在我相信你了，白霜。”我依然抚摩着她的脸，这是“鬼美人”的脸庞，小说中的文字堆积成的脸庞，“你很孤独吗？”

“是的，我非常孤独。一个人守着这‘蝴蝶公墓’，没有人来陪我……没有人……没有人……”

听着她幽幽地说出最后几句话，我立刻浑身汗毛竖了起来：“不，我不能陪你！”

“为什么？这一切不都是你造成的吗？”白霜向我走近了一步，几乎贴着我的鼻子说，“在你的小说《蝴蝶公墓》里，一开始就让我上场，但只过了几分钟就让我死于车祸！而我的台词只有可怜的几句话：‘鬼美人’和‘蝴蝶公墓’！为什么那么快就要置我于死地？”

“老天哪，这只是小说情节的需要，你并不是我的女主人公，你的出场只是一个陪衬。”

“你真不懂女人的心啊！没有一个女人甘愿做陪衬的，你的主人公尚小蝶是否出彩与我白霜有什么关系？”

“可一部悬疑小说总需要有人牺牲的啊！”

白霜幽怨地点了点头：“好，我不入地狱谁入地狱？就算让我死好了。但我也希望死在小说的最后，让我多说几句台词，在读者面前多露几回脸。我要风风光光、轰轰烈烈地死，让你的读者永远记住我的名字——白霜！”

“好吧，你让我考虑考虑，也许我会修改小说的。但我不想待在这里，放我离开‘蝴蝶公墓’吧，我要回到电脑前，继续完成我的这部小说。”

“你不能反悔哦！”白霜忽然又靠近了我，轻轻地在我左脸上吻了一下，“回过头，走出门洞，你就可以回家了。”

冰凉的嘴唇离开了我的脸，我目瞪口呆地转过身去，飞快地向黑暗的门洞跑去。

当我被门洞吞噬的瞬间，眼前突然亮了起来。我竟又回到了自己家里，电脑屏幕变成了QQ对话页，荒凉的傍晚变成了城市的子夜。

终于回家了！

松了一口气，额头早已布满冷汗。我急忙关掉电脑，不要再让那个白霜来打扰我了。

也许一切不过是我的幻觉？

我冲到卫生间，想洗个脸好好清醒一下。卫生间的镜子里，我的左脸上，一个鲜红的唇印，鲜艳欲滴。

二

3天后。

我并没有按白霜的要求，修改故事情节。小说中的人物死了就是死了，不可能再活过来！

刚唱完卡拉OK回到家，打开电脑继续写《蝴蝶公墓》。我在动笔之前，通常会回头温一遍前面的故事。突然，我发现前面有点不对劲——在刚开头的车祸事件中，从两死一伤变成了一死一伤，而白霜居然死里逃生了！然后她回到学校，向大家隐瞒了“蝴蝶公墓”的秘密，继续出没在校园的午夜。白霜开始尝试写小说，而且也是一部叫“蝴蝶公墓”的小说——简直是抢我饭碗嘛！而且，她还影响到了我的女主人公尚小蝶，成了小蝶无话不说的好朋友。总之，整部小说全乱套了，要不是我已经做了备份，两个月来的辛苦就白费了！

这一定是白霜在我电脑里改的！我立即上了QQ，发现那个“999999999”的号码也上线了，马上和她对话：“你改了我的小说！”

“啊，你发现了啊。呵呵，改得不错吧？”

“呸！呸！呸！你凭什么乱改啊，知道这会造成多严重的后果吗？”

“严重的后果？难道我死了不是更严重的后果吗？你这个人怎么这么自私？为了自己的小说好卖，居然一定要我去死！”

她的话让我哭笑不得：“你还不懂吗？小说里的内容全都是假的！本文纯属虚构！”

“你没注意到你故事里的许多问题吗？那个‘蝴蝶公墓’网站，你说这个网站是我所建，那么由谁来维护呢？如果我在一年前就已经死了，那么网站里的东西又怎么解释？我又是如何得到《蝴蝶公墓》这首歌，如何把它上传到网站去的呢？还有，既然去年4月我就去过‘蝴蝶公墓’，为何又在5月的半夜出现在那附近，坐上了孟冰雨他们的车？”

“其实这一切都不需要解释，我是故意要留出许多疑问，给读者更多的想象空间！”

白霜打出一个讽刺的表情：“别自欺欺人了！尚小蝶也在这个网站里见到过我，她一次又一次通过这个网站实现不可思议的‘穿越’，甚至见到了70年前的伊莲娜。我必须要活下去，这样你的情节才能自圆其说！”

“你疯了，你完全生存在自己的妄想中，其实你根本就没有存在的本体。”

“我思故我在！”

老天，她居然还知道笛卡儿！

“求求你，饶了我吧！”

“这句话应该我对你说才是啊——你只想到你自己，你是个杀人犯！”

“但这不是我的错。”

“当然因为你！是你脑子里的构思造就了我，我最早就诞生在你的脑细胞里。你把我的形象写在电脑里，通过键盘存放在小说文档中。你以为这只是一些文字符号，在电脑里只是无意义的数字，但你却不知道这些文字写得过于真实，赋予了这些文字以生命。你的白霜知道自己是谁！你的白霜活在你的电脑里，她不是任由你生杀的玩偶，也不是你小说里的牺牲品，而是一个活生生的人！她有自己的意识，有自己的喜怒哀乐，她渴望活下去，有尊严地活下去。她甚至还有自己的爱情，是的，她爱上了你！”

最后一句话让我差点从电脑椅上摔下去。

她爱我？！

想起3天前的奇异经历，我不禁摸摸自己的左脸，仿佛还有冰凉的红唇感觉。

那么我爱她吗？天哪，这真是最疯狂的念头。她是一个不存在的人，是被我的文字创造的人，我就是她的上帝，我就是她的父母，我怎么能——

不，趁早断了这邪恶的念头吧。

于是，我退出了QQ，删除了刚才被改过的稿件。因为我在两个U盘里存了备份，昨天甚至还打印了一份。

然后，我把U盘里的备份文件拷进硬盘，而且换了一个文件夹位置。

不要再想那些荒诞不经的事情了，赶快把我的小说写好吧！

三

又过了3天。

子夜，《蝴蝶公墓》即将全部完稿，我心满意足地打开电脑，结尾我是准备这样写的：

尚小蝶的生活已恢复正常。她还是习惯保持低调的华丽，只是和庄秋水在一起时，才经常绽开笑容。室友们不再恨她，小蝶救了她们的命，彼此成为闺中密友。双双也与小蝶言归于好，并且放弃了庄秋水，知道自己和他没缘分。还有命运多舛的外婆，她离开了“蝴蝶公墓”，又回到南方的山村，那里有位老先生一直想念她。有个夜晚，爸爸交给女儿一个牛皮纸信封，这是小蝶妈妈生前留下来的，关照等女儿漂亮后才交给她。信封里是一张蝴蝶标本——这就是20多年前曾轰动科学界、现在又神秘地化为灰烬的“卡申夫鬼美人凤蝶”。蝴蝶仍栩栩如生，美丽而特别，底下写着一行钢笔字——小蝶，妈妈永远爱你。

然而，打开《蝴蝶公墓》文档，准备要写下这段结尾时，我面对屏幕彻底傻眼了——

白霜又一次出现了！

这回她出现在全文后半部分。我赶紧翻到小说的开头，但这部分并没有变化，白霜依然早早地出场，午夜荒郊坐上车子，报出“蝴蝶公墓”后发生车祸，送到医院后就死了。

奇怪，并没有问题啊。

我一直向后检查内容，似乎都没有被改过的痕迹。直到后半部分，白霜再一次出现——田巧儿偷看了那张神秘光盘，正当撞车视频进入最后阶段，白霜在屏幕上说出“蝴蝶公墓”时，她竟把头探出了电脑屏幕，整个人爬到了田巧儿身上！当场就把“校花”给吓死了。

白霜以这种特殊的方式复活了！

这个变化让我目瞪口呆。

一定是《午夜凶铃》系列，白霜偷看了我硬盘里的电子书，她便用这个创意，篡改了我的小说后半部分。

现在我的小说结尾，女主人公已不是尚小蝶，而变成了白霜！她复活后拥有了强大的力量，成为“蝴蝶公墓”的灵异女郎，让所有人都害怕，那些欺负过她的人都遭到了报应——我是否也在内呢？按理说我是欺负她最厉害的，都把她给写死掉了，那么她要来报复我了？

而尚小蝶也从“半蝶人”变成庄子所梦见的那只“鬼美人”蝴蝶的化身，她在地底沉睡了2400多年，如今终于重现于人间，只是她所爱过的庄周早已不在。

突然，我看到Word文档的最后，文字竟自动被打了出来！

我完全没有动过键盘和鼠标，但那些文字和语句如流水般被打出。没想到这些句子还十分优美，一点都不比我自己写出来的逊色——

凌晨4点，蝴蝶公墓。

白霜仰头看着天上的新月，清辉如水掠过眉头，她回头看着美丽的尚小蝶。

她们的脚下是墓地。

凉风吹过墓碑，闪起鬼火荧荧，白霜拎着一把铁铲，挖开那座几乎裸露着的棺材。墓碑上刻着基里尔字母，下面的生卒年是“1428—1476”。

“真要挖开它吗？”

小蝶恐惧地拉住了白霜的手，眼前的白衣女子冷冷地回答：“蝴蝶公墓真正的恶魔就藏在我们脚底下，你不想破除魔咒拯救你的庄秋水吗？”

说完她已挖开了棺材板——月光射入深深的洞穴，尘埃如黑雾般扬起，随着烟雾散尽，只见棺木中躺着一个英俊的青年。

尚小蝶怔怔地看着下面的人，面色苍白宛如刚刚睡着，他是数万里外的王子，黑夜的统治者。

棺材中的青年突然睁开眼睛，射出两道锐利的目光，随即一跃跳出坟墓。

他冲到旧医院的外墙边，还没等白霜和小蝶追近，竟壁虎似的爬上墙壁。他回头看了看底下，白色的脸在月光下略带忧郁，似乎不忍心对两个美丽的女子下手。然后，他钻进了二楼窗户。

“追上去！”

白霜和小蝶冲进门洞，从旁边的“女宿”跑上医院二楼，黑暗的走廊布满灰尘，周围响起骇人的风声。

突然，眼前出现一个浑身是血的人，他正是这医院的院长卡申夫，拿着手术刀上下挥舞。情急之下，她们只得闪身躲进旁边房间。

这房里居然还睡着五六个女病人，一个俄国少女站在窗前，悄然回头说："欢迎光临叶卡婕琳娜医院。"

小蝶惊讶地看着眼前的人，没想到"蝴蝶公墓"楼上还藏了那么多人。她走近一步，轻声问道："你是谁？"

"柳笆。"俄国少女有点混血儿的味道，用纯熟的中国话回答，"我已在这儿住了两年——你们的衣服还有发型真奇怪。"

白霜也完全愣住了，她再看看眼前少女的装束，看看月光里这房间的摆设，忽然问："今年是哪一年？"

"1935年！"

小蝶抓起窗台上的一份台历："没错！今年是1935年！"

靠，这小说写得又"穿越"了！（晕，难道白霜也常通过我的网络，看起点中文网的小说吗？）

柳笆露出幽幽的目光："今夜，他将复活。"

"你说谁？"

"吸血鬼。"

白霜不去理会这些："你能告诉我伊莲娜在哪里吗？"

"跟我来。"

柳笆带着她们回到走廊，小心推开对面的房门，见到了惊若天人的伊莲娜。

尚小蝶揉揉自己的眼睛，过去只在蝴蝶公墓的墓碑上见到过她，如今却见到了真正年轻貌美的她——本以为今夜见到的不过是一把枯骨。

伊莲娜穿着白色的睡裙，一副惊慌失措的表情，房间里显得非常凌乱，似乎有什么黑影从窗口闪过。柳笆走近伊莲娜，突然惊呼道："你脖子怎么了？"

原来，她雪白的颈项处有一道暗红色的血痕。

"是吸血鬼干的！"

柳笆轻轻摇着伊莲娜，就像妹妹对姐姐说那样："刚才是他吗？"

伊莲娜捂着脖子，退到窗边说："别……别告诉院长！"

"你们的院长？卡申夫？他已经疯了！"

这时，门外响起声声惨叫，还有鲜血喷溅的声音。小蝶想起了70年前的惨案，颤抖着说："卡申夫开始杀人了。"

随着门外惨叫声的继续，白霜点了点头："今晚，会有18个病人被杀死！"

"你怎么知道的？"柳笆低头想了想说，"住院的病人连我在内，总共只有18个——我也会死吗？"

白霜默默地点头，立即把门锁了起来。与此同时，响起猛烈的敲门声，紧接着，敲门声变成斧头的撞击声，房门迅速裂开一个大洞，露出卡申夫凶恶的脸。他把手伸进门里，打开门锁冲了进来。

"你要干什么？"

18岁的柳笆毫不畏惧，走到浑身鲜血的卡申夫跟前。没想到院长抬起左手，一把锋利的手术刀，深深刺入了她的心口。

柳笆捂着胸口后退几步，不敢相信自己的眼睛，重重地摔倒在地。

她死了。

剩下3个女孩都退到了窗口。而卡申夫举起巨大的斧头，他要亲手把自己的养女，以及"穿越"而来的不速之客统统砍成肉酱。

斧子的光芒离她们越来越近，伊莲娜突然绝望地喊了一声："救我！"

就在卡申夫高高举起斧子的同时，窗口飞进来一群蝴蝶——美女与骷髅的"鬼美人"！

尚小蝶惊呆了，这些70年前的"鬼美人"，听到了伊莲娜的召唤，密密麻麻地飞进房间，凶猛地扑向卡申夫。

温顺的蝴蝶瞬间变成了恶魔，它们如野兽一样撕咬着卡申夫全身。这个杀人狂拼命挣扎都没用，很快就倒地不起，成为蝴蝶们的牺牲品。整个人面目全非，就像被红药水泡过的木乃伊。

他也死了。

完成任务的"鬼美人"回到伊莲娜身边，飞了一圈后又冲出窗户，消失在夜色中。

地上仍然躺着卡申夫和柳笆的尸体。

伊莲娜第一个冲出了房间，白霜和小蝶紧跟在后面。此刻，医院的走廊死一般寂静——事实上到处都是死人，所有的病人都被发狂的卡申夫杀死，地板上鲜血漂浮着木块，弥漫着死神的味道。

然而，伊莲娜并没有向楼下跑，而是爬上一条往上的秘密楼道。白霜与小蝶也疑惑地跟了上去。

伊莲娜受到了严重惊吓，大喊着：“不！不要跟上来！”

但白霜丝毫没有停下的意思，跟着她打开一道小门，才发现上面就是屋顶！

她们来到叶卡婕琳娜医院的屋顶，伊莲娜如白色的幽灵向前爬去，白霜和小蝶也小心翼翼地跟在后面。

月亮仿佛离她们越来越近，四周弥漫着夏夜的白雾，往下望就是荒凉的俄国墓地，更远处流淌着田园中的苏州河。

屋顶的最高处，坐着一个黑衣男子。

伊莲娜爬到那男子身边，紧紧依偎在他怀中。男子轻抚着她的头发，双目却直视着白霜和小蝶。

这锐利的目光偷窃了月亮的光华，如利剑穿透了两个来自2006年的女子的心。

“吸血鬼！”

白霜冷冷地喊出来，片刻之前她还在下面的墓地里见到了这位棺中长眠的男子。

是的，他的确是坟墓里的吸血鬼，也是伊莲娜的秘密情人。

自从被埋葬到这里，他每夜都会悄悄爬出坟墓，爬到医院的屋顶上，欣赏天上的月亮或星星。寂寞时还会唱起故乡的山歌，那是少年想念美丽女子的歌谣，是哲学家爱慕蝴蝶的歌谣，是小说家与他笔下女子相爱的歌谣。

于是，这歌声俘虏了美丽的伊莲娜。

一开始只有通灵的少女柳笆能看到他。后来，伊莲娜也渐渐发现了他的踪迹。直到某个月光明媚的夜晚，他在墓地与她不期而遇。他的面容虽然苍白，却有高贵和迷惘的气质，目光闪烁着几个世纪的忧伤，对故乡的思念和对爱情的渴望。他带着她爬上屋顶，坐在最高的地方拥抱月光，教她唱那些幽灵般的歌谣——没有人能够听到，她们都以为是病中的噩梦。

她爱上了这夜夜爬到屋顶上看月亮的吸血鬼。

虽然，伊莲娜已与中国富商的儿子订婚，但她的心仍属于这400多年前就已死去的人。他们在屋顶上深情相拥，彼此亲吻，用牙齿互相交换对方的血液。

他们回忆起数千年前的传说，无论是“鬼美人”还是“吸血鬼”——其实都不过是美丽的幽灵，都不容于这个上帝安排的世界，他们是人间的异种，也是神界的异端。虽然他们天性善良温和，却被人们认作恶魔而欲除之而后快！

此刻，白霜和小蝶已靠近了他们，破解“蝴蝶公墓”魔咒的唯一办法，就是消灭这个真正的祸端！

他无奈地仰天长啸，是夜数十里内的农家，都被这声恐怖的长啸惊醒。据说当晚佘山天文台的记录里，月球曾因此突然颤抖了几秒钟。

“别伤害他！”伊莲娜回头大叫起来，她要保护自己心爱的人儿。

白霜咬着牙说：“只有消灭这个罪恶的源头，70年后无辜的人们，才不会再遭遇不幸！”

月亮渐渐暗淡了，东方的天际亮起了鱼肚白，还有几十分钟天就要亮了。

吸血鬼淡淡地说：“你们真的不放过我吗？”

“绝不放过。”

“好吧，那请你们不要伤害伊莲娜。”

“不！”伊莲娜仍搂着他的肩膀，“我们不要分开。”

“命运如此——”

突然，他一掌拍碎身下的瓦片，屋顶上露出一个大洞。接着他将伊莲娜推下去，掉到下面的屋子里——他将生的机会留给了所爱的女子。

现在，屋顶上只剩他、白霜和小蝶了。

白霜大声说：“你知道时间不多了！”

“其实，我现在就可以逃走，但我厌倦了夜晚的生活——月亮看得太多太多了，而太阳却已四百年未曾目睹！也许，我应该看一看太阳，然后归于灰尘。”

他惆怅地说出这句话，坐在屋顶上面朝东方。天色越来越亮，由宝蓝色变成了淡青色，直到东方亮起一道微光。

太阳出来了。

吸血鬼英俊的脸变得异常恐惧，他用双手遮挡着自己的脸，晨曦如利剑射向他的身体。

阳光是这夜行动物最大的敌人。

但他又睁大了眼睛，勇敢地看着东方的太阳——

于是，他的身体被阳光燃烧了起来，烈火将他烧成一团灰烬，最后从屋顶升上天空。

在吸血鬼被烧死前，尚小蝶看到他落下了眼泪。

情人的眼泪。

这就是白霜版《蝴蝶公墓》的结局！

小说就这样当着我的面继续，仿佛我身上还坐着一个隐形的女子，十指如蝴蝶的触角，欢快地敲打着键盘，写着她和我合写的新书。

终于，我忍无可忍了。手指压上键盘，迅速打出一行字——

住手！你不能这么改！

屏幕上的文字果然停顿了下来，但只过了半分钟，文档里又自动打出一行字——

你以为你的小说写得很好吗？我觉得也不过如此，还不如我现在改得更精彩呢。

我终于投降了，无奈地打着字——

对不起，我向你道歉，不该一开头就把你写死，让我再想想办法，看看能不能弥补？

白霜在电脑里回答——

不用弥补了，现在这么改非常好！我喜欢自己复活的感觉，谢谢你一开头把我给写死，让我体验生与死的不同感受。

她的话都快让我崩溃了——

天哪，那你到底想怎么样？

文档迅速地自动回答——

所有去过“蝴蝶公墓”的人都将死，除了你和我，我们会永远在一起的。

看到这里我的手都麻了——我和白霜永远在一起？

后背心涌起阵阵凉意，这个白衣女子宛然站在我身后，伸手抚摩我的脖子……

不，我不能让她这么改，她已经毁了我的小说，不能再毁了我的生活！

这时屏幕上又自动打出一行醒目的大字——

我爱你，我们在一起吧！

这句话都快让我疯了！

我必须要彻底了断这件事，既然一开始我就让她死了，那么就让她消失得更彻底些吧！

虽然，上次我已删除了她赖以存在的小说文档，但她可能早已遍布于我的电脑。每一个文件都被她“灵魂附体”了，就算我再把这个文件删除，她还是会从系统里生出来。

绝望时想到了唯一的解决办法——硬盘格式化！

对，只有这个法子了。反正这台电脑里并没有什么重要内容，昨晚《蝴蝶公墓》文稿在U盘里也有备份，格式化后再重装系统就是了。

白霜，对不起！

打定主意后我退出电脑，重新进入DOC模式。手指在不断颤抖，给所有硬盘下达了FORMAT的指令。

我的命令是低级格式化（low-level format），这比我们常用的高级格式化更恐怖，磁道里的所有数据都将被破坏，不会再有恢复的可能！

又跳出一行提示：YES/NO？

刹那间我的心快要跳出胸膛了，真的要把白霜杀死在电脑里吗？她好不容易才从我的文字下诞生，她是这个世界上唯一的奇迹，她甚至拥有仙女般的魅力与魔力，杀死她是不是一种犯罪？

在我的脑子几乎要爆炸时，手指轻轻按下了“Y”键。

全部硬盘格式化开始……

DOC状态的黑色屏幕，不断翻动着可怕的命令行，每一道都是毁灭与死亡。

我知道自己正在干什么，一个美丽的女子正渐渐被我粉身碎骨。

哦，我的心也碎了！

就在这毁灭的瞬间，屏幕上突然浮现起一张脸——我惊讶地看着屏幕，在黑色的背景下，隐隐出现了眼睛和鼻子，还有一张鲜红的嘴唇。

白霜的脸。

她这美丽的脸就印在屏幕上，似乎正拼命地挣扎，她的鼻子已顶破了显示屏，想要从电脑里冲出来。

看到这幕场景，任何人都会吓得魂飞魄散，联想到电视机里爬出来的某位女子了吧？

是的，白霜的生命就在电脑硬盘里，一旦硬盘格式化完成，她也就无法再存在下去。

肉体消失灵魂也就灭亡!

她不想死!

她是多么渴望活下来，从擅自修改我的小说，到希望和我共同创作、共同生活。她求生的欲望是如此强烈，强烈到人世间一切力量都难以阻挡她。

啊，白霜真的要爬出来了，她的头都已伸出电脑屏幕了!

但此刻我却不再害怕了，反而靠近了她的眼睛，深情地凝视着她求生的欲望。

“对不起，你不属于这个世界。”

我轻声说出这句话，吻了吻她的嘴唇——她的嘴唇很热。

眼泪顺着我的脸颊，流到了她的唇上。

她已伸出电脑屏幕的脸，“悲喜交集”地眨了眨眼睛，珍珠般的泪水夺眶而出，落到下面的键盘上。

白霜微笑着说：“谢谢你，给了我生命，哪怕只有一刹那。”

然后，她的脸回到屏幕里。

再也看不到她的眼睛了，只剩下一片黑暗的屏幕。

格式化完成。

（全文完）

蔡　骏

2006年11月8日初稿

2006年11月29日定稿

2008年2月25日修订

番外篇

蝴蝶公墓前传

1940年，深秋，晚8点，上海，“孤岛”，霞飞路。

有轨电车颠簸着驶过马斯南路口，法租界不复往日繁华，霞飞路上的商店都早早打烊，披着裘袍的阔太太们也几乎绝迹了。司机叹了一声，回头向车厢里望去，看到最末一排的女子——黑色墨镜遮住了双眼，让人想象是单凤眼或大眼睛？是摩登的小家碧玉抑或欢场上的交际花？

其实，她是个电影演员。

胡小蝶摘下墨镜，露出一双颇为洋气的眼睛——耳边还回响着许多嘲笑：“一个小明星还写什么剧本？”“别以为只差一个字，你永远成不了大明星胡蝶。”“居然异想天开要当导演？还不如多陪老板睡几晚！”她想大哭一场，忍着眼泪跑出片场，搭上了这辆末班车。

从国泰电影院上来一个中年洋人，附近多是白俄人的店铺和餐馆，多半又是个俄国佬。他跌跌撞撞坐在胡小蝶对面，脸色白得吓人，嘴角隐隐有血迹。特别是他的黑色皮包，宝贝似的抱在胸口，让人想起最近频发的炸弹事件。

有轨电车摇摇晃晃开远，霞飞路这段尽是有钱人家的豪宅，再也见不到行人了。突然，电车顶上火花噼噼啪啪响起，末班车一动不动地停在轨道上，安静得如同巨大的棺材。

停电了？

有人咒骂起来，该死的电车公司，该死的“孤岛”，该死的战争！胡小蝶也紧捂胸口，只看到对面白俄男子的目光，西伯利亚狼眼般的绿芒。

她害怕地后仰身体，却听到对面急促的呼吸声，还有模糊不清的国语：“救救我！”胡小蝶凑近了他，他却把黑色皮包递到她手中。

胡小蝶抓着皮包手足无措。白俄人断断续续地说："蝴蝶……公墓……能……实现……你的……愿望！"

如电波直击入心底，在这寒夜令人毛骨悚然。白俄人硕大的身体倒在电车上。胡小蝶把他扶起来，却看到他嘴角涌出大量黑血，脸上绽出神秘的微笑。

他死了。

电又来了，司机骂骂咧咧地开动电车。昏暗的灯光照着末排座位，胡小蝶傻傻地看着地上的死人，想着他临死前的那句话。

末班车到了终点站，她拎着黑色皮包跳下车，叫了一辆黄包车回家。

她惊魂未定地回到家，看着皮包几番犹豫，包上似乎还带着死去的俄国人的灵魂。但她还是打开了皮包，里面是一幅奇怪的地图，画着许多线条。左下角像网格分布着密集的道路，还有许多特殊标记，骷髅头、大×、星星、三角、方块、桃花、十字、圆圈……

次日清晨，胡小蝶带着地图出门。费尽心机找到了那片"网格"，提心吊胆地走过一堵高墙，里面是正在兴建的工厂。也许是战争的原因，工地上一个人都没有，只剩下巨大的地基和建筑材料。她缓缓穿过一道小门，见到了一片墓地。

每一座墓前都立着十字架，枯黄的野草在秋风中颤抖。胡小蝶小心翼翼地绕过墓地，穿过那个秘密的门洞，来到一堵高大沧桑的墙壁前。

面对着这堵奇异的高墙，这些年来的愁怨突然爆发，她整个身体贴着墙壁，泪水悄然落下，默默对自己说：你会成功的！

这时，仿佛有个若有若无的声音："绕过这堵墙……绕过这堵墙……绕过这堵墙……就是蝴蝶公墓……"

谁也不知道她在蝴蝶公墓里经历了什么，总之她出来后写了一个叫"蝴蝶公墓"的剧本。编剧出身的老板，看了她的剧本后赞不绝口，愿意投资十万块大洋，让胡小蝶自编、自导、自演——这还是中国电影史上第一位身兼三职的女演员。

两个月后，《蝴蝶公墓》即将杀青，最后一个镜头还在蝴蝶公墓。

胡小蝶穿着一身白衣，走到那堵高墙前，男主角柔情地牵着她的手。此刻的女主角已成为幽灵，目光凛冽地面对镜头，嘴角微微有血迹。他们都被阴影笼罩着，忽而刮起一阵寒风。片场里每个人都瑟瑟发抖。胡小蝶一手搂住男主角的脖子，轻轻地用牙齿咬下去——红药水自男主角皮肤上涌出，他全身的鲜血都将被深爱着的幽灵吸尽。

胡小蝶宣布《蝴蝶公墓》杀青！正当剧务拿出酒水，准备要在现场庆祝时，突然一声惊天动地的巨响，墙壁一角坍塌了，摄影师被压在了墙下。等到清除完瓦砾，摄影师已被压成肉酱了！

厄运才刚刚开始，《蝴蝶公墓》杀青后不到一个月，剧组里相继有十三个人死去。第二个是男配角，第三天在街上被日本兵刺死了；第三个是剧务，一周后跳楼自杀了；第四个是场记兼剪辑师，在剪辑室里窒息而亡……还剩下最后四个人：男主角、化妆师、道具和胡小蝶。

他们都在惶惶不安中度日，化妆师整日关在家里不敢出门，道具已逃回乡下老家避难了，而男主角拒绝出席电影首映式。

《蝴蝶公墓》剧组发生的这些奇异事件，令各大报馆的记者们趋之若鹜。报纸连篇累牍地报道着中国第一部恐怖片，首映式门票更被炒到了二十块大洋！影片虽然还没上映，胡小蝶却已实现愿望大红大紫，她的剧照出现在各大报纸的头条，声势直追影后胡蝶。

公映前夜，胡小蝶回到电影公司。原始的胶片和拷贝都在这儿，公司雇了保镖守在大门口，以免有任何损失。

公司楼上的走廊里，胡小蝶见到了男主角，警惕地问："你来这里干什么？"

男主角卑躬屈膝地说："小蝶！你放弃这部片子吧！今天早上，化妆师在家里突然死了，他老婆也说不清他死因，只说他临死前叫着'蝴蝶公墓'！"

"第十四个？"

"不，化妆师是第十五个。中午我听说道具也死了，昨天早上淹死在老家的河里！"

这消息让胡小蝶浑身发抖，踏入过"蝴蝶公墓"的整个剧组，只剩下自己和男主角了。

"我不能让首映式举行！这是一部邪恶的电影，'蝴蝶公墓'是一个邪恶的地方，我要把所有的拷贝和胶片都毁掉！"

男主角目露凶光，拿出打火机。他挥起早已准备好的斧子，用力劈向库房大门——胡小蝶觉得自己要崩溃了，那斧子劈开的不是大门，而是她的身体。

她奋不顾身地冲上去，男主角手里的斧子没拿稳，反被顶到了自己头上。利刃立时劈开了他的脑袋，鲜血和脑浆迸裂，他倒在地上一命呜呼了。

第十六个！

胡小蝶惊呆了，她的衣服上全是鲜血，已变成女杀手的形象。她坐倒在地抱头抽泣，一切都是她的错，不该写《蝴蝶公墓》的剧本，不该去寻找那个可怕的所在，不该从白俄人手里接过那个皮包，不该坐上那辆末班电车。

已有十六个人因为这部电影而死了，还会有第十七个吗？明天电影就要公映了，会有成千上万人看到这部片子，到明天和后天，就会有第一百七十个、第一千七百个……那才是真正的人间地狱！会让这座“孤岛”真正沉没。

胡小蝶挣扎着站起来，库房门已被劈开，她伸手进去打开门锁。里面妥善保存着《蝴蝶公墓》的胶片还有拷贝。明天它们就要被送往电影院，通过放映机和幕布被数万人欣赏。

没错，这是最好的电影，是胡小蝶生命的一部分。她从男主角尸体上找到打火机，点燃了自己心爱的胶片……

《蝴蝶公墓》首映式晚上，早已期待的影迷们蜂拥到影院，却被告知拷贝还未送到——永远都送不到了。报纸登出了最惊人的消息：“才女小蝶杀人纵火，蝴蝶公墓化为灰烬”。

巡捕房悬赏通缉胡小蝶，她的照片被贴在大街小巷。

除夕之夜，那年冬天像战争一样格外寒冷，下了多年未见的大雪。

一个裹着棉袄的女子，披着长长的头巾，独自走过雪夜的街头。中国人都回家吃年夜饭了，只有印度巡捕还像幽灵游弋着。胡小蝶仰头看着二十四层的国际饭店，似乎有个什么东西正在飘荡。

那个东西飘下来了，却不像雪粒那样轻盈，竟能自己飞舞摆动，一只蝴蝶。

雪夜里的蝴蝶。

它是她的天使，是她的守护神，是她的墓志铭。

红色的蝴蝶在雪地里飞啊飞，胡小蝶跟在后面追逐着，伸手想要把它抓到，却总是被蝴蝶灵巧地躲过。蝴蝶带她飞过几条街，直到眼前出现一道长长的堤岸。它继续飞在雪夜里，胡小蝶一脚踩了出去。

脚下是苏州河。

她难以抗拒地心引力，坠入了冰凉彻骨的苏州河水中。

黑色的河水迅速将她吞噬，只剩下雪粒们纷纷融化在水面。

蝴蝶，在雪里微笑。

一年后，胡小蝶租住的公寓里，搬进来一个叫张爱铃的上海女孩。她在打扫屋子时，发现了一个黑色皮包，里面只有一张奇怪的地图。她好奇地审视地图，窗台上有一只神秘的蝴蝶，正冷冷地审视着她……

2006年11月

图书在版编目（CIP）数据

蝴蝶公墓 / 蔡骏著. — 北京：北京联合出版公司，2017.9

ISBN 978-7-5596-0775-1

Ⅰ. ①蝴… Ⅱ. ①蔡… Ⅲ. ①长篇小说－中国－当代 Ⅳ. ①I247.5

中国版本图书馆CIP数据核字（2017）第186985号

蝴蝶公墓

作　　者：蔡　骏
选题策划：北京磨铁图书有限公司
责任编辑：徐　鹏
封面绘画：方块阿兽
装帧设计：文莱设计　刘珍珍

北京联合出版公司出版
（北京市西城区德外大街83号楼9层　100088）
三河市冀华印务有限公司印刷　新华书店经销
字数276千字　700毫米 × 980毫米　1/16　印张17
2017年9月第1版　2017年9月第1次印刷

ISBN 978-7-5596-0775-1
定价：36.80元